老舎
中短編小説集

私のこの生涯

関根謙・杉野元子・松倉梨恵 訳

JN112543

平凡社

私のこの生涯——老舎中短編小説集

My Whole Life
© Lao She 2019
Originally published in China in 2019 by Modern Press Co., Ltd.
Japanese translation rights arranged with Modern Press Co., Ltd.
through TOHAN CORPORATION, TOKYO.

日本語版に寄せて

関根謙さん、杉野元子さん、松倉梨恵さんが私の父・老舎の小説四編の翻訳を手がけ、この小説集の日本での出版が実現したことを、まずは心よりお喜び申し上げます。本書には四編の小説「私のこの生涯」、「繊月」、「魂を断つ槍」、「問題としない問題」が収録されています。この四編の小説はそれぞれ父のある時期の経歴と関わりがあります。「私のこの生涯」と「繊月」は、父の青少年期の経歴と見聞が関係しています。「問題としない問題」の物語は抗日戦争期の重慶が舞台となっています。父はそのころ数年間、重慶に住んでいました。一方、父の小説群の中で、「魂を断つ槍」は極めて異彩を放つ作品となっています。「魂を断つ槍」の中で、父は何人かの普段の生活ではめったに見かけない武術の達人を生き生きと描き出しました。小説の中で、王三勝《ワンサンション》は大刀を振り、孫《スン》老人は査拳《チャーチユエン》を演じ、沙子龍《シャーズーロン》は五虎断魂槍《ごこだんこんそう》を舞います。これらの描写は、父が一九三〇年代山東で暮らした時期に武術を学んだという生活体験と関わりがあります。一九三〇年、父は山東省済南《さいなん》の斉魯大学に赴任しました。当時父はまだ三十数歳でしたが、しょっちゅう腰と背中が痛くなり、体調は良くありませんでした。そこで父は身体を鍛えるために、済南の著名な拳法家・馬子元《マーズーユエン》について武術を学ぶことを決心しました。馬先生こそがまさに五虎断魂槍の達人で、辺り一帯に名を馳せていました。父は太極拳、査拳などの拳法を学び、さらに刀や槍なども練習しました。一年後、腰の痛みがとれ、身体も丈夫になり、さらには馬先生とも友達になりました。済南を離れる前、感謝の気持ちを表すために、馬先生に扇子を贈りました。扇面には、馬先生について武術を学び大きな収穫を得たことが記されています。この扇子は馬家がずっと保管していて、その後、済南の中国文学芸術博物館に寄贈されました。この貴重な扇子は、父のこの時期のことを目撃した証人です。父の小説はすべて虚構ですが、この四編の小説がそうであるように、語られている内容はすべて父が生きていた時代に起きたことです。その中の話や人物の原型は、父自身が見聞したことか、そうでなければ父のそばにいた知り合いが経験したことです。父の文学作品は、自身の生活と自身が身を置く時代や社会背景と密接に関係しています。父の作品は、自分が置かれた社会状況と正面から向き合うことによって、人間性を分析し、人間の本質を捉え、国家や時代の命運について考えを巡らせます。今回選ばれた四編の小説は、前世紀三、四〇年代の話で、すでに百年近くたっています。この百年の間、世界には大きな変化が生じ、人々の生活や観念にも大きな変化が生じました。このような中国現代文学作品を翻訳するということは、決して簡単なことではありません。さらに翻訳者にとって、より高い壁となって立ちはだかっているのは、老舎の言葉の風格です。中国の文壇では、老舎は「京味作家（北京の味わいが濃厚な作家）」の代表と目されています。彼は生粋の北京人の話し言葉をただそのまま書いているのではなく、北京語を文学の書き言葉へと昇華させました。彼の文体は流暢で、洗練され、ユーモアに富み、とても独特です。もし中国現代文学を宴会料理にたとえるならば、「老舎の味」は特別仕立ての料理と言えるでしょう。「老舎の味」を翻訳して伝えるというのはたいへんな困難が伴います。関根謙さん、杉野元子さん、松倉梨恵さんが辛くて困難な翻訳の仕事を完成させたことに対して、深く敬意を表します。また、訳者の皆さんが父の文学作品に寄せてくださった熱意と愛着に心より感謝の意を表します。

二〇二三年十二月六日

舒済

私のこの生涯◎目次

扉写真：ユニフォトプレス提供

私のこの生涯

一

私は少年時代に勉強はしてきた。たしかにそれほど多く学んだわけではないが、『七俠五義』や『三国志演義』などなら十分に読む力があった。『聊斎志異』のいくつかの段はちゃんと覚えていて、今でも人を唸らせるほど上手に語ることができる。私の語り口を聞いた人は皆こぞってすごい記憶力だと褒めてくれ、自分でもこれは嬉しがってもいいんだと思えた。しかし『聊斎志異』の原文はあまりに奥深くて、私には理解できなかった。私が記憶していたいくつかの段は、小新聞(1)に掲載された聊斎の語り物を読んで覚えたものだ——そういう記事は原文を白話文(口語文)に変えて、しかも面白おかしく脚色されており、本当に愉快な読み物だった。

私は字もけっこう上手く書けた。昔のお役所の公文書に書かれた文字と比べてみても、文字の適正な構え、墨の濃淡、行の並びの整い方などどれを取っても、けっして見劣りがせず、私はかなりいい「筆帖式《ビーテイエシー》(2)」になれると本気で信じていた。もとより私は高望みして、

(1) タブロイド版。
(2) 清朝の下級書記官。

自分には上奏文を書く能力があるなどと言う気はないのだけど、今時分の普通の公文書ぐらいなら相当きちんとしたレベルに書き上げられると保証してもいい。

私の読み書き能力からすれば、一番下級の役人になるのが相応しいと言うべきだ。たしかに下級役人は必ずしも祖先や一族に誇りをもたらすものとは言えないものの、他の仕事をやることに比べれば、少なくともずっと世間体が良かった。まして、公務に就けば大小にかかわらず、昇進やら出世やらがついて回るものだ。高い官位にあっても、筆を取っては私ほどの文字も書けず、まともな話すらできないような役人を私は何人も見てきている。こんな連中でさえ高位につけるのだから、私が役人になれないわけはない。

しかし、私は十五歳のとき、徒弟奉公に出されることになった。北京には夥《おびただ》しい数の業種があり職人も多様だが、どんな下層の業種にもいわば状元《じょうげん》(3)のような名人達人がいるもので、職人の技を学ぶのは何も卑しいことではない。とは言え、下級役人に比べればやっぱり見劣りがしてしまう。徒弟奉公を始めたら、一生その職人の仕事から抜け出せなくなってしまい、仮に大儲けができたとしても、偉い地位の役人より稼げることなどあり得ない、そういうものではないだろうか。それでも私は親たちと悶着を起こしたくなかったから、おとなしく徒弟奉公に出た。十五歳の人間には、まだ自分自身の考えなど持ち得ないのが当たり前だろう。まして私は、老父母から、徒弟奉公が明けて金も稼げるようになったら、嫁取りもしてやると言われたのだ。あのころ私は、結婚というものはきっと楽しいに違いないと想像していた。それなら、二、三年苦労しても、将来は師匠たちみたいに手についた職で金が稼げて、自分の家に若い嫁さんももらえるのだから、たぶん頑張っていけそうだと思った。

私が徒弟になったのは表具師のところだった。太平の時代にあっては、表具師は食うとに困らない職だ。その当時、誰かが亡くなると今時のように手っ取り早く手間を省いたりはしなかった。これはけっして、昔の人はなん度も繰り返して死にそうになっては生き返り、いさぎよくあっさり息絶えたりはしないのだというわけではない。私が言いたいのは、あのころは人が亡くなると、その家では必死になって金を使いまくることになり、立派な葬儀にするために労力と費用をまったく惜しまなかったということだ。冥衣舗《ミンイープー》(4)と関わりのあることだけ挙げても、かなりの額の金が使われる。人が息を引き取ったら、すぐさま「倒頭車《ダオトウチョー》」(5)を制作しなければならない——今では、こんな言葉自体知らない人の方が

(3)科挙(旧時の高級官僚登用試験)の最優秀者。
(4)死者のために墓前で焼く紙製の衣装などを売る専門店。
(5)死者が冥土に行くときに乗るとされる紙製の車。

多いに違いない。それが済むとすぐ「接三《ジエサン》」(6)の「焼きモノ」仕事(7)が必ずある。紙で作った車や駕籠《かご》、ラバと馬、衣装箱、神仙の人形、招魂の幟(8)、天界の花などを死者のために燃やすのだ。もしも難産で亡くなったりした場合は、これらの他に牛一頭と鶏籠も紙で作って燃やすことになる。(9)初七日の読経の時になると、楼庫《ロウクー》(10)、金の山、銀の山、反物、金塊、四季の衣装、四季の草花、骨董に装飾品、各種の家具などをすべて紙で作らなければならず、多くの「焼きモノ」仕事が出てくる。出棺の時となると、四阿《あずまや》と架け棚のほか、たくさんの品々を紙で作って燃やさねばならないし、「童児《トンアル》」も男女一組こしらえて掲げなければならない(11)。死後三十五日では紙の傘を焼き、六十日目には船と橋を紙で作る。死んだ人は六十日間経ってようやく私ら表具師と縁が切れるのだ。一年のうちに金持ちが十数人死んでくれれば、私らは十分食っていけた。

　表具師は死者だけがサービスの対象ではない。神仙もまたお仕えする相手だった。昔の神仙は今時のように見《み》窄《すぼ》らしいものではなかった。たとえば関老爺《グワンラオイエ》(12)で言えば、昔は六月二十四日が来ると、黄色の幟と天蓋、馬と馬引きの童子、さらに北斗七星の大きな旗など、みんな紙で作って祀ることになっていた。それが今では、関公のことなどもはや誰も気にかけることすらしなくなった。「天花《テイエンホワ》」(13)の流行に当たったりすると、私らは娘娘《ニアンニアン》(14)様たちのために大忙しになる。九人の娘娘様たちはそれぞれ九台の御輿に赤と黄の馬それぞれ一

四、鳳凰の冠に彩雲の肩掛け(15)などを紙でつくり、さらに痘哥《ドウゴー》、痘姐《ドウジェ》(16)たちのための長衣(17)に帯、靴や帽子も揃え、さまざまな付人も作らねばならないのだ。近頃では、病院が種痘を実施するようになって娘娘様たちの出番はなくなり、表具師稼業も彼女たちにつられて暇をかこつようになってしまった。このほかに何種類もの「願掛けのお礼参り」がたくさんあっ

---

(6) 死後三日目に帰るとされる死者の魂を迎える儀式。
(7) 葬儀で燃やすための紙の品々の制作。
(8) 死者の魂を呼び戻すために葬列の先頭で喪主が持つ旗。
(9) 難産で死んだ女性は穢れとされ、普通の埋葬が許されず、鶏籠のような棺に入れ、閻魔大王の裁きを免れるために牛を連れていくとされた。
(10) 葬儀に使われる紙で作った楼閣をかたどった金の庫。
(11) 男女の子どもは「仙気」を最も強くもっているとされ、古代では死者の冥土での福のために陪葬する習慣があったが、その後紙で身代わりとした。
(12) 三国志の関羽（関公）のこと。関羽は商売繁盛の神仙として信仰されている。
(13) 天然痘。
(14) 道教の女神。家庭円満、子育てや疫病除けの神様で、媽祖娘娘、王土娘娘、泰山娘娘など九柱の女神。
(15) 高貴な身分の女性の嫁入りの姿とされている。
(16) 民間信仰で天然痘の疫病を司る神仙。全国各地に「天花娘娘」「花姐姐」「痘哥哥」などさまざまな呼び名で広まっている。
(17) 丈の長い無地の衣服。

て、みんな紙であれやこれや作ってきたのだが、迷信を打破するというご時世になって誰も口にすることとさえしなくなった。世の中は本当に変わってしまったんだ！

神仙や亡者にお仕えする以外に、私らの稼業は、もちろん生きている人たちのための仕事もやってきた。つまり「白モノ」と呼ばれる仕事で、人様のお宅の天井の紙張りなどだ。昔は洋式の家などなかったから、引っ越しや嫁取り、その他の祝い事のあるたびに、部屋中隅々まで真っ白な紙で張りわたし、まったく真新しい雰囲気に模様替えする。大金持ちの邸宅では、毎年春秋に行う窓紙の張り替えにまで私らを雇ってくれた。しかし世の中、貧乏への歯車は日々回っており、引っ越しをやっても天井の張り替え(18)などしない家が増え、金持ちのお宅に至っては、洋式の家屋に建て替えて、天井を漆喰にして面倒な紙の張り替えなど永遠にいらないことにしてしまった。窓はガラス張りになり、やはり紙や布で張り替える必要がなくなった。何でもかんでも洋式がいいとなってしまうと、私らのような職人は食っていけなくなる。しかし私らのほうでも努力をしないわけではなかった。洋車《ヤンチヨー》(19)がはやってきたときには、私らも紙で洋車をこさえるようにしたし、自動車が流行するようになると、私らも自動車を紙で拵《こしら》えた。仕事を変革しなければならないのは私らもよくわかっていた。だが、弔いがあるからといって、洋車や自動車を紙で作ってくれと注文してくれるような家が何軒あるだろう。ご時世が大きく変わりはじめたときに、私らのようなちっぽけな改変をいくらやってみたところで、まったく無駄骨だった。世の中、どんなに頑張っても置いていかれてしまう人間というのはいるものだ。私らにいったい何ができただろうか。

二

初めに申し上げたように、もしあの職人の仕事をずっと続けていたら、私はもうとっくに餓死していたに違いない。だがこんな仕事が永遠に続くはずなどないとは言え、三年の徒弟奉公の間に、自分のためになるいいこともずいぶん身につけた。こうした自分のためにいいことは、一生ついて回る、いつまでも尽きることのない恵みだ。私は仕事の道具を隅に置いて、他のことで暮らしを立てることもできただろうが、ここで身につけたことはどこまでも私について回るのだ。たとえ私が死んで、誰かが私の人となりを語るようになったとしても、私が少年のころに三年間の徒弟奉公をしたことは、きっと覚えておかれるに違いない。

(18) 中国の旧家屋では、天井裏に板やヨシズ、コウリャンガラを付けて、その上から紙を張りわたす。
(19) 人力車。

徒弟奉公の意味の半分は、職人の技を学ぶことだが、もう半分はしきたりを身につけることだ。初めて店に出たときは、誰もがみな怯えきっている。店のしきたりというものは、弱いものいじめそのものだ。徒弟たる者は、就寝は遅く、起床は早くと決まっている。あらゆる指図と言いつけに従わねばならず、誇りも何もかなぐり捨ててぺこぺこと頭を下げまわり、飢えも寒さも辛いことも喜んで甘んじる、涙は腹の中に流すものなのだ。私が徒弟をしていたのは、店自体が親方の家だったから、親方と親方の奥さん、両方から板切れでどやしつけられ、怒られ続けた。こういう三年間を耐え忍んでいくうちに、強情っぱりは丸くなり、お人好しは頑固になる。私ははっきりと断言できる、徒弟の人格は天性のものではなく、板で殴りつけられて出来上がったものだ。鍛冶職人の鉄打ちと同じで、打ち方殴り方によって何が出来上がるかが決まるのだ。

ちょうどこうして殴られ怒られ続けていたころ、こんなにやられるのはまったく人間の限界を超えているから、死にたいと思ったこともあった。しかし今になって考えれば、あいうしきたりや調教は本当に金にも値するものだった。あの試練を受けていれば、この世の中に我慢できないことなど何もなくなる。思いつくままに例を挙げてみよう、例えば兵隊になれと言われるとする、いいでしょう、私はとてもいい兵隊になれるだろう。軍隊の操練なんかは決まった時間、決まった長さがあるわけだが、徒弟奉公には寝ているとき以外に休息などありはしない。なんとか工夫して大便をしに行ったら、便器に跨って居眠りができるようにもなる。夜鍋仕事になってしまったら、夜になっても三、四時間しか眠ることができないのだ。私はたった一口で一食分の飯を飲み込むこともできた。いつも飯の碗を手にした途端に、親方や奥さんから呼ばれて何かさせられたり、そうでなければ顧客が仕事の話にやってきたりして、恭しくおもてなしをしなければならないし、しかもそういうときには親方が注文の代金をいかに釣り上げるか一言も聞き漏らさずに耳を傾けなければならない。飯なんか、一口でパッと掻き込まなければ、どうにもならなくなるのだ。こういう試練によって、私はどんな厳しい障害にも、顔に穏やかな笑みまで浮かべて立ち向かっていけるようになった。知識人という人たちは、私のような野卑な人間から見ればだが、こういうことが永久にわかりっこない。今、西洋風の学校では運動会とかが開かれるというが、学生たちは運動場を二周も走ったら、戦場で手柄を上げたみたいな騒ぎだ、ふん、いい気なもんだ、支えられたり、抱えられたり、太腿にアルコールを塗りつけたり、しかも駄々を捏《こ》ねて、車に乗りたいだと！　こういうお坊ちゃま、お兄様たちには、しきたりもきまりもわかるはずがなく、試練も操練もなんのことやら見当もつかないだろう。話を元に戻せば、私が耐え抜いてきた苦難は、何事に対してもいかなる労も厭わずやり抜く根性を鍛え上げてくれた。私は手を抜いてのんびり過ごすことなど絶対にできないし、仕事に対して癇癪《かんしゃく》を起こしたり、捻くれたりすることなどもけっしてない。私はあらくれ兵隊どもと同じように辛い目を耐え忍ぶことができるが、あらくれどもは私のように穏やかに人に接することなどできない。

では他のことで、こういうことを証明してみよう。私は徒弟奉公の年季が明けると、他の職人たちと同じように、自分が身につけた技で金を稼いでいるのだと表明するために、まず初めに煙管《きせる》を一本買い、ちょっとでも暇があると、いっぱしの職人みたいに煙草を詰めて火をつけ吸うようにした。それから次第に酒の味も覚え、ちょくちょく軽く二、三杯あおって口を湿らすようになった。嗜好の欲は始まったら止まらない、とはよく言ったもので、一つ手を染めたら、二つ目を始めるのは容易《たやす》かった。いずれにしてもお遊びに過ぎないのだから。それはそうなのだが、そこには躓《つまず》きも潜んでいた。煙草や酒は誰でも皆がやっていることで、もともと何も珍しいことであるはずがない。しかし私はそうこうしているうちに、アヘンを覚えてしまったのだ。あの当時、アヘンは禁制品ではなく、たいへんに安価だった。私は最初遊びで吸ってみたのだが、やがて中毒になってしまった。しかしそれから間もなく、私は手元が不如意になってきて、仕事をするにも以前ほど気力が湧いてこなくなっているのに気づいた。私は他人から窘《たしな》められるのを待つまでもなく、アヘンをきっぱり止め、刻み煙草の煙管までも棄ててしまった。これからは絶対に酒も煙草も止めると決めたのだ。私は「在理教[20]」に入信した。入信したら酒も煙草も厳禁で、禁を破ると悪運に見舞われるという。だから私は道楽を一切止めて、在理教に入ったのだ。悪運がすぐ先で待っているというのに、どうして禁を犯すことなどできようか。こんな気持ちになって固くその意志を守るというのは、今になって思えば、やはり徒弟奉公で身についたものなのだろう。どんな大きな苦難でも私は耐え忍ぶことができる。禁酒禁煙をした当初は、他人が酒を飲み煙草を吸うのを見るのがどんなに辛かったことか。自分の胸の中で一千匹の小虫が絶え間なく蠢いているようで、どうしようもなくむずむずとして耐え難かった。しかし私には禁を破ることなど絶対できなかった。悪運が本当に恐ろしかったのだ。とはいえ、実は悪運かそうでないかはずっと後になってからわかる話に過ぎない。今この場で直面している辛い思いこそ、ほんとうに耐えられないほどひどいものだった。耐え忍び頑張り抜くこと、ただひたすら頑張り抜くことだ。先に待っている悪運など、そのまた次の話なのだ。果たして私は、しっかり耐え抜いた。それは自分が徒弟だったから、あの厳しい鍛錬を凌いできたからこそできたことだった。

(20) 清末から流行した白蓮教の一派。儒教・仏教・道教に通じる宗教と信じられ、アヘンや酒、煙草を厳しく禁じた。

私が身につけた職人の技について言えば、徒弟奉公三年の年月はけっして無駄ではなかったと自分でも思っている。およそ身についた職人の技というものは、時の流れに従って改良しなければならない。技法自体はいつも同じものだが、運用によってはじめて生かされていくのだ。三十年前の瓦職人は煉瓦を磨り合わせてぴたりと繋いでいく、極めて精密な技の仕事をしていたが、今では、セメントに人造石を埋め込むような仕事もできなければならなくなっている。三十年前の大工職人は木材に各種の模様を彫刻していくことに精力を注いだが、今では洋式の家具なども造れなくてはならない。私らのこの業種も基本的には同じなのだが、他のところよりもさらに激しく変容した。私らの仕事では、見たものをすぐ紙で剪り張りして作る技に精通している。たとえばどこかのお宅で葬儀が出たとする、私らに一卓分のフルコース料理を造れと言われれば、すぐさま紙で鶏、鴨、魚、肉、みごとに揃えて造りあげられる。まだ嫁入り前のお嬢さんが亡くなったというお宅の葬儀ともなれば、私らは完全にそろった嫁入り道具を長持ちで四十八棹《さお》分だろうと三十二棹分だろうと、調味料の缶やら油瓶などから衣装簞笥、姿見まで含めて、紙で作りあげてご覧に入れる。目で見たものをそのまま再現する、これが私らの本領だ。私らの技は確かにたいしたものではないが、聡明な頭はそれなりに必要で、心が空っぽのぼんやりしたやつには無理な仕事だ。

こんなふうに、私らの職人技はなんだか遊び半分仕事半分のように見えなくもない。私らの仕事の出来不出来は、さまざまな色彩の紙をいかにうまく調整できるかにかかっていて、これは先まで読む機転が求められた。私自身のことを言わせてもらえば、機転がよく利くほうだった。徒弟奉公をしていたころ私が打たれたのは、仕事が覚えられないからではなく、ほとんどは自分が小利口だと鼻にかけ、言われたことを真面目にやらなかったりしたからだった。もしも私が鍛冶職人や材木職人だったら、持ち前の聡明さはひょっとするると少しも発揮されなかったかもしれない——ハンマーで鉄をずっと打っていたり、ノコギリで材木をひたすら切っていたり、そんなことしかやらないのではまったく変化など起こり得ないではないか。幸いにして私は表具師の仕事を学んだから、基本的な技を習得した後は、自分で工夫して新しいものを造れるようになり、かなり精巧で真に迫ったものでもちゃんと造り出せた。時には多くの時間と材料を無駄に費やしてしまったのに、なお自分の思った通りの品を造り出せないこともあった。しかしそうなれば私はさらに模索と試行に力を入れ、絶対にその品を造り出すのだという意欲に燃えた。これは、ほんとうにいい習慣だった。聡明な頭脳をもって、その聡明さの運用の仕方を知り得たのだ。私はあの三年の徒弟奉公に感謝しなければならない。三年の間に私は自分の聡明さを適切に使う習慣を養うことができたのだから。私が一生の間に大事を成し遂げたことなどないのは、まったくもって事実だが、しかしどんなことであろうと、普通の人のできることなら、私はちょっと見ただけでその五、六割は理解できた。私は塀を築くのも、庭仕事も、時計修理も、革製品の真偽の見分けも、婚姻の吉兆占いや吉日選びも、なんでもこなせたし、さまざまな職種の隠語や符牒も覚えてもいた……。こういうことを私は学んだことなどないが、自分のこの目で確かめ、この手で試してきた。私には刻苦勤労の根性と何事もよく見て学ぶ習慣が備わっていた。こうした習慣は冥衣舗で徒弟として三年鍛えられたときに培われたのだ——今私はもうすぐ餓死しそうな人間なのだ！——もしも私があと数年よけいに勉強していて、あの秀才たちや学堂出身者たち[21]と同じように、書物を抱え込んでそれに没頭することしかしなかったら、私はたぶん一生涯ぼんやりと暮らし、世の中のことなど何一つわからなかったに違いない。表具師の仕事は私に官職や財産をもたらしはしなかったが、生きる楽しさを与えてくれた。貧しかったが、生きていて面白かったし、まさに人間らしく感じられた。

私は二十数歳で、友人たちの間の重要人物となった。それは金や身分があったからではなく、私が丁寧に仕事をこなし、どんなきついことも厭わなかったからだ。親方のところから独り立ちした後、私は毎日通りの茶館に腰を落ち着け、同業者たちから応援の仕事の依頼が来るのを待った。私は若く、機敏で、状況をよくわきまえた男として、街で名が通るようになった。仕事の注文が来れば、私はすぐ出かけて行ってそれをこなした。誰も注文に来ないようなときは、暇を持て余すわけにもいかず、友人たちの家のさまざまなことをなんでも私に任せてもらうようにした。そうしているうちに私は自分が結婚したばかりなのに、他家のために仲人まで務めたのだ。

人の手伝いをするのは、いわば暇つぶしのようなものだ。私は暇つぶしを自ら求めていた。なぜかと言うと、前にすでにお話ししたとおり、私らの稼業には二種類の仕事があって、「焼きモノ」と「白モノ」と呼んでいた。「焼きモノ」は面白くてきれいな仕事なのだが、「白モノ」はそうはいかない。天井に張りわたした紙を新しくするには、当然ながら、まず古い紙を破り捨てなければならない。これがひどくたいへんなことなのだ。こういう仕事をやったことのない人は、天井紙の上にこんなにも夥しい埃や土が溜まっているとは想像もつかないだろう。しかもそれらは長い日を経て、月を経て重なってきたもので、これ以上ないほど乾燥し、細かな粉末になっていて、鼻を直撃する。三部屋分の古い天井紙を排除し終わったときには、私らはもう頭のてっぺんからつま先まで土埃に塗《まみ》れて化け物みたいになっている。天井に新たにコウリャンガラを結わえつけて紙を張りわたす段階に

(21)「秀才」は科挙における各省レベルの試験「院試」合格者。「学堂」は旧時の学校。

なると、新しい銀花紙(22)の表面は顔料で鼻が曲がるほどすごい臭いを発している。塵埃と紙表面の悪臭は労咳《ろうがい》をもたらすと言われている——現在では肺病と呼ばれるが。私はこういう仕事が好きではなかった。しかし、通りの茶館で仕事を待っているとき、仕事の依頼があれば断るわけにはいかない。どんな仕事でも依頼されたらやるしかないのだ。この手の仕事を請け負ったら、私はなるべく下のほうにいて、紙の裁断と手渡し、糊付けをやるようにしていた。それは上にのぼって直接手を下す仕事をしないで済むし、しかも俯いての作業なので塵埃を吸い込むのも少なくて済むからだった。こんなふうにしていても、全身埃まみれになり、鼻がまるで煙突みたいになってしまう。数日間にわたるこんな仕事が終わると、何かまったく別なことをやってみたくなる、気分転換だ。だから友人からの頼まれごとは、私にとって喜んでお手伝いする仕事になっていたのである。

もっと言わせてもらえば、「焼きモノ」にしろ「白モノ」にしろ、こういう仕事は人々の冠婚葬祭と繋がりを持っている。親しい知人たちが私に依頼するのも、ついでにちょっと他のこともやってほしいという頼みごとがしょっちゅうだった。たとえば結婚やら葬儀やらの小屋掛けをするとか、さまざまな道具類の指図やら、料理人の調達、車馬の手配などだ。そういうことをやっているうちに、私は次第に楽しみを見出すようになり、いかにすればうまい具合にことを運ばせ、友人たちに見事な結果を残し、費用も節減できるかわかってきた。友人が何もわからないまま、人の「カモ」になってしまうようなことは決してさせられないのだから。そうした日々が過ぎていくうちに、私は多くの経験を積み、いろいろな人情もよくわかるようになって、いつの間にか、とても物事に長《た》けた人物になっていた。そのころはまだ三十歳にもなっていなかったのだが。

三

これまでお話ししてきたことから推測すれば、表具師の技量だけではとても暮らしていけないことは、すぐおわかりいただけると思う。寺廟の祭礼を楽しんでいる最中にいきなりにわか雨に遭ったかのように、ご時世が変化するときには、誰もが一目散に逃げ出すしかないのだ。私のこの生涯を振り返ってみると、ずっと下り坂を歩いてきたようで、踏みとどまることなどできなかった。心で天下泰平を望めば望むほど、この身はますます下の方へと沈んでいった。そのときの変動は、最後まで余すところなく変わってしまうほど徹底していて、渦中に置かれた者はまさに息を継ぐ暇もなかった。あれは変動などではなく、狂風に見舞われたようなもので、訳もわからず呆然としている者たちは、いきなりどこか

---

(22) 厚手の大きな白い紙に鉱物顔料などを使って模様を付けたもの。

見知らぬところへ吹っ飛ばされてしまっていたのだ。私の小さいころには財をなすこともできた業種や技、そのあまりにも多くのことが急に立ちいかなくなり、まるで大海原にうち棄てられてしまったように、二度とお目にかかることもできなくなった。表具師という職業は今でも気息奄々と弱々しい息を繋いではいるが、たぶんもはや活気が戻る日など望むべくもないだろう。私はずいぶん前からこういうことを見抜いていた。あの世情が泰平だった年月、私がもし望んだなら、小さな店を持って何人か徒弟も入れ、穏やかにのんびりと暮らしていくことも可能だった。だが幸いにして、私はそうしなかった。一年にたった一度も大きな仕事の依頼がなく、紙の車をちょっと造ったり、二、三の家の天井張りを請け負ったりするだけでは、とても食ってはいけやしない。眼《まなこ》をしっかり開けて振り返ってみればいい。この十数年間、立派で豪勢な仕事など一回でもあったか。私が仕事を変えなければならないと考えたのは、やはり正しかったのだ。

だがこれは私が仕事変えをした唯一の理由ではない。ご時世の変化は一人の人間の力でどうなるものでもなく、細腕一本では太腿を捻じ曲げられるはずもないわけで、時代の流れに必死に抗って立ち向かうのは、わざわざ自分から不快極まりない状況に飛び込んでいくようなものだ。そうは言っても、人それぞれ固有の出来事はかなり厳しい形でその人を襲ってくるもので、そいつにかかったら人はたちまち狂ってしまう。川や井戸に身を躍らせるのもよく見聞きすることで、自分の仕事を辞めて何か他のことをするなどというのは珍しくもなんともない。一人の人間に起こることは確かにとても小さいのだが、そういうのが降りかかってくると、その人は到底持ち堪えられるものではない。一粒の米はとても小さい、だが蟻がそれを運ぶのにはたいへんな力がいるのだ。人の身の上に起こるのは、やっぱりそういうことだ。人が生きていくには、意地というのがなければならない。何か事が起こってその意地が押さえ込まれていくと、人は狂気じみた振る舞いに走ってしまう。人間というのは、なんとちっぽけな生き物なんだろう。

私の利口さと人当たりの良さが、私に不運をもたらした。こんな言い方を聞けば情理に悖《もと》るようで、にわかには信じられないだろうが、いささかの嘘もない全くの真実そのものので、もしもそれが我が身に起こらなかったなら、世の中にこんなことがありうるなど私自身信じられなかったかもしれない。そいつはしかしこの私を狙い当てたのだ。それが起こった当時、私は本当に気が狂ってしまいそうだった。こうして二、三十年も経ってしまうと、今ではもう、あのころのことを回想しても、何か物語をひとつ思い浮かべたかのように、微笑んでいられる。今では、人の長所というものが必ずしもその人に有利に働くわけではないと、私はよくわかっている。一人の長所がみんなからいいとされるものならば、まさに水を得た魚の如く、とても役に立つことになる。だがその長所が、誰もがみんなないいと思うわけではないようなとき、そういう特性はその人に不幸の禍根をもたらすものになるかもしれない。利口さと人当たりの良さなど、何の役にも立ちやしないのだ！　今はもう、こうした道理をよく悟っているから、あのころのことを思い起こしても、ただ頷いて笑っていられる。だがあの当時は、まったく納得がいかず、怒りで息も詰まるほどだった。あのころ私はまだ若かったのだ。

　若い男で格好良くしたがらない奴などいないだろう。わたしの若いころ、誰かの家に挨拶に行くとか何かして差し上げるとかいったようなとき、わたしの着こなしと風格からは、これが職人風情の者だと言える人間はいなかった。昔は革製品がとても高く、しかもみだりに着用するのは御法度だった。近ごろの若い者は、もしも馬券や宝くじが当たったら、十五の子どもであろうと、二十歳《はたち》になってもまだ髭も生えそろわぬような小僧であっても、その翌日には狐革の外套を平気で着てしまう。昔はそんなことなど許されなかった。年齢と身分がその人の服装と着こなしを決めていた。あのころは、馬褂《マーグワ》や坎肩《カンジエン》(23)にチンチラの襟をあしらうだけで、もう十分に贅沢で立派に見えた。私はいつもそういう襟を付けていて、馬褂も坎肩も黒繻子《しゅす》だった――あのころの繻子はどういうわけか結構丈夫で、馬褂一着で十年は着られた。人様の天井張りをやっているときは、確かに埃まみれの化け物になっていたが、家に帰ってさっぱりと洗い落とし身なりを整えると、たちまち格好のいい若者に変身した。私は埃まみれになるのが嫌だったから、なおのこと、こういう格好いい若者姿がとても気に入っていた。私の辮髪は黒々としていて長く、額の上は青光りするほど綺麗に剃り上げる、そしてあのチンチラの襟をあしらった繻子の坎肩を着こなすのだ。私は紛れもなく立派な「人物」になっていた。

格好のいい若者が最も恐れているのは、たぶん人三化け七《にんさんばけしち》の女を女房にすることだろう。私もそれとなく両親に、嫁をもらわないんならそれでかまわないんだけど、もしもらうなら、見た目のいい娘がいいという気持ちを伝えていた。あのころ自由な結婚は当然ながら行われていなかったが、男女双方が相手を見て確かめるやり方はすでにあった。結婚するなら、ぼんやりとわけもわからぬまま仲人のうまい口車に乗ってしまうわけにはいかない。私はこの目で相手を確かめなければと思っていた。

二十歳の時、私は結婚した。妻は一歳年下だった。妻はどんな場面に置かれても、いつもあか抜けた容姿を見せ、てきぱきと対応できる可愛い嫁だった。婚約する前に、私がこの目で確かめたのだから当たり前だ。妻が美人だったかどうかは言うつもりはないが、あ

(23) 清朝時代の男子の伝統的衣服。「馬褂」は長い衣の上に羽織る短い上着、礼服としても着用。「坎肩」はやはり上に羽織る袖なしのチョッキ。

か抜けていて手際がいいことだけは絶対だった。このあか抜けて手際がいいという簡潔な文言こそ、私の嫁選びの基準で、もしも相手がこの文言の示す域に及ばなかったら、初めから私は首を縦に振りはしなかった。またこの文言からは、私自身がどんな人間であるかも良くわかってもらえると思う。あのころ私は年若く、格好が良くて、何事もてきぱきとこなしていた。だから、牛みたいに愚鈍な女房なんかは絶対に願い下げだったのだ。

あの結婚は天の定めた良縁だったと言わざるを得ない。私らは二人とも若く、すばしっこく、体つきは小さいほうだった。親しい友人たちの前では、私らは軽やかな一対の独楽《こま》のようで、あちこちくるくると回っているものだから、見ている年上の人たちの目も朗らかに楽しませて愉快そうな笑いを誘っていた。私らは人前では張り合って機転を利かせ口達者ぶりを見せつけた。私らが前途有望な若夫婦だと一声褒められたいがために、どこでも何かにつけ相手より上に立とうと競った。人からの褒め言葉が私らの二人のお互いに対する敬愛の情を高めていったのだが、それはライバルの英雄好漢が互いに相手に対して深い敬意を抱くのに似てなくもなかった。

私はとても楽しかった。実を言うと、両親はこれといった財産など残せなかったのだが、小さな家が一軒あった。ここに住んでいれば、金を払って借家をする必要などなかったし、庭にはけっこう樹木もあったから、軒先に鳥籠を掛けて高麗鶯《コウライウグイス》のつがいを飼った。私はといえば、手に職があり、人の縁に恵まれて、お気に入りの若い娘も手に入れた。これで楽しまなかったら、相当なひねくれ者ではないか。

私の妻に対しては、まったく欠点の一つも見つけられなかった。確かに、彼女があまりにも野放図だと感じることもあった。だが目端のきく手際良い新妻というのは、誰をとっても拘りなどなくきびきびとしているものだ。彼女はおしゃべりだが、それは話が上手だからで、あまり他の男を避けようとしないのは、そういう付き合いが嫁という立場で許される楽しみでもあるからだ。とりわけ嫁入りしたてでいささか能力のある新妻なら、娘時代の恥じらいをしまい込んで、大胆闊達に「嫁」という立場を自ら盾にとるようになるようだ。こういうことは欠点だとしてあげつらうことなどまったくできない。彼女は年長者に会うととても優しく親切な態度をとって、ねんごろにお世話をする。だから若い男に接したとき、いくぶん気ままな振る舞いをするのは当然のことだとも言えた。彼女は自由奔放で、年長者に対してもまさに若い男を相手にするように、優しく行き届いた態度を喜んで取るのだ。私は彼女が奔放だという理由で責めたことはない。

彼女は妊娠し、母親となって、さらに美しさを増し、そしてさらに奔放になった――私は彼女にもうあの「野放図」という言葉など使えない。この世界に、妊娠した新妻より可憐で、年若い母親より愛らしい者などいるだろうか。彼女が表の敷居に腰をおろし、少し胸をはだけて赤ん坊に乳をやる姿を見ると、私は彼女がただ愛おしくてならず、彼女をだらしないと叱ることなど思いもつかなかった。

二十四歳のときには、私はすでに一男一女の父となっていた。子育てにおいて、夫にどんな功績があるというのだろう。興が乗れば、男はただ赤ん坊を抱き上げて振り回すだけ、他のたいへんな仕事はみんな女の人に任せっきりだ。私は愚か者ではないから、誰に教えられなくとも、こういうことはよくわかっていた。本当にそうだ、子どもを産み育てるということにおいて、男が何か手伝ってやろうと思ったとしても何の役にもたたない。だが、人情がよくわかっている人なら、子を産んだ妻にせめて少しでも楽しい思いをさせ、自由に過ごさせてやりたいと考えるのは当然なことだ。妊婦や若い母親を侮り苛むような奴は、私に言わせれば、まったくの大馬鹿野郎だ。妻に対しては、子どもができてから、私は以前にも増して放任するようになった。そうするのが当然で、理にかなっていると思ったのだ。

さらに言わせてもらえば、夫婦は樹木で、息子や娘はそこに咲く花だ。花をつけてこその樹木の根は深く伸びていることがわかる。子どもの存在が母親をしっかり結びつけているのだから、妻に対する疑いも不安も一切減らすべきで、いや、完全に消し去らねばならないのだ。だから、彼女がいささか野放図——この言葉は本当に使いたくないのだが——すぎると感じても、私は何の心配も抱かず黙って見ていざるを得なかった。彼女は紛れもなく、母親だったのだ。

四

今に至っても、あれはいったいどういうことだったのか、私にはやはり理解できない。私が到底理解できないこと、そして私を本当に気が狂いそうにさせたこと、それは他の男との妻の出奔だった。

もう一度言おう、今に至ってもあれはいったいどういうことだったのか、私にはやはり理解できないのだ。私は意固地な人間ではない。長い間この世間を渡ってきて、人情がよくわかり、自分の長所と短所の見出し方も理解していた。しかし、このことに関しては、自分の中をいくら探してもこんな恥辱と懲罰を受けなければならないほどの短所は見つからなかった。だから私の聡明さと協調性が自分自身に災厄をもたらしたのだと言う他はない。このことを説明できる他の理屈を私は本当に見つけられないからだ。

私には兄弟子がいて、その兄貴分の男こそ私の仇だった。街では彼は黒子《ヘイズ》と呼ばれていたから、この男のことをそう呼ぶことにしよう。確かに彼は仇ではあったが、本名を書いてしまうのはやはり憚《はばか》られる。「黒子」と呼ばれるのは、顔が色白ではなかったからなのだが、単に色白でないどころではなく、ものすごくどす黒かったから、こういうあだ名になった。昔、鉄の球を手に握って回すのが流行っていたが、彼の顔はその球みたいだった。とても黒かったが、たいへんに光り輝き、ツヤツヤとしていて、すごく黒いのに、油を塗ったように滑らかで可愛らしくさえあった。彼が酒を何杯か呑んだり、熱くなったりすると、顔に赤みがさしてくる。夕方黒雲の間に太陽が沈むときのように、黒々とした塊を赤い光が貫いていくのだ。その他の顔の造作は、まったくこれといっていいところなど何もなく、私の方がよっぽど美形だった。背は高かったが、見事な体つきというわけではなく、でかいだけでだらけた印象を与えていた。それでも人から嫌われないでいられるのは、結局のところ、あのツヤツヤとした黒い顔によるものだった。

私は彼とかなり親しい友人だった。職場では兄弟子であり、しかもあんなふうにズボラでどす黒いわけで、仮に私が彼を嫌っていたとしても、何の根拠もなく疑いを抱くことなどできなかった。私のあのちっぽけな聡明さは、人に対して猜疑心を用意するようには働かなかった。逆に、自分の眼に一点の曇りが生じるのを許せず、自分自身を信じるが故に他人にも全幅の信頼を置いたのだ。友人がこっそりと私に対して悪巧みをするなど、絶対に考えられなかった。一旦その人が付き合う価値のある人間だと見做したら、私は友人としてきちんと対応してきた。この兄弟子については、たとえいささか怪しげなところがあるとしても、敬意をもってもてなしてきた。なんだかんだ言っても結局は私の兄弟子なんだから。同じ師匠の一門の技を習得し、同じ巷で飯を食ってきた仲だ。仕事があろうとなかろうと、日に何回も顔を合わせてきたのだ。こんなによく知っている相手を、私が親友として付き合わないことなどあり得ない。仕事があれば、私らは一緒に出掛けて仕事をしたし、ない時には、彼はいつも決まって我が家に来て飯を食い茶を飲んだ。時には適当に紙牌《カード》をいじって遊んだりもした——あのころは「麻雀」がまだそんなに流行ってはいなかった。私は和やかだったし、彼も遠慮しなかったから、何か特別に用意することなどせず、何でもあるもので一緒に飲み食いをした。彼の方もそれで決して不満を言うことはなかった。彼はたいへんな大食漢で、食べ物の好き嫌いはまったくなかった。彼が大きなどんぶりを持って、私らと一緒に熱いタンメンなんかを食べるさまは、本当に痛快そのものだった。彼は汗びっしょりになって、ずるずるとすごい音を立てて食べる。顔は上気してどんどん赤くなり、やがて燃えて赤味がさした炭団《たどん》のようになっていく。こういう男が悪意を抱いていたなど誰も言えやしない。

時が経つうちに、私は周りのみんなの目つきから、状況があまり芳しくなさそうだとは見抜いていた。だがこのことについては、心の中で何か取り立てて気にするようなこともしなかった。もしも私が愚か者で、一面的にしか物事を見られなかったら、風が吹けば雨、じきに辺りは真っ暗になる、みたいな単純な考えで、すぐさま事の真相を明らかにしてしまったかもしれないし、あるいは逃げた妻の幻影を追い求めた挙句しょんぼりと項垂《うなだ》れてしまっていたかもしれない。私はこういう愚かな馬鹿騒ぎは絶対やりたくなかった。自分はもっとちゃんと考える頭があるのだから、静かに落ち着いて考えなければと思った。

まず私自身のことを考えてみて、悪かったところなど何一つ考えつかなかった。たとえ私にたくさん欠点があったとしても、少なくとも兄弟子よりはずっと美形だし、聡明で、まともな人間に見えるはずだ。

次に兄弟子だ。この男の容貌、振る舞い、財力、こういうことのどこから見ても、悪辣非道な仕打ちができる能力などあり得ない。そもそもあいつは一目合ったとたん女心を蕩かすような男なんかではないのだ。

最後に自分の若い妻について、私はかなり念入りに詳しく考えてみた。彼女は私と一緒になってもう四、五年は経っている。私ら二人同じ屋根の下で楽しく暮らしてきたと言える。仮に彼女が楽しく暮らすふりをしていて、本当は一番好きな人と逃げてしまいたいと思っていたとしても——こういうことは昔はほとんど起こり得なかったのだが——普通なら黒子がそういう相手になれるとは到底考えられないだろう。あいつも私も職人で、身分が私より上であるわけなどない。同じく、金も私より持っておらず、容貌も私に及ばないし、私より若くすらないのだ。そうだとすれば、彼女が欲しがったものはいったい何なのか、私には考えつかない。じゃ、百歩譲って、彼女があいつに誘惑されて心が乱れてしまったとしよう、しかしそれにしても、あいつはいったいどんなことを餌にして誘惑したのだろう、あのどす黒い顔か、あの拙い職人の技か、あのいつもの服か、懐のあのわずかばかりの金か、ふん、笑わせる。もしも私がその気になれば、女の一人や二人簡単に誘惑できる、確かに金はあまり持っていないが、少なくとも見栄えは悪くない。黒子には何があるというのだ。さらに言えば、これが彼女のいっときの心の迷いで、善悪の判断もつかなかったとしても、うちの二人の子どもを棄ててまで行ってしまうなど、できることなのだろうか。

私はみんなの話が信じられず、すぐに黒子を遠ざけたり、馬鹿みたいに彼女を問い詰めたりはできなかった。そしてひととおりすべて思い返してみて、少しも変なところがないと信じ、他のみんなが考えすぎだったとわかってくれるのを待つしかないと思った。たとえそういう人たちが根拠もなく噂を流しているのではなかったとしても、じっくり状況を見極めなければならない。私からすれば何の理由もなく、自分自身を、友人を、そして妻を一緒くたにして汚い泥の中に巻きこむことなどできなかった。少しでも聡明な人間なら、どんなことにも愚かな対応はできないものだ。

しかしそれから間もなく、黒子も私の妻も姿を消した。今このときに至っても、二度とあの二人と会うことはなかった。彼女はどうしてあんなことをしでかしてしまったのか、彼女に直接会ってその口から本当のことを聞くまでは、決して納得できない。脳裏でどんなに思い巡らしても、このことにちゃんと対処できる時は永遠に来ないと思う。

このことをきちんとはっきりさせるために、彼女にはどうしてももう一度会いたいと心から願っている。しかし今になっても私はまだ迷宮の中に閉じ込められたままだ。

あのころ私がどんなに辛かったか、自分でくどくど言うまでもあるまい。誰でも簡単に想像がつくことだろう、若くて美形な男が母を失くした二人の子どもの面倒を見ている、そんな家庭がどんなに切ないか、聡明で社会的にもきちんとした男にとって、最愛の妻が兄弟子と出奔してしまうという事態がどんなに世間様に顔向けできないことか。同情してくれる人は私に声をかけたいと思っても口に出せず、知らない連中は、話を聞きつけても、兄弟子を非難したりはせず、逆に私を「寝取られ亭主」と噂した。私らのこういう孝行や礼節を立前にした社会では、世の人々は誰憚ることなく指差して嘲笑うことができるから、「寝取られ亭主」が現れるのを喜ぶのだ。私は口をしっかり噤《つぐ》んで歯をかみ締めた。心にはただあの二人の影と迸《ほとばし》る血があるばかりだった。あの二人に私を会わせないほうがいい、顔を見たら刀の一刺しあるのみ、他のことなどもう何も言う必要がない。

あのころ私はひたすら命をかけることだけ考えていて、そうやってようやく自分が人並みの男だと思えた。今はもうこんなに長い年月が経ってしまった。あの出来事が私のこの生涯の中でどんな影響を及ぼしたのか、細かく考えてもいいときが来たのだと思う。

私の口はちゃんとなすべきことをしていて、至る所で黒子の情報を訊いてまわった。だがなんにもならなかった。二人は海に小石が沈んでしまうようにかき消えた。確実な情報を耳にすることができないようになってから、私の怒りは次第に薄れていった。こう語るのも妙だが、怒りが消えていくと、逆に妻のことが哀れに思えてきた。黒子は単なる職人に過ぎず、しかもああいう技能は北京、天津あたりの大きな町でないと食っていけない、田舎では葬式に凝った「焼きモノ」などそもそも不必要だったから。それでは、もしも二人が遠くの土地に逃げていったとしたら、あいつはどうやって彼女を養っていけるのだろう。ははぁ、あいつは親友の妻を盗み取ることなど平気なんだから、彼女を売り飛ばしてしまうのなんかなんでもないだろう。こういう畏れがいつも私の心中を巡っていた。私は彼女が急に逃げ戻ってくるのを、そして私に自分がどのように騙され、どんなに辛い目にあったか訴えるのを、心から待ち望んでいた。もしも彼女が本当に私の前に跪いたら、きっと私は彼女を受け入れる。心から愛した女性だ、永遠に愛する女性なのだ、どんな過ちを犯したとしてもかまいはしない。彼女は帰って来ない、消息もない、私は彼女のことを恨んでみたり、哀れに思ってみたり、胸の中は千々に乱れ、夜一睡もできないでいることもあった。

一年が過ぎ、こういう混乱した思いもずいぶん軽くなった。そう、私のこの生涯で彼女のことは決して忘れられない、だがもうあれこれ思い悩むのはやめにした。あれが正真正銘の事実で、いろいろ悩んでもどうしようもないと、私は認めることにしたのだ。

私は結局どうなったか、これこそいちばんお話ししたいことだ。この永久にその全容を把握できなくなった出来事が、私のこの生涯においてはまさしく極めて大きな事件だったからだ。夢で最も愛している人を見失って、目覚めたとき、その人が本当に跡形もなく消えている、これはそんな感じだ。どうしてこうなってしまうのか、夢では決してわからない、しかしそこには本物の強烈な力が働いていて、誰もそれを受け止められない。こんな夢を見てしまった男は、狂気に走らずに済んだとしても、たいへんな変貌を遂げざるを得ない。その男が失くしてしまったのは、自分の命の半分なのだ！

五

初めは、明るく暖かな太陽に晒されるのが怖くて、家から出る気も起きなかった。

何よりも耐え難かったのは、最初に街に出たときだった。顔を上げて堂々と歩けば、生まれついての恥知らずだと言われるに違いない。俯いて歩けば、人に合わせる顔がないとみずから認めることになる。どちらにしてもうまくない。だが私自身は心に恥じることはなく、人様に顔向けできないことは何もしていないのだ。

私は禁を破り、また煙草と酒を始めた。悪運だろうと何だろうと構わない、女房に逃げられる以上の不運なんてあるものか。憐れんでもらおうとは思わないし、誰かに言いがかりをつけて騒ぎを起こすわけにもいかない。一人で酒を飲み煙草を吸い、やりきれない気持ちは心の中に仕舞い込めばいい。迷信を追い払うのに、思いがけぬ災い以上のものはない。以前、私はあらゆる神仙の罰を恐れていたが、今や何も信じず、生き仏様(24)すら信じなくなった。長いこと考えた末にようやくわかった。迷信というのは、思わぬ恩恵を求めるものだが、思わぬ災難に出くわすと、何も求めなくなり、おのずと迷信もやめるのだ。私は福の神と竈の神の神棚——自分で作ったものだった——を燃やしてしまった。親しい人の中には私が西洋にかぶれたという人もあった。西洋かぶれだろうが何だろうが、もう誰にもぬかずいたりするものか。人間が頼りにならないなら、神仙などいっそう当てにならないではないか。

私は陰鬱な人間になりはしなかった。本来なら、こんなことがあると人は悲しみに沈む

(24) ラマ教の「活仏」。

ものだが、私はつまらぬことを思い悩んだりしなかった。私はもともと快活な人間なのだ、ようし、これからも生きていくなら、この快活さを失ってはいけない。そう、思わぬ災難というのは往々にして人の習慣と性質を変えてしまうものだが、私は自分の快活さを失うまいと決めた。煙草を吸い、酒を飲み、神仏を信じるのをやめたが、どれも自分を元気づけるための方法だった。本当に楽しんでいるのであれ楽しむふりをしているのであれ、私は楽しんだ！　見習いをしているときにこのやり方を覚えたのだが、この度の不祥事を経て、いっそうこうする必要が生じた。今では、飢え死にしそうだというのにやっぱり笑っていて、自分でもこの笑いが本物なのか偽物なのかわからない。いずれにしても私は笑い、死ぬときになってこの口を閉じるのだ。あのことがあってから今に至るまで、私はずっと役に立つ、親切な人間であったが、胸にはぽっかり空いた空洞があった。この空洞はあの不幸な出来事が残したもので、塀に銃弾が当たってできた小さな空洞がいつまでも残っているみたいだった。私は役に立つし、親切だし、人助けが好きだったが、不幸にも物事がうまくいかなかったり、思いがけない面倒が起きたりした。だが私は焦らず、腹を立てることもなかった。それは胸に空洞があったからだ。この空洞は、私が最高に熱中したときには冷静にさせ、最高に嬉しいときにはちょっと悲しくさせた。私の笑みはいつも涙と一緒にあって、笑っているのか泣いているのかわからなくなった。

こうしたことは、すべて心の中の変化であって、もし私が黙っていれば――もちろん自分でもあまりうまく説明できないのだが――おそらく他の人は知りようもなかっただろう。同時に生活のうえでも変化があったが、こちらは誰もが目にすることができた。私は職を替え、表具師をやめたのだ。人に合わせる顔がなく、もう街へ出て仕事を待つわけにいかない。同業者で私を知る人は、黒子のことも必ず知っている。彼らが私のほうにちょっと長く視線を走らせただけで、私はご飯も喉を通らなくなってしまった。まだ新聞がそれほど流行らなかったころ、人々の目は新聞記事より恐ろしかった。今では、離婚するのにも役所へ行って堂々と話せばいいが、昔は男女の事柄というのはそう簡単にはいかなかった。私は同業の友人をすべて棄てたし、親方と奥さんにも会いに行く気が起きなかった。まるでこの世界から別の世界へと一足で飛び移ろうとしているようだった。こうしなければ、あのことを自分一人の心の中に仕舞い込めないと思ったのだ。時代の変化により表具師たちの活路はどんどん狭まったが、あんなことがなければ、私だってこんなに早く、こんなにあっさりと、職を替えたりしなかっただろう。職を棄てたことは、何も惜しくない。だがこうして職を棄てたからといって、「あの」不祥事に感謝はしない！　だがどうあれ、私は職を替えた。これは明らかな変化だった。

職を棄てたからといって、自分が何をすべきかわかっていたわけではない。水面に浮かぶ寂しき一艘の船のように、波を羅針盤として、行き当たりばったりで進むしかなかった。先に申し上げた通り、私は字が読めるし、ちょっとした清書だってできるのだから、下級役人になるには十分だ。それに、役人になるのは体裁のいいことだから、女房に逃げられたこの私も役人になれれば、無論いくらか名誉が回復されるだろう。今になって思えば、本当におかしな考えなのだが、当時の私はこれが最良の方法だと心から信じていた。まだ何の当てもないうちから、まるでもうすっかり勝算があって、仕事が見つかり、名誉も回復できたみたいに嬉しくなった。私はまた顔を高く上げた。

ふん！　手に職をつけるには三年で足りるが、役人になるには、三十年はかかるかもしれない。障壁が次から次へと立ちふさがっていた。私は字が読めると言ったが、ふん！　本を一冊丸々暗誦できる人だって、たくさんひもじい思いをしていたのだ。私は字が書けると言ったが、字が書けるのは特別なことではなかった。私は自分を高く見積もりすぎていた。しかし、この目で見たのだが、高官に就いているあの男は、朝から晩まで海の幸山の幸を食べているが、自分の苗字についてすらろくにわかっていない。それでは、私の学識が高すぎて、役人に必要なレベルを超えているのだろうか。この聡明を自認する私も、馬鹿みたいに困惑せざるを得なかった。

少しずつ、わかってきた。役人は能力のある者が就くものではない、役人になりたければばまずコネが必要なのだ。これではどれだけ優れた能力があろうと、私にはまるきり無理だ。私自身は職人で、知り合う人も職人だ。それに私の父も無知な平民にすぎない、有能で品行方正な平民ではあったが。私はどこへ行けば官職を得られるのだろうか。

人はもし絶対にどれか一本の道を進むよう迫られたら、行かざるを得ない。汽車と同じで、レールは敷かれていて、それに沿って行くだけだ。余計なことをやり出したら転覆してしまう。私も似たようなものだ。職を棄てる決心をし、官職を得られない以上、ずっとこうしてぶらぶらしているわけにはいかない。よし、私の前にはすでにレールが敷かれているのだから、前に進むのみだ、後戻りはできない。

私は巡査になった。

巡査と人力車夫は大都市で生活に困った人々に用意された二本のレールだ。字が読めず手に職を持たない者は、人力車を引くしかない。人力車を引くのに元手は要らず、汗を流せば窩窩頭《ウオウオトウ》[25]が食べられる。いくらか字が読めて体面を気にする者や、手に職をつけたが稼げない者は、巡査になるしかない。何はともあれ、巡査になるにはそれほどコネはいらないし、なったらまず制服が着られて、六元[26]の金が手に入る。とにもかくにも役人だ。この

---

(25) トウモロコシやコウリャン等の粉で作った饅頭で、粗末な食事の代表。

道のほか、私の進むべき道はなかった。私は人力車を引かなければならないほど落ちてはいないが、高官の伯父とか姉婿なんてものもいないのだから、巡査は望みが高くも低くもないちょうどいい仕事で、やる気さえあれば、銅ボタン付きの制服を着ることができる。兵隊は巡査よりいい、たとえ士官になれなくても、少なくとも略奪する機会がある。だが、兵隊にはなれない、家にはまだ母のない子が二人いるのだ。兵隊は粗野でなければならず、巡査は品行方正でなければならない。言い換えれば、兵隊になればあぶく銭を稼ぐ機会があるが、巡査になれば一生貧しくて品行方正なのだ。死ぬほど貧しく、つまらぬほど品行方正とは！

この五、六十年の経験から、こう言い切ることができる。本当に仕事のできる人は、必要が生じるまで黙っているが、仕事でも何でも世話好きな人——私自身のような——は、あれこれ話題を作って口を出したがる。私の口はいつだって大人しくしておられず、あらゆることに物申し、誰に対してもぴったりのあだ名を考えてしまう。口は災いのもとだ。災いの一つ目は、女房に逃げられたことで、これで一、二年のあいだ私の口は封じられた！　二つ目は、巡査になったことだ。この仕事に就く前、私は巡査を「道路の使い走り」、「詰所で威張る物知り屋」、「臭い足のお巡り」と呼んでいた。これらは巡査たちの仕事が、道路に立ち、つまらぬことで忙しくし、臭い足で駆け回っているからに他ならない。ふん！　自分が「臭い足のお巡り」になってしまった！　人生とは自分で自分のことをからかっているようなものだというのは、全くその通りだ！　自分で自分の頬を叩く羽目になったが、これは私が不道徳なことをしたからではない。せいぜい余計な冗談を言うのが好きだっただけだ。ここで、私は生命の厳粛さを知った。これに向かっては一言の冗談も言ってはならないのだ！　幸いなことに、私の胸には空洞があったから、人を「臭い足のお巡り」と呼んだのと同じように、自分のこともそう呼んだ。こういうのを昔は「なあなあで済ます」と言ったが、今どきの言葉では何というのか、まだよく調べてはいない。

私は巡査になるほかなかったが、本当にちょっとやりきれなかった。そう、私には何も人並み優れたところはないが、世間のことなら、誰よりも多くを知っていると言ってよい。巡査は世間の事柄を取り締まるのではないのか？　それなら、あの上級警官たちを見てごらんなさい。地元の言葉すら話せなかったり、二足す二が四か五かも長いこと考えねばならない奴もいる。ふん！　あいつは上級の役人ということになるが、私は「臨時雇いの巡査」に過ぎない。あいつの革靴は私の給料半年分だ！　何の経験も能力もないのに、上級役人になった。この手の役人は実に多い！　だがどこへ文句を言いに行けばいいのか。警

(26) 一九三〇年代の法定貨幣で換算すると、一元は日本円の一五〇〇円ほど。

察学校のある教官は、初日の教練で「気をつけ」と言うのを忘れて「止《と》めろ」と叫んだ。誰に聞くまでもなく、この御仁はきっと人力車夫出身に違いない。コネさえあればいい、今日人力車を引いていても、明日伯父がどこかの役人になれば、教官の職が得られるのだ。「止めろ」と言ったって構わない、誰も教官を笑うことはできないのだ！　こうしたことはもちろん多くはないが、こんな教官がいるということは、巡査の教練がどれだけいい加減でくだらないものか想像がつくだろう。もちろん教室での授業はこんな教官に務まるものではない、なぜなら少なくとも字を読めなくては格好がつかないからだ。座学を教える教官はおよそ二種類に分けられた。一つは古参たちで、その多くはアヘン中毒者だ。もし話がまともにできれば、持っているコネで、きっととうに高官に就けていただろうが、何もまともに話せないので、教官になるしかないのだ。もう一つは若者たちで、話すことといったら外国のことばかり、日本の巡査はどうだとか、フランスの治安警察法はどんなだとか、まるで私らがみな毛唐にでもなったようだ。このやり方には良い点があって、彼らは口から出まかせを言い、我々はうとうとしながら聞くが、誰も日本やフランスがどんなか知りっこないのだから、好き勝手に言っていればいいのだ。私だってアメリカの話をでっちあげて皆に聞かせることもできるが、残念ながら教官ではない。この年若いお子様たちが本当に外国のことを理解しているのかどうかは、知りようもない。どのみち中国のことはちっともわかっていないに違いない。この二種類の教官は年齢も学識も異なるが共通するところがあって、それはどちらも望む仕事には就けず、就ける仕事は気に入らずで、どうにかこうにか教官をやるほかないという点である。彼らはかなりのコネはあるが能力がなさすぎるため、六元の銀貨のためにひたすら黙っているしかない巡査たちを教えるのが最も相応しいのだ。

教官はこんなふうで、他の上級警官もほぼ同じだった。考えてみてほしい、県知事や税務署長になれる者で、警官になろうという者があるだろうか。先に申し上げた通り、巡査というのは望む仕事には就けず、就ける仕事は気に入らずで、仕方なしにやるものなのだ。上級警官も同じだ。我々は上から下まで「熊も下手な芸すりゃ飯にありつく」でみんなおまんまのために働いているだけだ。しかし、巡査は朝から晩まで街に出ていて、どうやって問題をなあなあで済ませるにせよ、ある程度口が立って、機を見て行動する必要がある。大きな問題を小さな問題にし、小さな問題をなかったことにする。そうすれば当局に面倒をかけずに済むし、みんなの気も済む。本当だろうと嘘だろうと、これが巡査のちょっとした能力ということだ。だが上級警官になる者は、こんな能力すら必要ないようだ。なるほど、閻魔様の仕事は楽だが下っ端鬼の仕事は大変だとは、よく言ったものだ！

六

もう少し言わせてもらいたい、そうすれば私があまりに傲慢で無知だと言う人もなくなるだろう。私はやりきれなかったと言ったが、これは正直な話だ。考えてみてほしい、一ヶ月の稼ぎが六元というのは、使用人と同じだし、使用人たちのようにうまいことやって「副収入」を得ることもない。六元ぽっきりの稼ぎしかないのに、このような立派な人物でなければならない――背筋を伸ばし、格好が良く、若く屈強で、弁舌爽やかで、さらに読み書きもできる！　こんなに山ほどの資格があっても、六元の値打ちしかないのだ！

六元の給料から三・五元の食費を除き、さらに慶弔や共益の費用を除くと、残るのは二元くらいのものだろう。服はもちろん支給品を着られるが、仕事上がりに制服を着て家に帰るわけにもいかない。そうなると、最低でも大褂《ダーグワ》(27)か何かの一枚は必要だ。もし大褂を作ったら、一ヶ月働いても何も残らない。それから、誰にだって家族がいる。両親――ああ、両親の話は、今はよそう！　夫婦だけにしても、最低でも部屋を一つ借りて、妻の食べるものや着るものが必要だ。それを銀貨二元で賄うのだ！　誰も病気にもなれず、子どもも持てず、煙草も吸えず、わずかな間食もできない。こんなふうに暮らしたって、毎月の生活費が足りないのだ！

私はよく同僚の仲人をしたが、どうして娘を巡査に嫁がせようという人があるのか、わからない。女の側の家へ話を持ちかけると、みな私に向かって口をへの字に曲げる。はっきりとは言わないが、その意味は明らかで、「ふん！　巡査か！」ということだ。だが口をゆがめられても気にすることはない、十回のうち九回は、口をゆがめた後に首を縦に振るのだから。まさかこの世には娘が多すぎるとでもいうのだろうか。私にはわからない。

どの面から見ても、巡査というのは虚勢を張るばっかりに、泣くに泣けず、笑うに笑えなくなってしまうものだ。制服を着れば、こぎれいできちんとして見えるし、立派で勇ましくもある。車馬や通行人、殴り合いや口喧嘩も、みんな彼が取り締まる。これが職務だ。だが彼は一ヶ月で食費を除くと、二元ほどしか手元に残らない。自分でも胃腸が弱っていることをわかっていても、無理して背筋を伸ばさざるを得ないし、時期が来たら嫁さんをもらって子どもを持たねばならないが、それだってやはりその二元が頼りだ。縁談を持ちかける際、最初に言うのは「手前は下っ端の役人であります！」だ。下っ端の下にはさらに何があるだろう。誰も詳しく聞こうとはしないし、聞けばかなり厄介なことになる。

そうだ、巡査たちはみな自分の惨めさのほどをわかっているが、風の日も雨の日も街の

---

(27) ひとえで丈の長い中国服。

巡回や夜番をしなければならず、少しも怠けられない。ちょっとでも怠ければクビになる危険がある。だから、やりきれなくても不平も漏らせず、苦労が多くてもサボることもできない。自分がここで働いても何にもならないとわかっているが、仕事を辞める危険を冒すこともできないのだ。こんな仕事でも捨てるのは惜しく、だがやってもまったくつまらない。こんな人たちも一日一日となんとか人間らしく暮らし、太極拳をするように、どんなにつまらなそうに力を抜いていてもやる気をみなぎらせなければならない。

この世にはなぜこんな仕事がなければならないのか、そしてなぜこんな仕事をやろうという人がたくさんいるのか。私にはわからない。もし来世また人間に生まれ変わったとしたら、そして迷魂湯《ミーフンタン》(28)を飲み忘れて、この生涯で起こったことをまだ覚えていたら、きっと大声で叫ぶに違いない。こんなのはまるきり恥さらしで、ペテンで、血を流さない殺人行為だと。老いて飢え死にしそうな今は、こうして叫ぶ余裕すらなく、次の食事で窩窩頭にありつくために必死にならなくてはいけない！

もちろん役人になった当初は、これらのことが一息にはっきり理解できたわけではない、誰もそれほど賢くはない。反対に、役人になれてちょっと嬉しかった。きちんとした制服と靴と制帽を身に着けると、私は確かに格好良く溌溂《はつらつ》としていたし、心の中では「何と言っても、役人仕事だ」とか「私の聡明さと能力があれば、すぐに出世するはずだ」などと思っていた。巡査長や巡査部長たちの制服の銅の星と金筋を注意深く観察し、自分も将来はああなれると想像していた。まさかあの銅の星と金筋が聡明さや能力に応じて与えられるものではないとは、思いもしなかったのだ。

新鮮味が薄れると、もうあの制服が嫌になっていた。制服を着ていても誰からも尊敬されず、ただ「臭い足のお巡り」が来たと知らせるだけだ！　制服自体も、本当に嫌だ。夏には牛革のようで、蒸れて体じゅうが汗臭くなる。冬には、ちっとも牛革のようでなく、紙でできているみたいになる。中に服を着込むのは認められておらず、暴風が吹けば胸元から風が入り、背中から出て行って、風通しの良い部屋のようだった。それに革靴は、冬には寒く夏には暑く、足が快適な時は決してない。薄手の靴下をはくと、まるで二つの大きなかごのようで、足の指やかかとが靴の中で落ち着かず、靴がどこにあるのかもわからない。厚手の靴下をはくと、一気にきつくなって、革靴がそんな靴下を拒絶する。どれだけの人が制服と革靴の製造を請け負って財を成したかは知らない。私が知っていたのは、私の足がずっとただれており、夏は水虫に、冬はしもやけになるということだけだった。もちろん、足がただれていても、いつものように街を巡回して見張りに立たねばならない、

(28) 飲むと前世の記憶をなくすという薬。

さもなければあの六元は稼げないのだ！　あまりに暑かったり寒かったりすれば、他の人は別の場所へ避難することができる。人力車夫だって少しの時間、自由に休めるが、巡査は巡回に行き、見張りに立たなければならない。暑さや寒さで死んでも自業自得、六元の銀貨で命を買われているのだから。

どこかでこんな言葉を見かけたことがある。「食飽《しょくあ》かざれば、力足らず(29)」。この言葉が本来どう使われていたにせよ、巡査を形容するのに使ってもさほど間違いはないだろう。最も哀れで可笑しいのは、我々は十分に食べられないのに、力を振り絞って、街頭に立ち堂々としていなければならないのだ！　施しを求める乞食は、腹が空いていなくても腰を曲げて、三日三晩何も食べていないふりをすることもある。反対に、巡査は腹を空かせていても腹を突き出して、鶏そばをどんぶり三杯も食べたばかりだというふりをする。物乞いが腹を空かせたふりをするのは道理に適っているが、巡査がたらふく飲み食いしているふりをするのにどんな理由があるのかわからない、ただ本当に可笑しいと思うばかりだ。

人々はみな巡査が物事に対処するとき、なあなあで済ますといって不満を抱く。ふん！　なあなあで済ますのにはそれなりの理由があるからだ。だが、この道理を詳しく説明する前に、最も恐ろしい事件について話したい。この恐ろしい事件の話をしてから、振り返ってその理由について詳しく説明する方が、話もしやすいし、より鮮明に伝わるだろう。よし！　ではそうしよう。

七

月が出ているはずだが、暗雲に遮られて、あたりはどこも真っ暗だった。私は辺鄙な場所の夜回りをしていた。靴底には金具が打ちつけてあり、また当時、巡査はみな日本刀を下げることになっていた。周囲はしんと静まり返り、自分の靴底と刀の立てる音を聞いていると、寂しく手持ち無沙汰で、少し怖くもあった。目の前に急に猫が現れたり、鳥の鳴き声が聞こえたりするたびに、嫌な感じがした。無理して胸を張ったが、心の中は空虚そのもので、まるで何か不幸な出来事がこの先で待ち受けているかのようだった。すっかり怯えているというわけでもないが、極めて意気軒昂というわけでもなく、ただどうも気分が優れず、手のひらから冷や汗が湧きあがった。普段の私は肝が据わっていて、死体の見張りをするのも、変死体の出た家の番を一人でするのも、どうってことなかった。どうしてこの晩はこれほど怖気づいたのかわからないが、心の中で自分を嘲り笑うほど、どこかに危険が潜んでいるような気がするのだった。歩調を速めるわけにもいかなかったが、心

(29)　出典は韓愈「雑説」。

の中では早く戻りたい、あの明かりのある、友人のいる場所へ戻りたいと切に願っていた。

突然、連発する銃声が聞こえた！　私は立ち止まったが、この時になって勇気が奮い立った。真の危険に直面すれば却って臆病など消し飛んでしまう、疑心暗鬼でいることこそが恐怖の根源なのだ。私は夜道を歩く馬が耳をそばだてるように、耳を澄ました。また銃声の連発があり、さらにまた銃声が連続した！　音がやむと、私はそのまま待って、耳を澄ました。堪えがたいほどの静けさだった。稲妻が走った後、轟くはずの雷鳴を待つように、鼓動が速くなった。パン、パン、パン、パンと、四方八方で銃声が響いた。

私の肝っ玉は次第にまた萎んでいった。最初の連発した銃声で勇気が奮い立ったが、これほどの銃声があるということは、真の危険に瀕しているということだ。私は人間で、人間は死を恐れる。突然走り出し、少し走って、また急に立ち止まった。聞いているうち、銃声はますます集中してきた。何も見えず、あたりは真っ暗で、銃声がするばかり。どうしてかも、どこなのかもわからず、暗闇の中でただ一人、遠くの銃声を聞いていた。どこへ逃げるのか？　一体何事か？　考えるべきだったが、考えている場合ではない。肝が据わっていても役には立たない、まとまった考えがなければ肝っ玉など存在しないのだ。やっぱり逃げよう、闇雲にでも動き回る方が、震えながらただ突っ立っているよりは良い。

私は走った、死ぬ気で走った、手は刀をきつく握りしめていた。怯えた犬猫と同じで、何も考えなくても家に逃げ帰ることは知っていた。私は自分が巡査であることを忘れた。ひとまず、母のない子どもたちの様子を見に、家に帰らなくては、どうせ死ぬのなら絶対に一緒にいなくては！

家に帰るには、大通りを何本も渡らなければならなかった。最初の大通りに着いたところで、これ以上逃げるのは難しいと理解した。通りを走る人影の群れは、動きが素早く、走りながら発砲していた。兵士だ！　それは辮髪兵(30)だった。私はと言えば、辮髪を切ったばかりだった。他の人のように髪を頭の上に巻き上げておかず、本当にばっさり切ってしまったことを後悔した。もしすぐに辮髪を下ろせたら、この兵士たちが日頃巡査を心底憎んでいたにしても、辮髪があるからと銃口を向けるまではしないかもしれない。彼らにとって、辮髪のない者は西洋かぶれ野郎で、殺すべきなのだ。だが私にはそのお宝の辮髪がない！　私はそれ以上動けず、暗闇の中に隠れ、どう動くべきか様子を見ていた。兵士たちは道路を駆け、一隊また一隊と続いて、銃声はやまなかった。彼らが何をしているのかはわからなかった。しばらくすると、兵士たちは通り過ぎたようだった。ちょっと頭を出して様子をうかがったところ、何も動きがないので、夜行性の鳥のように道路を飛び越え、

(30) 清朝に忠誠を誓った反乱軍。兵士たちは辮髪を残していた。

道の反対側に着いた。こうして素早く道路を渡るあいだに、目の端がわずかな赤い光をとらえた。十字路の方で炎が上がっていた。私はまだ暗闇に隠れていた。そのうち、火の光ははるか遠くからあたりを明るく照らした。また頭を出して見てみると、ぼんやりと十字路が見えた。四つ角にある商店は全て燃えていて、火影の中を兵士たちが行ったり来たり走り回って銃を撃っていた。これは軍の反乱だ、と理解した。ほどなくして、火の手はいっそう激しくなり、どんどん隣へと燃え広がった。光からの距離から判断するに、およそ付近の十字路と丁字路のあたりは全て燃えていた。

　張り倒されても仕方のないことを言うと、炎は本当に美しい！　はるか遠くで、漆黒の空が急に明るくなり、すぐにまた暗くなる。それからまた明るくなって、にわかに真っ赤な塊が噴き上がると、空の一部が熱で赤くなった鉄板のような、恐ろしいほどの赤に染まった。赤い光の中から、黒煙と燃え上がる炎があちこちで高く低く噴き上がるのが見えた。煙が炎を覆い隠したかと思うと、炎が黒煙を突き破った。黒煙が湧き立ち、渦となり、めまぐるしく形を変えて上昇し、ひとかたまりになって、濃霧が夕陽を遮るように、その下の火の光を覆う。少しすると火の光はやや明るくなり、煙も灰白色に変わった。混じりけがなく、勢いがあって、炎は多くないものの、光がひとかたまりになって、空の大部分を明るく照らしていた。その近くの煙と炎からは様々な音が聞こえ、煙は高所へ向かって立ち昇り、炎は四方へ広がった。煙は醜い黒龍のようで、炎はあちこちで芽を出してぐんぐん成長する赤い鉄の筍のようだ。煙は炎を包み、炎は煙を包んで、高く巻き上がったかと思うと、急に散り散りになり、黒煙の中に無数の火花や、極めて大きな炎の塊が三つ、四つと落下する。火花や炎の塊が落下すると、煙は少し楽になったように、むくむくと上昇する。火花や炎の塊が下降し、空中でその下の火柱と出会うと、また狂喜して上へ向かって飛び跳ね、無数の火花を散らす。炎の塊が遠くに落ち、燃えるものに出会うと、一帯にまた新たな炎が上がり、新たな煙が前の煙を覆い、それから急に真っ暗になる。新たな炎が黒煙を突き破り、前の炎と合わさると、あたり一帯に炎が広がり、火柱が立ち、舞い踊り、吐き出し、揺れ動き、錯乱する。急にガラガラと音がして、一軒の家が倒れた。火の粉、煤煙、ほこり、白煙が一斉に舞い上がると、炎は下に押しやられ、下の方で横へ向かって一気に吹き出した。まるで千匹の火の蛇が頭を出して舌を伸ばしているようだった。静寂、静寂、火の蛇はゆっくりと、忍耐強く、上へと進む。上の方まで来て、高所の炎と合わさると、あかあかと光って、純粋な明るさを放ち、それから急に音を立てた。人の心をすっかり明るく照らそうとしているかのようだった。

私は見ていた、いや、見ていただけではなく、においを嗅いでいたのだ！　様々なにおいの中で、じっくりと吟味していた。これはあの金地に黒文字の看板の呉服店だ、あれはあの山西人《シャンシー》が開いた酒屋だ。こうしたにおいから、様々な炎の塊の違いを感じ取った。軽くて高く飛ぶのはきっと茶屋のもので、動きが遅くて真っ黒なのはきっと反物屋のものだ。どれも私の商売ではないが、違いはわかった。これらの火葬のにおいを嗅ぎ、炎の塊が上下するのを見て、私の心がどれだけ辛かったか、うまく言葉で表せない。

私は見て、においを嗅いで、苦しんだ。自分の危険も忘れ、分別のつかない子どものように、夢中になって見物するばかりで、他の一切を忘れてしまった。歯がガタガタ鳴ったが、それは身の危険を恐れたからではなく、この稀有で悲惨な美しさに心を動かされたからだった。

家に帰る希望は断たれた。通りには全部でどれだけの兵士がいるのかわからないが、あちこちで起こる火の光から察するに、主な交差点にはどこも兵士がいるようだった。彼らの目的は略奪だが、すでにこれほど多くの店を簡単に燃やしてしまったのだから、手当たり次第にちょっと人を殺してやろうということにもなりかねない。私のような辮髪を切った巡査は彼らにしてみればトコジラミみたいなもので、引き金を引きさえすれば殺せる、なんの手間も要らぬ簡単なことだ。

ここまで考えて、私は「分署」へ戻ろうと考えた。「分署」まではさほど遠くなく、通りをあと一本越えるだけだった。しかし、それすら遅すぎた。銃声が最初に起こったとき、貧乏人も金持ちもみな、自宅の門戸を閉めた。通りで兵士たちがのさばっている以外、街全体が死んでしまったようだった。それから火の手が上がると、店内の人々は火影の中を走り出した。いくらか勇気のある者は通りの脇に立って、自分や他人の店が燃えるのを見ていた。誰も火を消そうとしなかったが、走り去るのも名残惜しく、ただ黙ったまま炎が乱れ飛ぶのを見ていた。勇気のない者はといえば、先を争って横丁へ走り、三々五々群れをなして路地に隠れたのち、何度も通りの方の様子をうかがった。誰も声を立てず、みんな震えていた。炎はいっそう激しくなり、銃声は次第にまばらになった。横丁の住民は何が起こったのかをすでに悟ったようで、初めに扉を開けて外をのぞいてみる人が現れ、それから通りを歩いてみる人が現れた。通りには火の光と人影しかなく、巡査はおらず、兵士たちに略奪された質屋と装身具店はどこも戸を大きく開け放っていた！　……商店街がこんなふうだと、人々は恐ろしくもあったが、同時に大胆にもなった。巡査のいない街というのは、ちょうど先生のいない私塾のようなもので、どんなに真面目な子どもでも騒ぎ出すのだ。ある一軒が戸を開けると、他の家も次々に戸を開けはじめ、通りには人が増えた。もう商店は略奪されているんだから、自分たちだってやっちまえばいい！　日頃、あの善良で法律を遵守する人民が略奪を行うとは、誰が想像できるだろう。ふん！　機会さえあれば、人々はすぐに本来の姿を現すのだ。やっちまえ、という声が上がり、屈強な若者たちがまず質屋、貴金属店、時計店に入った。男たちの第一陣が戻ると、第二陣には女や子どもも混じっていた。兵士たちに略奪された店はもちろん手間いらずで、好きに入って奪えばいい。しかしそのすぐ後、まだ略奪されていない店の戸も、人々を阻むことはできなかった。穀物店、茶屋、雑貨店、どんなものでもいいということで、戸板は残らずみんな壊された。

こんな大熱狂は生涯で一度しか見たことがない。老若男女が大声を上げ、狂ったように走り、押し合い、言い争い、ある者は店の戸を叩き壊し、ある者は大声で喚いている。ガッターン！　戸板は倒され、人々は蜂の大群のように駆け込み、押し合いへし合いする。地面に押し倒された者はわめき狂い、動きの素早い者は勘定台に飛び乗る。みな目を真っ赤にし、死に物狂いで、勇み立って突進し、一団となり、わっと倒れて、四方八方へ散り散りになる。略奪したものを背負って、抱えて、担いで、引いて、戦に勝った蟻の群れのように、堂々と立ち去り、去ったと思えばまた戻る。今度は妻と子を従えて、前後で声をかけ合うのだ。

貧乏人たちは当然のこと出てくる、ふん！　それを見たら、中流階層の連中だって、負けてはいられない！

高価なものは先に運び終わり、第二弾は石炭、米、薪、木炭だった。甕ごとゴマ油を運ぶ者もあれば、小麦粉の入った袋を一人で二袋担ぐ者もいる。瓶や壺が道路に砕け散り、米や小麦粉が歩道に散らばる。やっちまえ！　やっちまえ！　やっちまうんだ！　誰もが自分の腕が二本しかないことを恨み、自分の足が遅すぎることを不満に思った。砂糖の入った甕を運ぶ者など、甕を転がしながら歩く様は、まるで大きな糞の玉を押すフンコロガシのようだ。

上には上がいるもので、人はどこにいても頭を使う！　包丁を持った男が現れ、路地の入口で待ち構えて、「置いていけ！」と包丁をちらつかせる。すると袋やら服やらが置いていかれる。こうして易々と苦労せず、家に持ち帰るのだ。「置いていけ！」と言っても効き目がない場合、包丁を振り下ろし、小麦粉の袋をたたき切る。粉雪がわっと舞い、二人は取っ組み合って転げまわる。通りすがりの者はそそくさと歩きながら、「何を喧嘩してるんだ、ものならたくさんあるじゃないか！」と言葉をかける。二人は我に返り、立ち上がって街頭へと走り去る。やっちまえ！　やっちまえ！　ものならたくさんある！

私は商売人たちの群れにもまれながら、暗闇に隠れた。私は何も言わなかったが、彼らは私の困難をよく理解していたようで、声を立てずに、私をしっかりと取り囲んでいた。巡査である私は言うまでもなく、商売人である彼らも顔を上げられなかった。彼らは自分たちの財産や売り物を守れなかった。先頭に立って抵抗する者があるとすれば命知らずだ、兵士たちは銃を持っていて、人民たちも包丁を持っているのだ！　そう、彼らは俯いて、まるでひどく恥ずかしがっているかのようだった。彼らはただ、略奪する人々――つまり日頃の顧客だ――と顔を合わせることを恐れていた。相手が気まずさのあまり逆上するといけないからだ。この国法のないときに、商売人を何人か殺したところでどうってことはない！　だから、彼らも私を守ってくれた。考えてみてもらいたい、この一帯の住民で、私を知らない者はほとんどいないのだ！　私は三日とあけずにここへ巡回に来ていた。普段、彼らが塀に小便を引っかけると、私はどんなに嫌われても、口を出さねばならない。彼らに憎まれないで済むわけがなかろう！　今、みんなが濡れ手に粟で有頂天になっているところで、私を見かけ、一人が一つずつ煉瓦を投げてきたら、私は生きていられないだろう。たとえ彼らが私を知らなくても、制服を着て、日本刀を下げているのだ！　この局面において、巡査が何も考えずひょっこり現れたら、どれだけ具合の悪いことか！　私はみんなの前で、巡査が出る幕じゃなかったと謝罪しても全く構わないが、それであっさりと許してくれるわけなどありゃしない。

通りは急に少し静かになった。歩道にいた人々は続々と横丁へと駆け出し、道路では散り散りになった兵士たちが歩いていた。兵士たちはみなゆっくり歩いていた。私は巡査の制帽を取って、どこかの徒弟の肩越しに外へ目をやると、一人の兵士が、数珠つなぎにした蟹のようなものを手に提げていたが、たぶん金銀の腕輪を紐で結わえてぶら下げていたのだろう。その兵士は他にも多くのものを持っていた。何かは知らないが、ゆっくり歩いていたから、きっとたくさんの硬貨を持っていたに違いない。なんと自然で、なんと羨ましいことか！　当たり前のような顔をして、数珠つなぎにした腕輪をぶら下げ、道路の真ん中を悠々と歩く。燃えている店が巨大な松明《たいまつ》となり、兵士たちのために街じゅうを明るく照らすのだ！

兵士が去って、人々はまた横丁から出てきた。すでにほとんどのものが略奪されたので、人々は店の戸板を運び始め、中には戸の上に掛けられた看板を持ち去る者もいた。新聞でしばしば「徹底」という言葉を見かけるが、我々の善良な人民が略奪を働くときこそ、真の徹底なのだ！

このとき、ようやく店の人々の中に「火を消せ、火を消せ！　全焼するまで待ってちゃダメだ！」と叫ぶ者が現れた。その悲痛な叫びは聞くものの涙を誘った！　私の周囲の人々は動き始めた。私はどうすべきか？　もしみんなが消火活動に行ってしまったら、一人残された巡査の私は、どこへ逃げればよいのか？　私が引き止めたのは肉屋の男だったのだ！　彼は私に豚の油まみれの大褂を脱いで渡してくれた。制帽は脇の下に挟んだ。私は片手で日本刀を握りしめ、片手で胸もとの合わせの部分をしっかりつかみ、塀にはりつきながら、「分署」へと逃げ帰った。

八

私は略奪しに行きはしなかったし、他の連中が略奪したのも私の所有物ではないわけだから、今回の兵乱は端的に言って私と無関係だったと言える。しかし私はこの目で見た、そしてわかった。何がわかったのか、それをあっさりうまい具合に、一言二言で言ってのけるようなことはできない。私は何か世の道理みたいなことが少しわかった。その少しばかりの道理が私の気性をほとんど完全に変えてしまった。女房に逃げられたのは金輪際忘れられない出来事だったが、今ではそれにもう一つ仲間ができてしまった。今回の兵乱も私の決して忘れられないもののうちに入ったのだ。女房に逃げられたのは私自身の問題で、自分の胸の内に留めておけばよく、一家のことから天下国家のことまで引き合いに出す必要などない。だが今度の兵乱は何万人もに及ぶことで、ちょっと思い起こすとすぐさま他のみんなのことが脳裏に浮かび、この街全体のことを考えてしまう。ちょうど新聞なんかでいろんな問題をあれやこれや語っているみたいに、今回の兵乱によって私は、多くの大事についてずばり断言できるようになった。そう、私はすっきり言い表す上手い表現を見つけた。今度の兵乱はものの道理を教えてくれ、それでもって私は多くの問題をよくよく考えてみた。人様がこの道理を理解できるかどうかに関係なく、私はこんなことも悪くないと思った。

すでに申し上げたように、女房が失踪してから私の胸には空洞ができた。そして今度の兵乱を経て、その空洞はさらに大きくなっていき、すっぽりとたくさんの物事を受け入れられるようになった。兵乱についてもっとお話ししよう！　これを全部話しきったら、私の胸の空洞がなぜ大きくなっていったか、きっとおわかりいただけると思う。

宿舎に戻ってみると、みんなまだ寝てはいなかった。眠らないのは当然だろうが、誰一人として慌てふためいたり恐れ慄いたりはしておらず、あたかも祝いごとか何かで徹夜しているかのように、煙草を吸っているものもいれば茶を飲んでいるものもいた。私の取り乱した有様は、みんなの同情を引かなかったばかりか、あからさまに笑われたりもした。私はみんなに話したいことが山ほどあったのだが、こんな雰囲気を見てもう何も言うことなどないと思った。横になって寝てしまおうとしたら、小隊長に遮られた。「寝てはいかん！　もう少しして明るくなったら、わしら全員出動して街を制圧するんだ！」これを聞いて今度は私のほうが笑ってしまった。街中焼き尽くされ略奪に遭ってあんなになっていたときには一人の巡査の姿もなかったのに、明るくなってからおっとり刀で制圧に出かけるだと、こんなふざけきった話は聞いたこともないぞ！　だが命令は命令だ、私はひたすら明るくなるのを待つだけだ。

まだ夜が明ける前に、およその事情は聞き出せた。上級の警察官たちは兵乱のことを予め知らされていたが、下っ端の巡査に教えるのは憚られたということだ。つまり、兵乱というのは警察が対処できる問題じゃないから、兵乱をやりたけりゃ勝手にどうぞ、ってわけだ。下級警官や巡査たちなんかはどうなるかというと、うすらぼんやりとしたまま、いつものように夜間の巡回や立番を勤めさせて、そいつらが死のうが生きのびようが知ったことじゃない、ということだ。こういう発想はなんと生々しく、悪辣なことだろう！　他の巡査たちはと言えば、みんなこの私と同じように、小利口にも、銃声を耳にした途端に逃げ帰ってきていたのだ。こういう巡査連中であってはじめて、ああいう上級警官に対応できるわけで、上から下まで誰も彼もその場しのぎの事なかれ主義で「お役目」をこなしているのだ。これは嘘偽りのないお話だ。

ひどく眠くてしかたなかったのだが、私は街の状況を確かめに行きたかった。夜のあの情景が胸に刻まれていて、それがどうなっているのか日の光の下でもう一度しっかり見比べ、事の顚末をはっきりさせたかったのだ。夜が明けるのがひどく遅く感じられたのは、気が急いていたからかもしれない。しかしゆっくりと空が明るくなり、私らは隊列を組んだ。そのときまた笑いたくなってしまった。髷みたいに頭上にまとめていた辮髪を解きおろし、だらりと下げている者がいたのだ。しかし巡査長もそれを黙認していた。また中には、整列する間際になって、制服の隅々までサッサッと埃を払い、革靴も布でピカピカに磨いた奴も現れたのだ！　街はあんなにひどい損害を被っていたのに、靴磨きの心配をするような輩がいるのだ。これが笑わずにいられようか。

街に到着すると、もはやいかにしても笑うことなどできなかった。これまで私は「惨たらしい」とはどんなことなのかまったくわかっておらず、この場に来てはじめてその真相を理解したのだ。空にはまだいくつかぐずぐずと残っている大きな星があって、微かに青みがかった灰色の雲がたなびき、大気は清涼だったが暗澹とした気配に覆われていた。焼けこげた臭いがあたり一面に充満し、空中には白煙が揺らめいていた。商店の門戸は大きく開け放たれ、まともな窓など一つも残っていなかった。大人も若い徒弟もみな店の前に出て、黙りこくったまま立ったり座ったりしていたが、周りを片づけようとする者は一人もおらず、まるで主人を失った愚かな羊の群れのように見えた。このときすでに延焼は止まっていたが、焼け落ちたところからはまだ白い煙が静かに立ち上り、小さく細い炎がちょろちょろと吐き出されて、煌《きら》めきを発していた。そよ風が吹き付けると焼け焦げた建物の柱が急にまた明るく輝き、風に乗って炎の小旗を振るっているように見えた。最初に燃え始めた何軒かの店はもはや巨大な焦土の堆積と成り果てているのに、建物の両端の壁だけは倒壊してなく、煙を吹き上げるいくつかの残骸の山をまるで墓所のように虚しく抱え込んでいた。後になって燃え出したあたりはまだ建物が残っており、壁から正面までみんな倒れてはいなかったが、入口の戸も窓も焼け落ちて黒い洞窟のようになっていた。猫が一匹、こういう商店の入口に座っており、煙に燻《いぶ》されてくしゃみを何度も繰り返しているのに、その場から離れようとはしなかった。

いつもならもっとも賑やかで華やかな通りの四つ角は焼け爛《ただ》れた木片と壊れた瓦ばかりとなり、焦げた柱の群れがひっそり静かに立ち並んでいる。通りの東西南北どの方角もみんな同じ光景で、立ちのぼる気力も失せたように見える煙がいかにも気怠そうに漂っていた。地獄とはどんなところか、私にはわからないが、この目の前に広がる光景とそんなに違わないに決まっている！　顔を逸らして俯くと、かつての通りの景色が脳裏に浮かぶ。あの華やかな店々はなんて煌びやかで愛らしかったことか。顔を上げると、見えるのはただ一面の焦土だけだ。胸中に思い浮かぶ光景とこの目の前の有様がいきなり交差したとき、涙が急に溢れ出た。こういうのを「惨《むご》たらしい」と言うのではないか。焼けている場所の外には多くの商人や徒弟たちが立ち尽くしている。みんな手を袖の中に挿しいれて残火を前に呆然としていたのだ。私らに出逢っても、彼らはちらりと目をやるだけで、何の表情も見せなかった。彼らは望みをすっかり絶たれてしまい、感情を表すこと自体まったく無用になってしまったかのようだった。

この一帯の焼け跡を通り過ぎると、商店はすべて門戸も窓も開けっぱなしになっていて、まったく何の気配もなく、脇道にも道路にも割れ砕けたものが散乱し、焼け跡よりももっと凄惨な感じがした。焼け跡なら見ればすぐ火災に遭ったということがわかるが、この破壊された商店と一面に砕け散った品物が覆い尽くす街の静寂は、人の理解を超えていて、あの賑やかな繁華街がどうして突然巨大なガラクタの山に変わってしまったのか、まったくわからなかった。私は命令を受けて、この場所に立って警備にあたることになった。自分の責任は何なのか、自分でもわからなかった。私は規則通り、身じろぎひとつせずその場に立ったが、この荒廃した街には何か冷気のような気配が漂っていて、自分が飲み込まれてしまいそうに感じた。女の人や子どもたちが店の外に散乱した壊れ物を拾っていても、店の人は声を荒らげるようなことはせず、私も注意などする気になれなかった。この場に警戒のために立っていること自体、私には完全に余計なことだと思われた。

太陽が昇ると、街はあたかも陽に照らされた物乞いの醜い姿のように、その惨憺たる様をいっそうはっきり晒した。地上に散らばる小さな物たちがすべて自己の色彩と形状を剥き出しにしており、その奇怪なほどのけばけばしさと凄まじい散乱ぶりに息ができなくなるほどだった。野菜売りも、朝市に行く人も、朝食の屋台もなく、人力車の一台も、馬の一頭もまったく見えない。街中が破壊し尽くされ、すっかり何もなくなって、昇ったばかりの太陽でさえ力なく項垂れたまま、虚しく天空にかかっているように思えた。ふと一人の郵便配達が私の脇をすり抜けていったが、俯いたその男は背後に長い影を引きずっていた。私は思わず身震いをした。

しばらくすると私らの派出所の巡査部長がやってきた。後ろに部下を一名従えていて、二人はまるで祝いごとにでも出るかのように張り切って、大通りの真ん中を勇ましく歩いていた。巡査部長は私に、街の秩序を正すように気をつけるんだ、非常警戒の特別部隊が出動したんだからな！　と伝えた。私は敬礼したが、この男がいったい何を言っているのか、さっぱり意味が摑めなかった。その部下の巡査は私がぼんやりしているのに気づいたらしく、低い声で補足説明をした。あのガラクタを拾っている奴らを追い散らすんだよ、絶大な権限を持った特別部隊がもうじき来るんだぞ、と。私は任務を執行する気になれなかったが、かと言って公然と命令に背くわけにもいかず、商店の店先あたりに近寄って、ガラクタ拾いの女や子どもに向かい、立ち去るように手を振った。さっさと退け、と大声を出すなどとてもできなかったのだ！

こんなふうにして秩序維持の命令を執行しながら、肉屋の店の方に向かった。貸してくれたあの大褂は洗ってからお返しすると一声挨拶をしておきたかったのだ。肉屋は小さな店先に俯いて座り込んでいた。こんなちっぽけな店まで略奪に遭うとは思いもよらなかったが、店はすっかり何もなくなっていた。私が声をかけても肉屋は顔を上げなかった。店の中を見渡してみると、肉切り用の大小のまな板も、肉を吊るすフックも、売上金の銭《チエン》筒《トン》(31)も、油受けの盆も、およそ持ち去ることができる物は、何もかもみんな奪われていて、残っているのは、勘定台とまな板をかけていた土台だけだった。

　私はまた持ち場に戻ったが、頭が割れるように痛かった。もしもこの先ずっとこの街の警備をしろと命令されたら、きっとすぐに気が狂ってしまうに違いない。

　非常警戒の特別部隊は本当にやってきた。十二名の兵士と指揮官が一人、即刻処刑許可の木札を恭しく掲げて、銃には銃剣が装着されていた。ああ、この部隊は辮髪兵だったのだ！　こいつらは略奪をし尽くしてから、再度登場し今度は人々を即刻処刑するという。なんとふざけた話だ。おまけに私は、こいつらの掲げる木札に敬礼をしなければならないのだ！

　敬礼をし終えると、私は急いで周囲を見回した。散乱したガラクタを拾っている人がまだ残っていたら、彼らにすぐ注意をしなければならないと思ったのだ。あの肉屋のまな板

（31）銭を入れておく竹製の筒。

までも持ち去った人民たちなど、もともと同情するに値しないのだが、こういう弁髪兵らに殺されてしまうのは、あまりに道理に悖《もと》るような気がした。

しかし私が声をかける間もなかった。十四、五歳の少年が逃げきれずにまだその場に残っていたのだ。銃剣がその子を取り囲んだとき、その子は木の切れ端と古い靴をまだ手に握っていた。少年は引きずり倒され、大刀がギラリと光った。少年が「母ちゃん！」と叫んだ瞬間、鮮血が遠くまで噴き上がった。撥ねられた首は早くも電信柱に掛けられていたが、その子の身体はまだピクピクと動いていた。

私は唾を吐く力もなくなり、天地が目の前でぐるぐる回り出した。殺人はこれまでも目撃したことがあり、怖くなどなかった。だがこれはあまりにも不公平だ、私はまったく納得できない！　どうかこの言葉を忘れないでほしい。これが前に申し上げた「世の道理みたいなことが少しわかった」という意味だ。考えてみてほしい、こいつらは金銀の腕輪を数珠みたいに結わえてぶら下げて部隊に戻ってから、改めて出動して今度は古靴を拾っていた子どもを殺したのだ、それなのに厳格に「法」を執行したとほざいているのだ！　この世の中にこんな「法」が必要だったら、そんなものクソまみれにして踏み躙《にじ》ってやるぞ！　どうか私の下品な言葉遣いをお許し願いたい。だが、こんな事態そのものが、あまりにも文明社会からかけ離れているのではないだろうか。

しばらく経ってから、こんな情報を耳にした。今回の兵乱は何らかの政治的作用というものがあって、その作用の結果、略奪を働いた兵士たちはその後に市内の秩序維持に動員されたのだという。初めから終わりまで、みんなあらかじめよく考えられた筋道だったというわけだ。政治的作用とは、いったい何なのか、私にはまったくわからないぞ！　私はただもう一度街に出て大声で罵りまくりたい。しかし、私みたいな「臭い足のお巡り」が街に出て騒いだところでいったい何の役に立つというのだ！

九

もはや私はあの出来事を二度と持ち出したりしたくないのだが、あの状況に目鼻をつけてはっきりさせたいので、疑問に思うことをそのままここに提起しておくことにする。こうして書いておくのは、私よりずっと聡明な方々がたくさんいらっしゃるので、そういう人にしっかり考えていただきたいからだ。

なぜ「政治的作用」の中に兵乱が含まれるのだろうか？

もし兵隊たちに略奪させるつもりだったのなら、なぜ巡査たちを警備に行かせたのだろうか？

巡査とは結局のところどんな役割のものなのだろうか？　立ち小便の取り締まりだけや

ればよく、商店の略奪は任務外、無関係でいいのか？　善良な住民たちも略奪行為を働いてしまう、それなのに巡査がもっぱらこそ泥を捕まえることしかしないのはなぜなのか？

そもそもみんな巡査のことを必要としているのだろうか？　必要じゃないとするなら、なぜ喧嘩のときに巡査を呼ぶのだ、しかも毎月毎月「警察募金」を持っていかれるのに。では必要だとするなら、巡査が乗り出すことをなぜあんなに嫌がるのだろうか？　略奪する奴のしたい放題で、奪われた側も何一つ訴えようとしない。

まあいいだろう、私はいくつか「それらしい感じ」を挙げておくことにする。問題はまだまだいっぱいあるのだ。そういう問題を解決する力もないのだから、これ以上グタグタ言い募るのはやめよう。ここでいう「それらしい感じ」は私をますます呆然とさせてしまい、何を考えても間違っているようで、何がどうなっているのかいよいよわからなくさせる。考えていくうちに、事態がはっきり見えた気になっても、またすぐぼんやりと霞んでしまう。私の持っていたささやかな聡明さぐらいでは、こんなに大きな問題を相手にできる力などない。

私ができるのは昔からの言い方を持ち出すことぐらいだ。ここにいる人民たちはみんな、お役人も、兵隊も、巡査も、あの善良な住民もひっくるめて、みんながみんな「まったく割に合わない！」それだから、私の胸の空洞はいっそう大きくなっていくのだ！　こうした「割に合わない」人たちの間で生きていくには、そのときそのときの状況にうまく対応する力がいるわけで、「真実」がどうなっているかなど追求したりしてはいけない。私はこういう感じがよくわかってきたのだ。

もう一つ上手い言い方があった。忘れてはいけない、「何事もほどほどに」だ。もしも私と同じように、上手いやり方を見つけられなかったら、この言葉が実にうまく使える。現によく知られているし、とても適切で、しかも自分をうすらぼんやりとしたままにしないで済む。「何事もほどほどに」、これですべて終わりだ。もしまだ少し物足りないと思うのなら、もう一言、「まったくクソ面倒だ」を付け足せば、実に上手い言い方に仕上がるというものだ。

十

これ以上あれこれ申し立てなくても、この国の人たちがどんなことになっているのか、おそらく誰の目にも明らかになっただろう。ここからはまた警察の話にもどるが、いい加減というのは当たり前となっていて、何ら驚くに価しなかった。賭場の手入れを例に取ろう。昔の賭場は影響力のある人物が裏で仕切っていたので、当局が手出しできないだけでなく、たとえ人命が失われても大して問題とはならなかった。賭場の喧嘩で人が死ぬのはよくあることだった。巡査が世の中に出てくるようになっても賭場は堂々と開いていたから、とても取り締まりなどできるはずもなかった。こんなことは誰でもわかるだろうから、私が申し上げるまでもないだろう。だが、取り締まらないままだと、それもまたあまりにも体裁が悪い。どうしたらいいのか。こうするのだ。おとなしそうな奴らの事案を拾い上げて、爺さんや婆さん何人かを捕まえ、紙牌の何組かを差し押さえて十元かそこらの罰金を科すことにする。巡査の側はこれで務めを果たしたことになるし、世間的にも手入れのうわさが多少なりとも広まるので、それでめでたしだった。一事が万事で、警察は一貫してなあなあで済ますことしか考えてなく、いい加減な連中を雇い、いい加減な仕事をしていた。世間は真っ当な巡査など必要としてなかったし、巡査も六元のために命がけで働くなんてことはしなかった。当然であろう。

今回の兵乱の後、私らの困難はぐっと増えてしまった。若い奴らはいろいろなものを奪い取り、あぶく銭を儲けた。馬褂を重ね着している者もいれば、十本の指に指輪を十個はめている者もいて、得意満面の様子で町中をねり歩き、巡査を横目でちらっと見ながら、鼻先でふふんとあしらった。私はうつむいているしかなかった。そもそも、あんなに大規模な部隊の出動に際しても、私ら巡査はまともに声をあげることすらしなかったのだから、そのあと人様が私らを小馬鹿にしたとしても文句など言えようか。賭場は至るところにあったが、横取りしてきた金なので、すっかり負けてしまっても、自分の懐を痛めなかった。私らは踏み込む勇気などなかった。現場を押さえようと思っても、多すぎて押さえきれなかった。私らは、塀の外で「人九《レンジウ》」「対子《ドウィズ》(32)」とか叫ぶ声を耳にしても、聞こえなかったふりをして、そっとその場を去った。どうせ家の中で遊んでいて、街頭には出てこないのだから、それで問題なしだ。ところが、ふん、これっぽっちの面子《メンツ》さえ残してくれない輩がいた。あの馬褂を重ね着した若い奴らは、巡査をまったく恐れていないことを見せびらかしたかったので、――自分たちの祖父や父親は巡査を怖がったことも、見たこともないというのに、どうして自分たちの世代になって巡査からいびられなければならないのだ、と言わんばかりだった――わざわざ街頭に出て賭けをした。サイコロがあればサイコロ賭博ができるので、路上にしゃがんで遊び始めた。丸い石が一組あれば石蹴りができた、二人でもよいし、五人でもよかった。「一蹴り一毛《マオ》(33)、どうだ？　よし！　もう一回だ！」カチン、石の玉に当てたら、一毛だった。なかなか派手な遊び方で、一時間で数元の金がやりとり

(32)「人九」「対子」はともに、三十二枚の骨牌を使って行う賭博のあがり役の種類。
(33)一元の十分の一、「角」の俗称。

された。これらはすべて私らの目と鼻の先でおこなわれているのだが、どうしたらいいのだ。取り締まる？　こちらは単独で、豆腐さえもまともに切れない刀を腰に下げているのに対し、賭けをしているのはいつも若い奴らの集団である。君子危うきに近寄らず、巡査であっても回り道をして、相手にしないのが一番だ。しかし運悪く、監察官に見つかると、「お前は目がつぶれてるのか、あいつらが集まって賭博しているのが見えんとでもいうのか」と叱られ、分署にもどると、どんなに軽くても譴責一回と記録されてしまう。この悔しさはどこへ訴え出ればいいのか。

このようなことはまだたくさんあった。自分のことをお話しすれば、もしあんなぼろ刀ではなく、ピストルを手にしているのなら、誰に対してでも立ち向かって行っただろう。六元の給料なのに命をかけるというのは何と言っても見合わないのだが、泥人形だって泥の根性を持っているわけで、かっと頭に血が上ったら抑えられないこともある。それでも私はピストルに触ることもできない。ピストルは匪賊や兵隊の手だけに握られていた。ならず者の兵隊が人力車に乗っても金を払おうとせず、さらには革ベルトで車夫を打ちのめすのをはっきりとこの目で見たとしても、微笑みながら兵隊をなだめてやめさせることしかできなかった。向こうにはピストルがあり、打つことをためらわない。巡査を一人殺したって何てことはないのだ。ある年、最低の淫売窟で、ごろつきの兵隊どもが私らの同僚三人を撃ち殺したことがあったのだが、主犯さえもしょっぴくことができなかった。三人の仲間はただむざむざと殺されただけで、償いをする者は一人もおらず、軍用棍棒十数回の処罰を受けた者さえいなかった。彼らのピストルは使い放題だが、私らは徒手空拳だ、私らは何と上品で規律正しいことか。

結局のところ、横暴で理不尽な振る舞いを誇りとし、秩序の破壊が一族の名誉となる、こんな社会では、巡査はまったくの余計者だった。こういうことをおわかりいただき、さらにこれまで申し上げてきた「食飽かざれば、力足らず」という有様をご覧になれば、おそらくあらかたはご理解いただけるだろう。なあなあでは済まさないというなら、いったいどうしたらいいのだ。私は、——私はしがない巡査である——誰かに許しを求めているのではない、私はただこのようにお話しすることにより、皆さんの目の前のモヤモヤが晴れ、一定の理解を持ってもらえると思ったからだ。

思い切って、もっとも情けないことも明かしてしまおう。

一、二年仕事をするうちに、私は仲間の中で抜きん出た存在となった。公務が生じると、上官たちはいつも私に先頭に立って指揮を執らせた。仲間はこのことで私を妬むようなことはなかった。というのは、みんなの私事についても、私は率先して対応したからだ。こうしたことから、小隊長の欠員がでるたびに、みんなは私に「今回はきっとあんたが穴を埋めることになるよ！」とささやいた。まるで私が小隊長になることを切望しているかのようだった。小隊長の肩書きは私に回ってこなかったが、私の能力はみんなが認めるところだった。

私が仕事をするときのコツというのは、これまでお話ししてきた山ほどの経験から導き出したものだ。たとえば、こうだ、窃盗被害の訴えがあり、巡査長と私が調べに行ったとしよう。ざっと戸や窓や庭を見て回ると、ついでに私らの持ち場がどこにあるのか、夜間は何回巡回しているのか、といったことを事細かくかんで含めるように説明する。あたかも私らが誰よりも注意を払い、精一杯仕事に励んでいるかのような印象を与えるのだ。そしてそのあと戸や窓がきっちりと閉まっていないところを探し、優しい口ぶりながらも厳しく相手の非をとがめる。「この戸はあまり安全じゃないので、南京錠を取り付けた方がいいですよ。教えましょう、錠を取り付けるときは下側に取り付けなければなりません、敷居の辺りがいいです、泥棒に見つかりにくいですから。家の中で子犬を飼うというのも手です。犬が家の中にいれば、どんな小さなものでも、何か動きがあればワンワン吠えるので、庭に大型犬を三匹飼うよりも役に立ちます。ご主人、私らももっと注意するようにしますから、あなたの方でも用心するようにしてください、お互いが協力すれば、絶対にものがなくなるなんてこと、起きません。それじゃ私らは引きあげます、夜回りを数名増やすようにします。ご主人、お身体を休めてください！」こうすれば、私らの責任はなくなり、相手はすぐに錠を取り付け、子犬を飼わなければならなくなる。温厚な主人だった場合は、私らにお茶を入れて飲ませてくれることもある。これこそが私の手腕だ。責任を負わされず、しかも適当にごまかしていることが見破られないやり方があれば、そのやり方で対応した。耳に心地よい甘い言葉で丸め込み、責任をすべて押しのければ、確実に災いを招かずトラブルも生じない。仲間はみんなこのようにやっているが、話しぶりや顔つきがどうも今ひとつだった。話し方をいろいろ変え、表情もその場に合ったものにすれば、まるでバネのように話が行ったり来たりして弾む。この点では、私は彼らより優れていて、彼らはまねをすることができなかった。これは生まれながらの才能なのだ！

一人で夜回りをしていて泥棒と出くわしたとき、私がどうするのか当ててごらんなさい。私はね、腰の刀を手で押さえて音が出ないようにし、あちらはあちらの塀を越え、私は私の道を歩き、お互い邪魔立てをしないようにしたのだ。そうだ、本当に恨みを買ってしまったら、暗いところに隠れてレンガで殴ってくるかもしれず、そうなればたまったものではない。あのあいつ、間抜けの王九《ワンジウ》は、目が一つつぶれてしまったではないか。それも泥棒を捕まえるためではなかったのだ。ある日、あいつと董志和《ドンジーホー》は強引に辮髪を剪るため街に出ていた。それぞれ手にハサミを持ち、辮髪の人を見かけると、引っ張って来てハサミでバサッとやったのだ。ふん、それで恨みを買ってしまった。王九が単独行動しているとき、ある男が彼の目をめがけて石灰を投げつけた。「これでも俺様の髪が切れるか、こん畜生！」彼の目はこうして一つつぶれてしまった。この仕事は私のようにやらなければ、命がいくつあっても足りない、そうお思いにならないか？　およそ巡査が取り締まるべきだと見なすことはすべて、他人から見ると犬が出しゃばって鼠を捕まえるようなもので、飛んだお節介だった。いったいどうしたらいいのだ。

私は王九のように、わけのわからぬうちに片目を失うなんていやだ。目を残しておいてこの世界を見るのだ！　足音を忍ばせて泥棒を避けながら歩いていたが、頭はぼうっとしてはおらず、あの母親のいない子どもたちのことを思い、今月の食い扶持を計算していた。金を計算するときに、銀貨を単位に大雑把に数えてしまう人もいるだろう。だが私は、銅貨一枚一枚で計算した。銅貨が何枚か余分にあれば気持ちに余裕が生まれ、何枚か足りないと不安が募った。泥棒は言うまでもなく、誰だって貧しいのではないか。貧しくて二進《にっち》も三進《さっち》もいかなくなれば、誰でも盗みに手を染める。腹は体面がどうのこうのなどかまっていられないのだ！

十一

今回の兵乱の後、大きな変動がもう一つあった。清王朝が中華民国に変わったのだ。王朝の交替に出くわすのはめったにないことだが、これが何か意味のあることとはとても思えなかった。実際、この百年に一度あるかないかのことも、兵乱の騒ぎと比べればたいしたことはなかった。聞くところによると、民国に改まるや、あらゆることが人民の意志で決められるようになったそうだが、私はそんなことを見たことがなかった。私は巡査のままで、給料も増えず、毎日出て行っては戻ってくるということの繰り返しだった。もともと周りからいびられていたが、いまもやはりいびられる。以前は高官の車夫や使用人が私らを馬鹿にしたが、いまの新しい役人の配下も決して手ぬるくなかった。「何ごともほどほどに」は「ほどほどに」のままで、時代が変わったからといって何か変化があるわけではなかった。しかし、街では辮髪を切った人が以前よりも若干多くなったというのは、何はともあれ進歩の表れと見なすべきであろう。牌九《パイジウ》や押宝《ヤーバオ》(34)は次第に少なくなり、貧乏人も金持ちもみんな「麻雀」をするようになった。私らは相変わらず、取り締まりをしないままだったが、賭け道具については改良されていくらか文明的になったと言わざるを得ないだろう。

---

(34)「牌九」は数字合わせのカルタ賭博。「押宝」は数を当てるサイコロ賭博。

民国の民と言うもののどうってことはなかったが、民国の役人と軍人ときたらすごいもんだ！　いったいどこからこんなに多くの役人や軍人が雨後の筍のように現れたのか、わからなかった。役人と兵隊は本来ならばいっしょくたに扱うべきではないが、しかし彼らには似通った面が確かにあった。昨日まで足を泥まみれにしていた者が、役人や軍人になると、すぐに目を大きく見開いて偉そうな態度をとる。愚かであればあるほど、眼を大きく開き、間抜け丸出しだった。こういう愚か者どもは、何がいい話で何が悪い話なのか、分別がつかないので、こちらが何を言っても、いつも居丈高に振る舞う。彼らがあまりにも愚かなので、こちらはやりきれなくなるが、彼らは得意満面だった。時には、彼らを見ていてこんなことさえ思うようになった、私は一生おそらく文官にも武官にもなれないだろう、なぜなら私の愚かさの程度はまだ十分でないからだ！

役人であればほとんどの場合、数名の巡査の派遣を要求し、自宅の警護に当たらせることができたので、私らは一種の用心棒となり、お上から金をもらいつつ、私人のために仕事をした。私もお屋敷に派遣されることになった。道理から言うと、役人のために私宅の警護をするというのは、役目などと見なせるはずがなかった。だが実益から言うと、巡査たちはみな派遣されることを望んでいた。私は派遣されるや、三等巡査に昇格した。臨時雇いの巡査は派遣される資格がないのだ！　私はこうしてやっと等級がつくようになった。

さらに、お屋敷勤めはのんびりとしていて、門衛と夜警以外、他の仕事はなかったので、少なくとも一年間で革靴一足分の出費を抑えることができた。仕事が少ないだけでなく、その上さらに危険もなかった。たとえお屋敷の旦那様と奥様が殴り合いの喧嘩を始めても、なだめに行く必要がなかったので、巻き添えを食って誤って傷つけられることもなかった。夜警といっても、お屋敷の周りを二、三周するだけでいいから、泥棒と鉢合わせする心配もなかった。塀は高く犬は獰猛、こそ泥などは入ってくることができないし、大泥棒に狙われることもなかった。――大泥棒は退職した役人のところへ盗みに入った。うまみがあるだけでなく、お上が犯人捜しに躍起になることもないからだ。大泥棒は権力の座にいる現役役人の怒りを買うようなことはしなかった。お屋敷では、賭博を取り締まる必要がないどころか、逆に、旦那様や奥様たちが麻雀をするのをお守りした。お屋敷に客を招いて麻雀をするときには、私らはもっと暇で自由になった。お屋敷の外は車馬のたまり場となり、お屋敷の中は至るところ白昼のような明るさだった。使用人は盛んに動き回り、麻雀卓が二、三卓、アヘンランプが四、五個用意され、夜を徹して騒いだので、泥棒が出てくることなどあり得なかった。私らはぐっすり眠った。そして夜が明けてお開きになると、旦那様たちの面目を施すために、また門のところに立って客に敬礼した。もしお屋敷で冠婚葬祭があるときに居合わせたならば、さらに好都合だった。めでたい席には京劇がつきものなので、便乗してタダで聴くことができた。みんな有名な役者ばかりで、劇場ではこんな豪華な顔ぶれがそろうことなどあり得なかった。葬式では、芝居はおこなわれないものの、死人は一両日で運び出すわけにはいかず、少なくとも三、四十日は留めて、何度も繰り返しお経をあげなければならなかった。よし、便乗して食べさせてもらおうじゃないか。あちら様に死人が出れば、私らはご馳走にありつくというわけだ。困るのは、子どもが亡くなる場合だ。先立つ不孝ということで弔いを出すことができないだけでなく、みんながわあわあ本気で泣くのを聞き続けなければならない。その次に困るのは、お屋敷のお嬢様がこっそり家出をしたり、お妾さんが何か大きな過ちを犯して追い出されたりするときである。私らは飲み食いすることも、芝居を見ることもできず、その上旦那様や奥様たちに合わせて、しょげた振りをしていなければならなかった。

私を特に喜ばせたのは、この仕事をしていると、出入りがかなり自由だったから、しょっちゅう家に戻って子どもたちの様子を見ることができたということだ。分署や派出所では、ほんのわずか抜けることさえもたやすくはない。「内勤」であろうと「外勤」であろうと、仕事は輪番がきっちりと組まれているので、交替や変更は簡単でなかった。お屋敷では、門の立番が終わると私のやることはなく、仲間にひと言声をかけさえすれば、しばらくの間離れることができる。この良さがあるから、私はいつもビクビクしていた、分署に戻されることを恐れたのである。私の子どもたちには母親がいないので、父親ができるだけ相手をするしかないではないか。

外出せずにお屋敷にいたとしても、いいことがあった。私の身体は金輪際疲れることなどなくなり、気にしなければならないこともほとんどなくなった。暇になって何をしたらいいのか。お屋敷に新聞がいくらでもあったので、私は暇になると隅から隅まで読んだ。大新聞や小新聞、ニュースや社説、わかろうとわかるまいとすべて読むことを繰り返した。このことはとても役に立ち、私はいろいろなことを知り、いろいろな文字を覚えた。多くの文字はいまだに読み方がわからないが、見慣れるとその意味を当てることができた。それはまるで街でよく見かける人がいて、名前はわからなくても、お互い妙に顔見知りな感じがするのに似ていた。新聞の他に、あちこち出向いて娯楽用の本も借りた。しかし比べてみると、新聞を読む方がやはりためになった。出来事がいろいろ書かれているし、文字もいろいろ混じっているので、読んでいてワクワクする。ただし出来事も文字も雑多で、骨が折れる。新聞で理解不能な内容になると、しかたなくまた娯楽本を手にとった。こういう読み物はいつもおなじパターンで、その回を読むと、次の回がどうなるか想像がついてしまう。まさにそうであるからこそ、すらすら進み、楽しく読んでおしまいだった。新聞はワクワク、娯楽本は気晴らし、これが私のささやかな経験である。

お屋敷には悪い面もある。食事が一番の問題だ。分署や派出所では、私らの食費は給料からそのまま差し引かれるので、良し悪しは別にして、ともかく毎日時間になると食べ物にありつけた。お屋敷に派遣されるのは、全部で四、五人しかいないので、料理人を雇って賄いを請け負わせることなど絶対に無理だ。こんな小さな商いを請け負う料理人などいない。お屋敷の台所も使わせてもらえなかった。旦那様たちが巡査の派遣を求めたのは、制服を着た人間を数名タダで使えることを知っていたからで、この人たちに胃袋があるかどうかなどはどうでもよかった。私らはどうしたらいいのだろう。自分たちでかまどを築いて食事を作ることも無理だ。食器や鍋を買いそろえても、いつまた異動の命令が下りるかわからない。それに、あちら様が門口に巡査を立たせるのは、体面がいいからである。もし私らが食器をごちゃごちゃ散らかし、包丁やしゃもじの音を鳴り響かせるなら、体面がまるつぶれではないか。どうしようもないので、買って食べるしかなかった。

これはなかなか厄介で一筋縄ではいかなかった。申すまでもないことだが、手元に金があるならば、買って食べるというのは、何でも食べたいものを注文すればよく、この上なく自由だった。酒を二、三杯つけたり、口に合う料理を一、二皿注文したりと、間違いなく楽しいはずだ。しかし忘れないでほしい、私は一ヶ月にわずか六元しか手に入らないのだ。粗末なものしか食べられないというのはたいした問題ではないが、毎食何を食べるか考えることは本当に苦痛で、考えているうちに涙がこぼれそうになった。私は節約をしなければならないが、多少の変化は必要だ。飼料を口から押し込まれる北京ダックのように、いつもパサパサした粉ものばかりをかじっているわけにはいかない。金の節約と口に合うものを食べるということは、永遠に一つに重なることはない。金のことを考えて、運命だとあきらめるしかなかった。焼餅《シャオビン》(35)数個と大根の古漬けを手に入れ、済ますことにしよう。だが、身体のことを考えると、こんなことではいけないとも思う。考えれば考えるほどやりきれなくなり、決めることができなかった。腹を空かしたまま、太陽が西に沈みかかってもまだ昼メシを口にしていないこともあった。

我が家には子どももいるのだ！　私が食べる量を減らせば、その分、子どもたちは多く食べることができる。子どもを可愛いと思わない親などいようか。定食が支給されているときは、食費の上納を節約するなどできなかったが、いま食事は自由なのだ。子どもたちのために少しでも多く節約せずにおられようか。よしこうしよう、本当は日に焼餅八個食べないと私は持たないのだが、そこを六個で我慢し、お湯を数杯多く飲む、水で腹をいっぱいにするのだ！　涙なしにはいられない話だ。

(35) 小麦粉を練って丸形にして焼いたもの。

お屋敷の方に目をやることにしよう。旦那様の稼ぎはどれほどあるのかわからないほど多かった。そうだ、確かに探ろうと思えば、給料がいくらなのかすぐに探り出すことができる。しかしあちら様は決してあれしきの決まった収入など当てにしていない。こう言ったらどうだろう、給料一ヶ月八百元の人間が、もし八百元しか入ってこないのならば、どうしてあれほど羽振りがいいのか。そこには必ず裏の仕組みがあるはずだ。この仕組みというのはつまりこういうことだ、もし給料が一ヶ月六元ならば、その金額しか受け取ることができない。ポケットから突然一元多く出てきたら、変な目で見られるし、変な噂を立てられる。もし給料が五百元ならば、収入は決してこの金額では収まらない。しかもその金額が多ければ多いほど、人々から敬服される。この仕組みはまったく理にかなっていないはずなのだが、しかしすでにそのようになってしまっているのだ。信じるかどうかはあなた次第だ！

新聞や講演会では、再三再四自由を提唱している。物事が提唱される必要があるということは、それがもともとなかったということだ。私はもともと自由がなかったが、提唱が始まってしばらくたっても、自由はまだ私のところに来なかった。しかし私はお屋敷の中でそれを目にした。民国はやはりいいところがある。自分のことはさておき、とにもかくにも自由を目にしたのだから、世間が広がったと言えるだろう。

清王朝のときは、万事規則が定まっていて、藍色のひとえの大褂を着るべき人はその長衣を着なければならず、たとえ金があっても勝手なことはできなかった。こういうことをおそらく専制と呼ぶのだろう。民国になるや、お屋敷の中は自由になり、金さえあれば、何を身につけようが、何を食べようが自由であり、誰も口を挟まなくなった。したがって、自由を得るために、必死に金をかき集めなくてはならないのだが、どのようにかき集めるかも自由だった。なぜなら民国には御史《ぎょし》(36)がいないからだ。大きなお屋敷で過ごしたことがなければ、おそらくまだ私の話が信じられないだろう。ぜひ見に行って確かめてもらいたい。いまはつまらない役人でも、昔の位階を上り詰めた役人よりも幸せを享受している。食べ物にこだわる人は、交通の便が良くなったので、山海の珍味も思う存分味わうことができる。金さえあれば、食べ飽きたときに西洋料理や洋酒で味の変化を求めることもできる。どの時代の皇帝もおそらく西洋料理など口にしたことがないだろう。着るもの、頭に被《かぶ》るもの、見るもの、聞くもの、使うもの、これらにこだわる人も同じで、家の中に座りながら、世界中でもっともいいものを享受することができる。いまこの時代に幸せを享受している人こそが、本当の意味での幸せ者であり、いまは金をかき集めることも、以前よ

(36) 官名。官吏の糾弾・監察をつかさどった。

りもずっと自由になった。他のことはお話しすることを控えるが、お屋敷のお妾さんが五十元の白粉《おしろい》をつけているというのは確かな事実で、何でもパリというところから届いたそうだ。パリはどこにあるのだろう。私にはわからなかったが、ともあれそこからやって来た白粉はとても高価だった。我が家のお隣さんの李四《リースー》は、元気な男の子を売っても、たった四十元しか手に入らなかった。このことからもこの白粉がどれほど高いのかおわかりいただけるだろう。きっときめ細やかで、いい匂いなのだ、きっと！

よし、このことはもうここまでにしよう。いつまでも口に任せてあれこれあげつらっていると、まるで私が自由に賛成していないかのように思われる。私にはとてもそんな勇気などない。

別の角度からもう少しお話しすることとしよう。ちょっとばかり深い意味を込めた話なのだが、言い方にいくぶん変化があるので、聞いていて俗っぽさにうんざりするようなこともないだろう。先ほど、お屋敷はどれほど自由で、どれほど羽振りがいいかお話ししたばかりだが、旦那様たるものが一日中、銀貨を湯水のように使っているなどと誤解してはいけない、旦那様たちはそんな間抜けではない！　そうだ、お妾さんは子ども一人よりも値の張る白粉を使っているが、妾は妾であり、お妾さんにはそれだけの強運と手腕があるのだ。旦那様たるものがお妾さんのためにあれほど高価な白粉を買うというのは、あちら様には金を捻出できる当てがあるからだった。こんな喩えはどうだろう、あなたが旦那様になったとしよう、私はお屋敷のしきたりに従って、あなたにいろいろな秘訣をお教えすることができる。電灯、水道、石炭、電話、落とし紙、車馬、日よけ、家具、封筒便箋、草花、これらはすべて金がかからない。その上さらに、タダで巡査を数名使うことができる。これがしきたりなのだ。もしこのことがわからないのなら、その人は旦那様になる資格などない。とどのつまりこういうことだ、旦那様というのは、手ぶらでやって来て、懐にものをいっぱい詰め込んで去っていくことができなければならないのだ。それはちょうど冬ごもりを終えたばかりのトコジラミが、姿をあらわしたときは二枚の皮だけだが、すぐに腰回りがパンパンに膨れ、血をたっぷりため込むようなものである。この喩えはちょっと荒っぽいが、意味はよく伝わるだろう。自由に金をかき集め、専制的に金を節約する、この二つが結びつくと、お妾さんはパリの白粉をはたくことができるようになる。この結論は含むところが多すぎで理解しにくいかもしれないが、まあいいだろう！　わかるかどうかはあなた次第だ。

そろそろ私自身のことについてお話ししよう。本来ならば、お屋敷で半年、一年とまとまった期間、タダで私らを使っているのだから、節句や正月には、せめて食事でも用意してねぎらうというのが人の情だろう。ちょっとしたことでも気持ちは気持ちなのだから。

ふん、飛んだお門違いだ！　あの旦那様の金はすべてお妾さんのために残しておくのだ。巡査なんてどこの馬の骨だ？　やがて異動を命じられたとき、旦那様がこちらの願いを聞き入れ、褒め言葉を分署の方に言ってくれたならば、それだけでも恐れ多いこととして感激しなければならなかった。

そして、ほら、命令が下りて、別の所へ異動となった。私は布団一式を丸めて荷物を整えた後、恭しくお屋敷の旦那様に挨拶に行った。ところが、あちらの態度のなんと大きなことか！　冷たくあしらい、まるで私があちら様のものを何かくすねたとでも思っているかのようだった。私は、「何かのついでかまいませんので、分署の方に、私の仕事ぶりがなかなか良かった、とちょっとひと言、口添えしていただけませんか」とお願いした。あちらはまぶたをほんのわずか動かしたが、屁を放つことさえ面倒な様子だった。私はやむを得ず引き下がるしかなかった。布団を運ぶ人力車代さえもくれないので、自分でかついでいくしかなかった。これが、くそっ、お勤めなのだ。これが、くそっ、人の情なのだ！

十二

役所とお屋敷では、人員がますます必要になった。我々は新たに警備隊を結成し、合計五百人が、専属の無償の用心棒となった。それは、我々には本当に旦那様方を守る力があると示すためだった。我々は各自、外国製の小銃一丁と銃帯数本を身に着けた。小銃に対しては——これらの小銃には——私は少しも興味が持てなかった。重くて、古びていて、おんぼろで、一体どこからこんな、肩を圧迫するばかりで他には何の用途もない代物を見つけてきたんだかわからない。銃弾は常に腰に巻いてあって、銃に装填することは決して許されない。何らかの大難が迫り、旦那様方がみな逃走してしまうときになって、我々はようやく銃剣を取り付けるのだ。

だからと言って、そのおんぼろの武器を完全に無視できたわけではない。それはおんぼろではあっても、面倒をみてやる必要があった。銃身の内側と外側から銃剣まで、毎日磨かなくてはならない。たとえいくら磨いたってピカピカにならなくても、手を休めることは許されない。あれこれ言わずとも、おわかりだろう！　それに、銃を持っていると、その他にも身に着けるものが増える。革ベルト、銃剣の鞘、銃弾を入れる袋、これらを全てきちんと整えておかねばならず、猪八戒《ちょはっかい》が腰に刀をぶら下げるみたいにいい加減ではいけないし、さらにゲートルも巻かねばならなかったのだ！

これらの仕事が余計に増え、肩に七、八斤(37)分の重さが加わったことで、私は一元余計に

(37) 一斤は〇・五キログラム。

稼いだ。これでひと月に銀貨七元を稼げるようになった、ありがたいことだ！

七元で、銃を担ぎ、ゲートルを巻き、門衛をして、三年以上が過ぎた。このお屋敷からあのお屋敷へ、この役所からあの役所へと派遣された。旦那様方が出てくれば、礼をする。旦那様方が入っていっても、礼をする。これが私のお勤めだ。こうした仕事が人をダメにする。何もやることがないかと思えば、あるのだし、仕事があるかと思えば、ないようなものなのだ。街で見張りをしている方がまだいい。街では、少なくとも何かしら仕事をして、頭を使う必要がある。だがお屋敷や役所では、ちっとも頭を使う必要がないようだった。暇な役所やいい加減なお屋敷にあたると、門衛に立っているときですら適当でよく、銃に寄りかかって立っていてもいいし、銃を抱えて居眠りしていてもいい。こうした仕事は少しも面白味がなく、人をすっかり疲弊させる。使用人なら望みもあって、うまい話があれば、そっちへ行けばいい。だが我ら下っ端のお勤めは、何の面白味もないとわかりきっているのに、一日一日とくたびれていって、自分で自分を見下すまでになる。本来ならば、こんなに暇でやることもないのなら、色白で丸々した姿になるはずで、それならば面目も立つというものだが。ふん！　私らはじっとしているのに太ることもできない。貧しいために気苦労も多く、朝から晩まで七元をめぐって算盤をはじく。心配事があれば、太りようがあるものか。私自身について言えば、子どもはもう学校に通う年齢になったので、行かせないわけにいかない。学校に通うには金がかかるというのは、古今変わらぬ道理で、何もおかしなことはないが、一体どこからそんな金を工面すればよいのか？　お役人なら何かと甘い汁を吸うことができるが、巡査には子どもにタダで勉強させる場所すらないのだ。私塾にやるとなれば、学費、先生への贈り物、書籍、筆と墨、どれも金がかかる。学校にやるとなれば、制服、工作の材料、種々の筆記帳と、私塾以上に金がかかる。加えて、子どもたちが家にいるなら、腹がすいたら窩窩頭をちぎって食べればいいが、学校へ通うとなると、食事代を渡さねばならない。たとえ親が窩窩頭を懐に入れて行くように言ったとしても、子どもは嫌がるだろう。子どもは大人よりも恥ずかしさを感じやすいものだ。

これではまるでどうしようもない。こんな年にもなったいい大人が、やきもきするばかりで何もできずに、自分の息子と娘を家に放っておくしかないとは！　私のこの生涯に望みがないとしても、息子と娘はもっと悪くなるほかないのか？　よそのお屋敷のお嬢様やお坊ちゃま方が学校に通うのを見ていると、ふん！　人力車で送り迎えをして、門の前では女中や小間使いが出迎えて鞄を受け取って中まで持っていってやり、手にはミカンやリンゴ、目新しいおもちゃを持っている。よその家の子がこんなふうなのに、私の子はあんなふうだ。子どもというのはみな未来の国民なのではないか？　本当にこの仕事を辞めてしまいたかった。いっそ使用人になって色々な心づけを稼ぎ、子どもたちを学校に行かせてやりたいと思った。

だが人は轍に嵌《はま》ってしまってはいけない、嵌ると一生足を引き抜けなくなる。この仕事を何年かやって——こんな仕事ではあるが——私は何事につけ轍に嵌ってしまった。ここには気楽に話ができる友人もいるし、経験もあるものだから、やる気はなくとも、思い切って離れる決心もつきそうもなかった。それに、人の虚栄心というのは往々にして金銭よりも力を持つもので、下役人でいることに慣れてしまうと、たとえいくらか金を多く稼げるとしても、使用人になるのは一つ階段を下がるように思えた。可笑しい、可笑しなことだ、だが人というのはこういうものだ。仲間たちにこの話をしてみると、みんなやめておけと首を振った。ある者は、みんなちゃんと暮らせているんだから、どうして商売替えなんてするんだ？　と言う。ある者は、隣の芝生は青いってやつさ、俺たち貧乏人は何をしたって金持ちにはなれないんだから、ひとまず我慢しようや、と言う。ある者は、中学まで出てるのに「臨時雇いの巡査」になる奴もいるんだから、俺たちが下役人になれたんなら、かなりのもんじゃないか、そうだろう、と言う。巡査部長すら、適当にやっていればいいよ、下っ端役人なんだから、とか、お前の能力なら、いつかきっと昇進するよ、などと言う！　みんなにこう言われると、気力が湧いてきた。意地を張っても仲間たちにちょっと申し訳ないような気がしたのだ。よし、やっぱり続けよう。子どもの勉強のことは？

これ以上、何も言えることはない！

ほどなくして、いい機会が訪れた。かなりの高官に就いている馮大人《フォンたいじん》(38)という方が、門衛を四名、手紙配達などの雑役を四名、付き人を四名、全部で十二名もの護衛が必要だというのだ。この付き人四名は馬に乗れることが条件だった。当時、自動車はまだ世に出回ってなく、高官たちは立派な馬車に乗っていた。清の時代、高官が輿や馬車に乗るときには、馬が前を先導し、従者が後ろに付いていたものだ。この馮大人は、こうした高官の威光を復活させようと、馬車の後ろに銃を下げた護衛を四名欲しがった。もちろん馬に乗れる人は簡単には見つからず、警備隊全体を探し回っても、三人しか見つからなかった。馬三頭だけというのでは恰好がつかないので、巡査部長までもが焦って頭を抱えた。私はいいことを思いついた。馬に乗るからには、当然餌代が出るはずだ！　子どもに勉強させるためには、危険を冒さねばならない。もし餌代から八毛を都合できれば、子どもを私塾にやら行かせられる。本来ならば、あまり褒められた考えとは言えないが、こちらは命を売っているのだ。私は馬に乗れるわけではなかった！　私は巡査部長に、志願する旨を伝えた。馬に乗れるのかと聞かれたが、できるともできないとも言わなかった。巡査部長の方

(38) 身分の高い人への敬称。

でも、どのみち他の人は見つからないのだから、問い詰めることはなかった。

勇気があれば、この世に困難なことなどない。初めて馬にお目見えしたとき、私はちゃんと考えた。落馬して死んだら、子どもたちは孤児院に入るが、家にいるより悪いとも思えない。死ななければ、よし、子どもたちは学校に行ける。こう考えると、ひとまず馬は怖くなくなった。私が馬を恐れないのなら、馬が私を恐れねばならない。世の中はこういう具合にできている。それに、私は足も機敏で頭の回転も速いから、馬に乗れる三人とちょっとおしゃべりしただけで、馬の乗り方もおおかた理解できた。おとなしいのを選んで試しに乗ってみると、手に汗を握りながらも、なんとか自信がつくまでになった。最初の数日はひどい有様で、体じゅうがばらばらになったようで、尻には血が滲んだ。だが私は歯を食いしばって耐えた。傷が癒えると、いっそう肝が据わって、乗馬の楽しさを感じるようになった。走れ、走れ、馬車が駆ければ私も駆ける、私は動物を手なずけた！

私は馬を手なずけたが、餌代はもらえず、危険を冒したのも無駄になった。馮大人の家には十数頭の馬がおり、馬の面倒を専門に見る人がいたため、私の出る幕はなかった。私は腹立ちのあまり寝込みそうだった。しかし、しばらくしてまた嬉しい出来事が起こった。馮大人は高官なうえに様々な役職に就いていたため、家に帰って食事をする暇はほとんどなかった。私らは大人について出かけると、丸一日がかりだった。大人は当然、行く先々で食事が用意されるが、私らはどうすればよいのか？ 四人で話し合いをした結果、大人が外で食事をする時には私らにも用意してもらうよう交渉することになった。馮大人は親切な方で、馬も、面子も、手下の者も大切にした。私らが話をすると、すぐに了解してくれた。これは、なかなかいい話だった。多くを語る必要もないだろう。もし一ヶ月のうち半分、外出先でタダ飯にありつけたなら、半月分の食費が節約できるではないか。これは嬉しかった！

馮大人は、私に言わせれば、面子をとても大切にした。食事の交渉に行ったとき、大人は私らをまじまじと見た。しばらく見たのち、首を振り、独り言のように「これはいけない！」と言った。私ら四人がダメなのかと思ったが、そうではなかった。大人はその場で筆と墨を持ってこさせ、何やら書いたうえで「これを持って総隊長に会いに行きなさい、三日以内にやらせるのだ」と言った。書き付けを手に取って見てみると、私らの制服を交換するよう隊長に命じるものだった。私らの普段の制服は綾織木綿のものだったが、馮大人はこれをラシャのものに換えさせた。袖口、ズボンの裾、制帽には、金色の線が施されていた。靴も膝上まである乗馬用ブーツに交換となった。銃も騎兵銃に交換となったうえ、ピストルも一人一丁与えられた。この書き付けを見て、自分たちでさえ、分不相応だと思った。ラシャや金色の線というのは長官たちのもので、私ら四人は巡査なのだから、理由もなくこんな格好をできようはずもない。もちろん、馮大人にこの書き付けを撤回してもらうわけにはいかないが、総隊長に会いに行くのもなかなか気まずい。総隊長が馮大人の命令に背けなかった場合、私ら四人に対して怒りをぶつけかねないではないか！

どうなったとお思いだろうか。総隊長はこの書き付けを見ると、腹を立てることもなく、全て書かれた通りに対処した。馮大人にどれだけの力があるかが、おわかりだろう！　ははは！　私ら四人は偉くなったのだ。本物の目の細かい黒ラシャの制服、制服に施された黄金色の線、膝上の黒革のブーツ、ブーツの後ろに装着された白く輝く拍車。騎兵銃を背負い、ピストルを腰に下げ、ホルスターからは橙色のタッセルが垂れている。街じゅうの巡査の威風は私ら四人に奪われたと言ってよさそうだった。私らが通りを歩けば、見張りに立つ巡査たちはみな、私らを高官だと思って礼をしたものだ！

表具師をしていた時、ちょっと凝った焼きモノであれば、葦毛の大きな馬を作ったものだ。今や私は立派な制服を着て、厩で葦毛の馬を選んだ。これはひどい暴れ馬で、人を見れば噛みついたり蹴とばしたりする。私がこの馬を選んだのは、以前こんな馬を紙で作ったことがあったので、本物の馬に乗らなくてはと考えたからだ。葦毛の馬の、なんと美しいことか！　この馬は気性は激しいが、走ると本当に堂々たるものだった。頭を下げると、口の端からは白い泡を吐き、長いたてがみは風が春小麦の畝に吹き付けたようで、ぴんと立った耳は小さなヒョウタンのようだった。私が足をあぶみにかけると、すぐに飛び立とうとする。私はこの生涯で、こんなに得意になったことはない。こう言わねばならない、この葦毛の立派な馬に乗ると、誇りと喜びを感じたのだ！

本来であれば、この仕事はなんとかやっていけるはずだった。あの制服と馬があれば、喜んでやる価値がある。だが、ふん！　新しい制服を着てまだ三ヶ月も経たないうちに、馮大人は失脚し、警備隊も解散となった。私はまた三等巡査に戻った。

十三

警備隊は解散した。なぜなのか？　私にはわからない。私は本署の担当へ配置換えになり、同時に銅のバッジを授与された。まるで私がお屋敷で何か功績を立てたとでも言うようだった。本署では、私は戸籍簿を管理することもあれば、営業税の帳簿を管理することもあり、正門の番をすることもあれば、軍服倉庫の番をすることもあった。こうして二、三年を過ごす間に、本署の事情はおよそ全て理解した。さらに以前の街頭、役所、お屋敷での経験もあったから、内外のあらゆることで知らぬことはなく、万事に通じていると言ってよかった。警察業務に関しては、正真正銘の玄人だったのだ。だがこのとき、もう勤めて十年になっていたが、ようやく一等巡査に昇進し、毎月の給料が銀貨九元になったのだった。

みんなは巡査というものはいつも街頭に立っている、おせっかい焼きの若者だと思っているかもしれない。その実、私ら巡査の多くは署内に潜んでいる。総検閲が行われる日には、奇妙奇天烈な巡査たちを目にすることができる。腰が曲がっている者、近視の者、歯が抜けている者、足をひきずっている者と、変わった輩が勢ぞろいだ。だがこの変わった人たちこそが真の巡査の塩と言える存在である。彼らはみな貫禄と経験があって、読み書きができ、あらゆる公文書や訴訟事件、事務仕事の秘訣は、彼らの手の内にあるのだ。もし彼らがいなければ、街角に立つ巡査は大混乱を避けられない。だが彼らは、決して出世しない。常にみんなのために仕事をするのだが、出世の見込みは一切なく、人前に立つという名誉にすら、一度もあずかったことがない。彼らは苦労も厭わず非難も意に介さずに働いても、年を取って動けなくなるまで、ずっと一等巡査のままで、給料は銀貨九元ばかりだ。きれいに洗った灰色の大褂を着て、巡査の革靴をはき、まるで靴が言うことをきいてくれないみたいに、かかとを使ってゆっくり歩く、こんな人物をいつか街角で見かけたら、それはきっとこの手の巡査だ。彼らも時には「一杯呑み屋」へ行って、十数個のピーナッツをつまみに「茶碗酒」を飲むこともある。礼儀正しく、強い酒を飲み下しながら、ため息をつく。髪はすでに少し白くなっているが、口元はきれいに剃られていて、宦官《かんがん》のように見える。きちんとしていて、穏やかで、仕事ができるが、休みのときですら、あの評判の悪い靴をはかなければならないのだ！

こうした人たちと一緒に仕事をして、私は多くの知識を身につけた。しかし、少し怖くもあった。まさか私もこんなふうになるのだろうか。彼らはとても素晴らしい人物だが、同時にとても哀れだった！　彼らを見ていると、心が急にひやりとして、長いこと口がきけなくなることがよくあった。確かに、私は彼らよりも若く、賢さの点でも劣りはしないだろうが、だからといって希望はあるのだろうか。まだ若い？　だがもう三十六になるのだ！

この数年の間、内勤だったのにも良かったことはあって、私は何ら危険な目に遭わなかった。この数年は、ちょうど戦乱が続いていた時期で、他の人が受けた苦しみについてはさておき、巡査についてだけ言っても、本当にひどいものだった。ひとたび戦が始まると、兵士たちが閻魔大王となって、巡査は平身低頭せねばならなかった！　食糧、車、馬、人、金が必要となると、巡査に指図して持ってこさせ、届けるのが少しでも遅れると許されない。烙餅《ラオビン》(39)を一万斤持ってこいと言われたら、巡査はわかりましたと言って、料理店や烙餅

(39) こねた小麦粉を薄く伸ばして焼いた食べ物。

を作っている場所を一軒一軒回って調達する。手に入ると、今度は道路掃除夫を捕まえて兵営まで運ばせなければならない。もしかすると、お礼にビンタを何発かお見舞いされるかもしれない。

こうして兵士様方に仕えるだけなら、まだいい。だがそうではなく、兵士様方はさらに騒ぎを起こした。およそ巡査のいる場所では、奴らは騒動を起こさずにいられず、巡査たちは取り締まるわけにもいかないが、取り締まらないわけにもいかず、全くひどい目に遭ったものだった。世の中には愚かな人間がいるということは、わかっている。だが兵士たちの愚かさは理解に苦しむものだった。奴らはただ一時の名声をひけらかすためだけに、完全に情理に悖る行為をした。ただ情理に悖ることをするだけなら、どのみちやっている奴自身は損をしないのだからまだわかるとしても、奴らときたら、自分が損をするかどうかも見極められないのだ。この世のどこに、これほど愚かな人間がいるものだろうか。私の従弟を例にとって話してみよう。従弟は兵士を十数年やっていたが、最後の数年はずっと小隊長を務めていたから、本来なら少しはものの道理が理解できているはずだった。ふん！　戦乱が起こったあの年、従弟は十数名の捕虜を兵営まで連行した。ははは！　従弟はまるで皇帝にでもなったかのように、得意満面で先導した。指揮下の兵士たちはみな、なぜ先に捕虜の武装を解かないのかと思っていた。だが従弟は意見を聞かず、胸をポンと叩いて、これで間違いないのだと言った。途中まで来たところで、後ろで銃声がし、従弟はあっという間に路上で息絶えた。私の従弟なのだから、私がその死を望むはずがない。だがこれほど愚かでは、従弟に発砲した男を恨むわけにもいかない。こうした例を見れば、兵士たちがどれほど扱いにくい奴らか、少しは理解できるだろう。もし兵士に向かって、塀に車を突っ込んではいけないと言ったとしよう、そうなのだ、奴らは塀に突っ込まずにはいられなくなる。たとえ自分が死ぬことになっても、人の言うことを聞けない奴らだ。

本署に数年いて良かったことと言えば、戦時に危険な目に遭ったり迫害されたりせずに済んだことぐらいだろう。当然のことだ！　ひとたび戦乱となれば、石炭、米、薪、木炭といった生活必需品はいずれも値上がりし、巡査たちもみんなと同じように苦しい思いをする。だが私は安穏と事務室に座っていればよく、兵士の奴らの相手をせずに済んだので、これで満足すべきだろう。

それでも局内にいると、一生ここに埋もれて永遠に芽が出ないのではないかという気がかりがあった。コネがあれば、昇進できる。コネがなくても、外で泥棒を逮捕できれば昇進の道が開ける。だが私はコネもなければ、街頭に立つこともない。どうすれば昇進できるのか？　考えれば考えるほど気がふさいだ。

十四

四十歳になった年、運が巡ってきて、私は巡査長に昇進した！　この仕事をしてもう何年になるか、これまでどれだけ苦労してきたか、そして巡査長の給料はいくらなのか、なんてことは考えられなかった。そう、考えもしなかった。私はただ、運が巡ってきたとばかり思っていたのだ。

子どもはがらくたを拾うと、楽しそうにずっと遊んでいられる。だから子どもは幸せなのだ。大人たちもこれを見習えば、なんとかやっていけるかもしれない。だがよく考えてみれば、事態はかなりまずくなっていた。私は巡査長に昇進したが、実際のところ、巡査長の給料は巡査に比べていくらも多くない。たいした稼ぎもないのに、かなりの責任を負うことになる。上に対しては、上司たちに何事もきちんと決まりどおり説明せねばならないし、下には、仲間たちに対して手際良く、しかも情に厚くあらねばならない。内に対しては、課せられた任務をうまく割り振らねばならないし、外に対しては、甘すぎず厳しすぎず対処せねばならない。これは、町長をやるよりもずっと大変だ。町長は一地方の皇帝だが、巡査長はそんなご身分ではない。真面目に働かねばならないし、また嘘と真をないまぜにしてお茶を濁すことも必要だ。考えが抜けているようなことがあると、ただちに問題が起こる。問題が起こっては本当にまずい、昇進するのは難しいが、降格するのは簡単なのだ。巡査長になったのちに降格すれば、どこへ配属されたって歓迎されない。部下たちは悪口を並べ立てるだろう。はいはい、アンタは元巡査長なんだろう……と、あれやこれやとあげつらう。上官は、扱いにくい奴だと思って、わざと嫌がらせをして、どうにも我慢ならなくさせる。そうなったら、どうするのか。ふん！　巡査長から巡査に降格したら、荷物をまとめておとなしく家へ帰り、この仕事から足を洗うよりほかない。しかし、私の場合、四十歳でようやく巡査長になったのだ。もし本当に荷物をまとめて帰ることになったら、今度は何の仕事ができるというのだろう。

もし本当にこんなことを考えていたなら、たちどころに髪が白くなっていただろう。幸い当時の私はそうは考えず、ただ嬉しくて、不都合なことは全て脇に置いていた。反対に、当時はこう考えていた。四十で巡査長になり、五十で——たとえ五十でだろうと——巡査部長に昇進すれば、この仕事に就いたのも無駄ではなかったと言えるだろうと。私らは学校も出ていないし強力なコネもないのだから、巡査部長になれれば、なかなかのものだ。こう考えると、私はすっかりやる気が湧いて気力が漲《みなぎ》り、夜に光るという伝説の真珠でも見るかのように、自分の仕事を考えたのだった。

巡査長を二年やったころ、本当に白髪が生えてきた。私は全てのことを事細かに考えたわけではなかったが、もし何か失敗を犯せば処分を受けるのだと思うと、毎日落ち着かなかった。日中は、いつも笑みを浮かべて、元気を奮い起こして仕事をした。夜はぐっすり眠れず、急に何かを思い出すと胸がドキドキして、何度も寝返りを打って考えにふけった。考えたところで何かいい方法を思いつくとは限らないのだが、眠気はもう戻らなかった。

仕事のほかにも、子どものことが心配だった。息子はもう二十歳《はたち》、娘は十八になっていた。福海《フーハイ》――息子の名だ――は、私塾に何日か、貧民学校に何日か、公立の小学校に何日か通った。字については、勉強の成果を全部合わせると、おそらく国語教科書の二冊目まで読める程度だ。悪さについては、息子は実に多くを学んだ。私塾でも貧民学校でも公立の小学校でも、息子は悪さを覚えた。もし学校で悪さの試験があったなら、どこでも満点が取れたに違いない。そもそも、幼いころに母に出て行かれたうえ、私も年じゅう外でその日暮らしの仕事をしていたのだから、悪さをしたいと思えばいくらでもできたのだ。私はなぜもっと努力しないのだと言って息子を責めはしなかったし、誰かを恨むこともなかった。ただ、時の運が悪くて財を成せなかったばかりに、息子をきちんと教育できなかったことを悔やんだ。しかし、申し訳ないことをしたとは思っていない。私はこの生涯、後妻を迎えなかったから、子どもらが義理の母に辛い思いをさせられることはなかった。それに、時の運が向かず巡査にしかなれなかったのだって、私が悪いわけではない。人は天には逆らえないものだ。

福海は体が大きく、実によく食べた。一度にゴマだれ麵をどんぶり三杯もぺろりと平らげ、それでもまだ腹がふくれないということもあった。こんなに食べるのでは、私のような父親が二人いても役には立つまい。息子を中学へやる金はなかったし、息子の「素養」では合格は無理だろう。それなら、仕事を探してやらねばならない。ふん！　一体息子に何ができるというのか。

ずっと前から私は、息子を人力車夫にさせてでも、巡査にはさせるまい、という心づもりでいた。巡査の仕事は私の代でもう十分、世襲までする必要はない。それで福海が十二、三歳のときに、職人修行に行かせようとしたが、息子は泣き喚いて嫌がった。嫌なら仕方ない、あと何年かしてからにしよう。母のない子は、特別に可愛がってやらなければ。十五歳になったときに、徒弟先を見つけてやった。今度は嫌だと言わなかったが、あっという間に家に逃げ帰ってきた。何度も送り返したが、その度に逃げ帰ってきた。それで仕方なく、もう少し大きくなって考えが変わってからでもいいだろうと思った。ふん！　十五から二十歳になるまで、息子はただ怠けてばかりで、よく食べよく飲むくせに、働くのを嫌がった。そこで私も焦りだし、「おまえは一体何がしたいんだ？　言ってみろ！」と言うと、うなだれて、巡査になりたいと言ったのだ。制服を着て街を歩けば金も稼げて気晴らしもでき、徒弟のようにずっと部屋に閉じ込められていることもなくていいと考えたのだ。私は何も言わなかったが、胸がチクチクと痛んだ。私の口利きで、息子は巡査になった。胸の痛みはともあれ、息子が仕事に就けば、私一人の稼ぎで暮らすよりはましだろう。「父が英雄なら子は好漢」とは言うが、父親が巡査なら息子も巡査で、しかも息子は巡査として私には及ばないに違いない。私は四十歳でようやく巡査長になれたが、息子が四十歳になったときには、ふん！　クビになっていなければ良い方だ。望みなどない。私が後妻を貰わなかったのは、なんとか歯を食いしばれたからだ。息子には、いずれは所帯を持たせてやらねばならないが、どうやって家族を養うつもりなのだ。

そう、息子が巡査になったことで、私の心にはかえって大きなしこりができてしまったのだった。

それから娘も十八、九になるが、ずっと家に置いておけるものでもない。もちろん、早く嫁がせるべきだし、早ければ早いほど良い。だが、誰に？　巡査、巡査、やっぱり巡査しかないのか？　誰かが巡査になったら、巡査の縄張りにはまり込んだかのように、子々孫々まで巡査にならねばならぬのか。しかし、巡査に嫁がせるほか、本当にどうしようもない。容姿については、どうということもない。教育については、幼いころから母がなく、字をわずかに知っているだけだ。嫁入り道具については、どんなに頑張ってもキャラコの大衫《ダーシャン》(40)を二、三枚作ってやるのが精いっぱいだ。能力については、我慢強いというばかりで、ほかに長所はない。巡査の娘は巡査に嫁ぐことが生まれたときから決まっていて、この運命は誰にも変えられないのだ。

ああ！　嫁がせるなら、ひと思いに嫁がせてしまおう。嫁がせてしまえば、何と言ってもしばらくは心が軽くなる。私が冷酷なわけではない。考えてみてもらいたい、娘を二十歳過ぎまで放っておいたら、そのまま家でいかず後家になってしまうかもしれない。私は誰に対しても期待に背かぬように努めてきたが、私の期待に対しては誰がしっかり応えてくれるのだろうか。ぶつくさと文句を垂れたいわけではないが、これまでのすべてのことをきちんとしておきたいのだ。誰が正しくて誰が間違っているのかは、皆さんにご判断いただこう。

娘が嫁ぐ日は、本当にその場に座り込んで泣き叫びたかった。だが私は泣かなかった。これはこの一日や二日だけの話ではない。私の涙は目の中をぐるぐる回るばかりで、流れ落ちることができないのだ！

(40)　ひとえで丈の長い衣服。

十五

息子は仕事を見つけ、娘は嫁入りして、私は心の中で、これで何の心配もなくどこにでも自由に飛べる、と声を上げたものだ。もしも外地で何かいいチャンスがあれば、巡査長を辞めてしまっても、出向いて行って見識を広めてみたいと思った。金を溜め込めるかどうかなど関係ない、こんなところで不甲斐ない一生を送るなどできない。

チャンスは本当に巡ってきた。あの馮大人を覚えておられるだろうか、あの方が地方の長官に任命されたのだ。私は新聞をよく読んでいたので、この情報を知るとすぐ、自分も一緒にお供させて欲しいと願い出るため、あの方のもとに参上した。馮大人は私を覚えていてくれて、こころよく願いをお聞き入れになり、さらに優れた者三名を選んで計四名で大人の随行者として任地に向かうよう私に言いつけた。私はちょっと機転を働かせて、大人ご自身で警務当局に四名の派遣を要請していただくようお願いしてみた。私は、もし後日、事がうまくいかなくなっても、同僚たちの恨みを買うこともなく、また北京に戻ってから任務終了の復命をして以前の仕事に就けるはずで、退路を確保できると目論んだのだ。大人は私の進言を悪くないとお考えになり、すぐ当局に指名して計四名を派遣させた。

これは決してささやかな喜びではなかった。私の少しばかりの経験と知識からしてみても、任地に行ったら私だって警察局のけっこういい局長に十分なれるはずで、これは請け合ってもいい、まったくほら吹きなんかではないのだ！　野良犬にだって得意絶頂になれる日はあるものだ。まして人間なのだから、私にも羽振りのいい日が来ても当たり前だ。四十数歳にもなって、私はまだ一度も上に立つ人として仰がれたことがなかった。

　果たして命令が下され、私は警備隊長となった。嬉しくて飛び上がりそうだった。

　ふん！　自分の持って生まれた定めが良くないのか、それとも大人のほうの星回りが良くなかったのか、まだ任地に到着もしていないのに、派遣自体が撤回された。まったく、ぬか喜びもいいところだったのだ！　幸いにも私ら四人は出向という形だったから、辞職して向かったわけではなかった。馮大人はまた私らを分署に戻してくれた。私は心中この件でひどく辛い思いをしており、また分署に無事戻っても、巡査長になれるのかどうかで頭を悩ますことになった。私は頬がずいぶんこけてしまった。

　しかしさらに幸いなことに、私は防疫署の警備に派遣されることになり、しかも六人の同僚の上官となったのだ。これは本当に悪くない任務で、やることはさして多くなく、しかも防疫署が私らの食費を負担してくれた。この仕事はおそらく馮大人が裏で口を利いてくれたのだと、おぼろげながらわかった。

　ここでは食費が自分持ちでなくなったから、私は福海の嫁取りのために——これが私に残されたただ一つのやらねばならぬ大仕事で、こういうことは思い切って早く片付けたほうがいい——金を貯めはじめた。

私が四十五歳のとき、息子に嫁を迎えた——嫁の父親も兄もみな巡査だった。これは却って良かったのだろう、我が家は親子も親戚もこぞって巡査、誰も彼もみんな巡査で、集まれば我が家だけで警察の分所だってできそうだ。

人の振る舞いというのは、なぜそんなことをしたのか訳のわからないときもある。息子に嫁をもらってから、私は一家の舅らしく髭を蓄えなければならないと、なぜか不意に思いはじめた。そしてよく自らの身分を考えもしないで、一も二もなく髭を伸ばしだした。口元にちょび髭を蓄え、刻み煙草を煙管に詰めて一服するのは、なんとも言えない心地よさだった。思えばもう娘は嫁に出し、息子も一家を構えたわけで、順風満帆、これでいい気分にならないなんてありえないだろう。

ふん！　この髭が禍いを惹き起こしたのだ。警察本署で署長の交代があり、新署長は就任後ただちに全市の巡査の検閲を執行した。この旦那は軍人出身で、気をつけと整列しかわかっておらず、他のことは何もご存知なかった。前に申し上げたように、本署でも分署でも年寄りの巡査がたくさんおり、そういう人々は見栄えは良くなかったが経験は豊富に積んでいた。私は本署でこういう古株たちと一緒に整列させられた。というのも、防疫署警備員はいかなる警区にも属していなかったからで、検閲を受ける際には、本署の連中に従って同じ場所に立っていたというわけだ。

私らが整列し終わり、検閲が始まるのを待っている間、私はあの年寄りたちと談笑し合い、とても自然な雰囲気だった。私らは心の中で、重要な問題はなんでも私らがやってきたし、どんなことを持ち出されてもちゃんと捌いてきているのに、こうして私らが不満を爆発させていないこと自体、すでにたいへんな我慢であり、あっさりとほっぽり出されるはずなどないと思っていた。確かに年は取っている、だがしっかり人並みに仕事はしているのだ！　たとえ耄碌《もうろく》して役に立たなくなっていたとしても、私らは少なくても十五、六年はお勤めをしてきており、力漲る青春の時代には血と汗と全精力をお上のお勤めのために捧げてきた、これだけを見ても、温情のひとかけらを示してくれてもいいのではないか。番犬が耄碌したからといってひと蹴りで追い出してしまうような真似はできないはずだ。私らはみんな胸中でこんなふうに考えていたから、今回の検閲など気にもしておらず、新署長は遠くから私らをざっと見てすべておしまいとなると思ったのだ。

署長が到着した。かなり体格のいい男で、胸に徽章や勲章をいっぱいぶら下げ、怒鳴り散らしたり飛び跳ねたりしていて、まるでロボットのようだった。私は胸がどきどきし始めた。彼は整列の順序を無視して、いきなり私らの列に注目し、餌に飛びつく猛虎のように走り寄ってきた。足を開いて手を後ろに組み、私らに向かってちょっと頷いた。それから急に私らの目の前にぐっと近寄って一人の年老いた書記のベルトを摑むと、まるで取っ組み合いでも始めるみたいに列の前にひっぱりだし、年寄りは危うく地面に倒されそうになった。彼はその老書記のベルトを摑んだまま、前後に何度も揺さぶって、またいきなりぱっと手を離した。老書記はたまらず尻餅をついてしまった。署長はその年寄りに向かって数回唾を吐きかけ、怒鳴りつけた。「お前みたいな奴まで巡査か、腰のベルトもきちんと締められない奴が！　さあ、連れて行け、銃殺だ！」

私らは、たとえ誰であっても、銃殺などできないのはわかっていた。だが私らはみな顔面蒼白となった。怯えたからではない、怒りに駆られたのだ。その年老いた書記は地面に座り込んだまま、体を小さく曲げてブルブル震えていた。

署長は再び私らのほうに視線を走らせ、手振りで一括りの長い線を描き、「お前たちはみんな出て行け、二度と吾輩の前にその面を見せるんじゃない！　お前たちみたいな奴らなんか、巡査たる資格などないんだ！」と怒鳴った。こう叫んだ後もまだ気持ちが収まらなかったらしく、私らの列に駆け寄り、大声で怒鳴った。「髭を生やしている奴らは今すぐ制服を脱ぐんだ、さっさと出て行け！」

髭を蓄えていたのは私一人ではない、巡査長や巡査部長の連中もみな生やしていたのだ。

そうでなければ、私がこの禍の元となるささやかな髭など生やすはずはなかった。

二十年もご奉公してきたのに、私はこんなふうにしてお払い箱になった。実を言えば、私は四十数歳になってはいたが、少しも老けて見えはしなかった。それなのにいったい誰のせいで髭を生やすことになったんだ！　それはつまり、まだ若く元気な時代に、自分の命をひと月に六、七元足らずのものとして売りに出してしまった、というわけなんだろう。自分が巡査だったがために、息子はまともな教育が受けられず、娘も貧乏人の家に嫁いで窩窩頭しか食べられない。そして私自身はというと、髭をちょっと伸ばしただけで、お払い箱、慰労金養老金の銅貨一枚ももらえない。二十年ものご奉公が、まるで邪魔な煉瓦を蹴り出すみたいにひと蹴りでおしまいだ。五十になるまでは、ろくな稼ぎもないから、三度の飯にありつければ上等だ。五十を過ぎたら、川に身投げをするか、首をくくるか、覚悟を決めねばならない。こういうことが巡査になった者の成れの果てだ。

二十年のお勤めの間、何ら落ち度もなく過ごしてきたが、私はこうして職場を追われた。仲間たちの中には目に涙を溜めて見送ってくれる人もいたが、私はやはり笑みを浮かべていた。世の中には不公平なことがもっとたくさんあるのだ。私の涙はまだ取っておかねばならないだろう。

十六

貧乏人の命は——粥の施しをする慈善家の考えるように——何杯かの粥で救えるものではない。粥にありつけても、辛く苦しい日々を何日か引き延ばすだけで、遅かれ早かれ死んでしまうのだ。私の履歴は、こういう粥とほとんど変わらない、それはささやかな仕事にありつくのを助け、何日か長く苦難の思いを強いてきただけだ。私はやはり巡査の仕事を探さねばならなかった。巡査をやっていたということのほか、自分を紹介する術など私にはない。それは醜い痣《あざ》や瘤《こぶ》のように、永久に私についてまわるのだ！　私は自分が巡査だったと言うのも嫌だし、またもや巡査になってしまうのも嫌なのだが、そんなものにはならないと公言したら、本当に食べるものにもありつけなくなる、何とおぞましい話だ。

仕事を辞めていくらも経たないうちに、馮大人の紹介で石炭鉱山の衛生所主任の職を得て赴任し、その後現地鉱山の村を管轄する警察分所の所長になれた。私の運も悪くないと言えた。ここで私は自分の才能と知識を十二分に発揮した。村に住む坑夫たちに対し、二十年の巡査勤務の経験を活かしてまったく申し分ない管理を徹底したのだ。彼らは集まるとすぐ賭博をするし、殴り合いもストライキもやる、大騒ぎを起こすやら、したたかに酒を飲むやらで手のかかる連中だったが、私は自分の口のうまさで、その場その場をスッキりとまとめていった。こういう連中を口だけでなく心から納得させる自信を私は持っていた。同僚たちに対してはどうだったかというと、私自らが彼らの訓練に当たらないといけなかった。彼らは他所から異動してきた者や、私の誘いに応じて来てくれた者たちで、みんな巡査出身だった。こういう連中は警察のことをそれなりにわかっていて、私の手腕をまずは見ていこうと思っているに違いなく、こちらとしては却って訓練が難しかった。だが私は怯まなかった。私は巡査のさまざまな仕事をすべて経験しており、警察の裏も表もみんなよくわかっていたから。こういう経験のおかげで、私は彼らに楯突かれるようなことはなかった。裏も表も、これはまったく嘘偽りのない話だが、私はどんなことでもやり方を心得ていたのだ。

もしここであと数年やっていけたら、自分の棺代ぐらいは少なくとも稼げたと思う。ここでの私の給料はほとんど巡査部長並みだったし、そのうえ年末には報奨金も支給されたからだ。しかしだ、半年ほど仕事をして、あらゆることをだいたいうまく軌道に乗せられたときになって、ふん！　私は所長を降ろされてしまったのだ。私の過ちというのは、老齢であることと真面目すぎるということだった。私がもしも適当に目を瞑っていれば、仲間たちはちょっとした金を懐に入れることができたはずだ。だが両の目はしっかり開いていて、禍いの種を植え付けた。外に対しても同じで、警察の仕事の一切を知っていたから、私は自分の良心に従ってこの地の警察業務を完璧にこなし、本当にまともな形にしようと思った。ここでやっぱりあの一言の登場だ、人民が真の人民でなかったなら、警察は余計な存在となって、仕事をきちんとすればするほど、人の恨みを買うことになっていくのだ。もちろん、もしも私にもう数年の間でも仕事をやらせてくれれば、こういうやり方の良さがみんなにわかってもらえたかもしれない。だが、連中はそういうことがうまくいく前に、私を放り出したのだ。

この世の中で何事かやっていくというのは、今頃になってようやくわかったのだが、巡査に革靴を支給するのによく似ている。大きすぎるって、てめえが悪いんだ、小さすぎて足が痛えだと、てめえが悪いんだよ！　なんでもかんでも上手くこなせれば、みんなの望みに沿うだろうってか、とんでもない、そんなことをしたら連中はその靴でてめえの顔を引っ叩くに決まっている。今度の失敗は、あの大切な言葉——「何事もほどほどに」を忘れていたせいだ。だから私はまた荷造りをして出ていくことになった。

今回は半年以上も仕事にあぶれていた。徒弟だったころから、いつも忙しく立ち働いていたから、何もせずにぶらぶらしていることができなかった。もうすぐ五十になるわけだが、気力だけは若い奴らに決して引けを取らなかった。無理やり暇にさせられても、じっと我慢できるわけがなかった。朝起きてから日が暮れるまで、まともにやれることは何もなく、希望もなかった。太陽が東から西へと回っていくようにただ流されていくだけだ。だが太陽は世界を照らすけれども、私ときたら、胸の中がいつもどす黒く澱んでいた。何もなすことがないが故に腹立たしく、苛立ち、自分自身に嫌悪した。それでも仕事らしいことは何一つ見つからなかった。これまでの労力と経験をいくら思い起こしても、それらが自分に老後の金を少しも残しておらず、目の前に飢餓が迫っている以上、なんの慰めにもなりはしなかった。誰かに養ってもらうのは嫌だった。自分には気力と能力があるのだから、自分の力で稼いで食べていきたかった。この耳も目もまるで泥棒のように研ぎ澄まされ、何か情報を聴き取るとすぐに出かけていくのだが、いつも虚しく帰ってくるばかりで、これ以上低くできないほど頭を下げまくり、いっそこのままぶっ倒れて死んでしまえたらどんなに楽だろうとさえ思った。まだ命が長らえているのに、この社会はどうやら私を生き埋めにしようとしているようだった。晴れ渡った大空のもとで、自分の体がじわじわと土の中に埋まっていくような気がした。恥ずべきことなど何一つしたことがないのに、こんなにも酷い罰を受けるとは思いもよらなかった。一日中あの煙管を咥えていたが、中に煙草は入っておらず、ただそうして咥えて、少しばかりそれらしい「ふり」をしていただけだ。私が生きているのも、こういう「ふり」だけのことかもしれない、まるでただ他の連中に物笑いのネタを差し出しているだけみたいではないか！

しかしそうしているうちに、ようやくのことで私は仕事にありついた。河南省《ホーナン》の塩の密売取締部隊の私兵だ。私兵なら私兵で結構、飯が食えればいいのだから！　借金して旅支度を整え、髭もきれいに剃りあげて、「任地」に赴いた。

半年もすると借金は返済し終わったばかりでなく、小隊長に昇進した。人の半分の金で日々を過ごしたからこそ借金をきれいにでき、人の倍も働いたからこそ小隊長になれた。どんなに不当に扱われても、失業だけは怖かったので、私は努力を続けた。いったん失業したら、三年は余計に老け込み、たとえ餓死に至らなくとも、死にそうなぐらいひどく落ち込んでしまうのは間違いない。ただ努力したからといって失業の危機を免れるかどうかは、実際難しい話だった。

私は考えた——ふん！　またもや考えてしまった——自分は小隊長になれたのは当然として、隊長になることだってできる、こういうのを望んでもいいのではないか？　今回は注意深く行動し、他人がやることを自分も真似た。人が袖の下を求めたら、自分も同じことをして、良心のせいでことを仕損じるような失敗は二度としなかった。良心はこの年月を経てなんの価値もないものになってしまった。もしもこの部隊でうまく隊長になれたら、裏も表も手際よくこなして、数年の間にはまた棺を作れる元手が転がり込むようになるのではないか。私にはもはや大きな望みなどなく、この足腰がしゃんとしている限り、仕事を続けられるように願うだけだ。しかしいつかは寝ぐらから動けなくなってしまうだろう、それもよかろう、自分が入る棺さえあれば、死んでから野良犬に食いちぎられることもないはずだから。私は天空を見上げて、大地に視線を落とした。天に対して恥ずかしいことなど一切なく、ただ大地の下に静かに横たわれることを心から願った。私は長老顔して偉そうな物言いをしているわけではない、まだ五十を超えたばかりなのだ。しかしかつての努力はあんなふうにすべて無駄な骨折りと化した。望みを見る目線をぐっと低くし、将来の墓のことだけ見るようにしよう！ 心の中で考えたのはこういうことに過ぎない、自分の望みというのはこんなにも小さい、天の神様はこれでもまだ少しばかり自分の方に目を開けてくれないのだろうか？

家から便りが届き、私に孫ができたという。喜ばなかったら人情に悖る話だ。だが、言ってておかねばならない、喜びの気持ちが鎮まると、胸の中に冷たいものが吹き込み、思わず独り言を呟いてしまった。「ふん、また一人小さな巡査のご登場だ！」祖父たる者、道理から言えば、孫に向かって気の滅入る不吉な言葉を吐くなどもってのほかだ。だが私がこれまで申し上げてきた長々とした話を見てこられたなら、たぶん私の言ったことを許してくれるに違いない。金持ちの家の子女は希望そのものだが、貧乏人の子どもは厄介者に過ぎない。自分の胃袋が空っぽなのに、子々孫々の心配やら、「忠厚、家に伝わりて久しく、詩書世に継ぎて長し」(41) とかなんとか言っていられようか。

小さな煙管にはまた煙草が詰められるようになり、私は煙管を咥えながら将来のことをいろいろ考えた。孫ができ、自分の責任は棺の元手を残すだけでは収まらなくなった。息子はまだ三等巡査で、家族を養う力などなかったのだ。息子夫婦のことは放っておいていいとしても、孫の面倒を見ないわけにはいかないだろう。このことで私は心中非常に焦り出した。自分は年々年老いていくのに、家族には口がますます増えてくる、どの口にも窩窩頭を充《あ》てがってやらねばならないのだ。腹に鬱屈が溜まっていたせいか、ひどく大きな噯気《おくび》がいくつも胸を突いて出た。もうやめておこう、やはりあんまり考え込まない方がいい、語り出したらどんなに喋っても切りがないから。人ひとりの寿命には限りがあるのに、苦しみは代々受け継がれていくのだ！　子々孫々、どこまで行っても窩窩頭だ！

風雨が天気予報の通りにやってくるなら、予想を超えた狂風とか暴雨のようなことはなくなる。苦しみも私らが心で思っている通りに一歩一歩ゆっくり近づいてくるなら、あまりのことに気が触れた、と言われるようなことも起こらないはずだ。ところが、私が孫のことをあれこれ思い悩んでいたときに、なんと息子が死んでしまったのだ！

しかも息子は家で亡くなったのではなかった！　私は遺体を引き取りに行かねばならなかった。

福海は結婚してからというもの、これからは頑張らねばならないとしっかり覚悟を決めていた。息子の能力には限りがあったとはいえ、どのように自分の全力を尽くして仕事をなすべきかはよくわかっていた。私が塩関連の私兵部隊に入り河南に赴任するとき、息子は私と一緒にとても行きたがっていた。外に出たら稼げる機会が増えると信じていたからだ。だがこれから先、この仕事がだめになって父子ともども失業という事態だけはどうしても嫌だったので、私は反対した。しかし息子は私が出発するや否や、私に続くようにして山東《シャンドン》の威海衛《ウエイハイウエイ》に行ってしまった。息子は向こうで以前より二元多く稼いだ。単身で外に出ているのだから、二元ぐらい多く稼いでも、稼がないのと同じようなものなのに、貧乏人が頑張るときにはひたすら金の額だけ見てしまい、全体の差し引きなど考えやしない。それで息子は、向こうで病気になってしまった。金がもったいなくて薬も飲まずにいたのだが、いったん寝込んでしまうと、もう薬も役に立たなくなってしまった。

遺体の移送で手元の金は一銭残らずすっかり使い果たしてしまった。嫁は若い寡婦となり、乳飲み子を抱えている、私はどうしたらいいのだろう？　もはや再度外地に行って仕事をすることなどできなくなっていたし、こちらではもう三等巡査にさえなれない。私は

---

(41) 北宋、蘇軾の詩文の一節、教育の大切さを説く。

五十になったばかりで前途をまったく絶たれてしまったのだ。早死にして、残された者のことなど何も知らずにいられる福海のことが羨ましかった。だがもし息子が私の歳まで生きていたら、良くても私と同じような身の程に過ぎず、おおかたは私にも及ばない有様に成り果てていたに違いない! 嫁は泣きの涙に暮れていたが、私は涙もなく、泣くこともできずに、ただ家の中をうろうろと歩き回り、時折冷やかな薄笑いを浮かべるだけだった。

かつての努力はすべて水の泡だ。今私は自分の持てる力をみんな使って、子どもに粥を食べさせなければならない。空き家の留守番、野菜売りの手伝い、煉瓦積みの単純な下働き、引っ越しの手伝い……車引き以外は、私はなんでもやった。どんな仕事でも、できる限りの努力と細心の注意を払ってやってきたのだ。五十を過ぎた歳にもなって、二十歳の若者と同じ力仕事をしてきたのに、腹には粥と窩窩頭しか入っておらず、冬になっても厚手の綿入れ一枚着ることができない。それでも人から施しを受けるのは嫌だから、気力と自分の能力で食い扶持を稼いできた。死ぬまで強情を貫いたこの生涯、自分の意地を押さえつけられないまま過ごしてきた。一日中飢え、暖をとる炭もなく、煙草の葉の一掴みもない、こういうことがしょっちゅうあるが、不平は決して口にしない。私はこれまで公の仕事に尽くしてきており、あらゆる人々に対して堂々と顔向けができるし、胸にはなんの蟠《わだかま》りもない。これ以上何を言えというのだ。今は餓死するのを待つばかりだ。死んでも棺などなく、嫁と孫も私の後を追って餓死していくのだろう。それならそれでどうしようもないことなのだ！　私を巡査にしたのはいったい誰だ！　目の前がしょっちゅう真っ暗になってしまう、どうやらもうすでに死に手が届いているのかもしれない。ふん！　私はまだ笑っている、この生涯の小利口な技量に、この奇怪なほど不公平な世界に、私は笑ってしまう。やがて臨終を迎えて私が最後に一声笑うとき、この世界がすっかり変わっていることを私は願う！

繊月

一

そう、また繊月《せんげつ》を見たのだ。少し寒気を帯びた鉤形の淡い金色。何度になるだろう、今のこの繊月と同じ繊月を見たのは。何度になるのだろう。それは様々な感情、様々な景色を伴い、わたしが腰を下ろして見上げるたび、記憶の中のうっすらと青い雲の彼方に斜めにかかっている。それは一陣の夜風が眠りにつこうとする花を吹き散らすように、わたしの記憶を呼び覚ます。

二

そのとき初めて、寒気を帯びた繊月は確かに寒々しいものだった。そのとき初めて、それはわたしの記憶の雲の中でつらく悲しいものとなり、そのわずかな弱々しい淡い金色の光はわたしの涙を照らしていた。そのときわたしはほんの七歳かそこらで、丈の短い赤い綿入れを着た女の子だった。わたしは母が縫ってくれた小さな帽子をかぶっていた。藍染の木綿地で、小花柄だったのを覚えている。わたしは一間の家の入口に寄りかかり、繊月を見ていた。家の中にあるのは薬の匂い、煙草の匂い、母の涙、父の病ばかりだった……わたしは入口の石段の上で一人ぼっちで繊月を見ていた。誰もわたしを気にかけてくれないし、誰もわたしの夕食の面倒を見てくれない。家の中の悲惨な状況はわかっていた。みんなが父の病気のことを話していたから。しかしわたしはそれよりも自分の悲惨さをいっそう感じていた。わたしは寒く、飢え、誰も構ってくれない。繊月が沈むまで、ずっと立っていた。何もかもなくなると、泣かずにいられなかった。しかしわたしの泣き声は母のそれにかき消された。父はもう声を立てることはなく、顔には白い布がかけられていた。わたしは白い布をめくってもう一度父を見たいと思ったが、怖くてできなかった。家のわずかばかりの空間は、父に占領されていた。母は白装束[1]を着ており、わたしも赤い綿入れの上から、端を縫っていない白い長衣[2]をかぶせられた。どうして覚えているかというと、絶えず布端の白い糸を引きちぎっていたからだ。みんな忙しくしていた。騒がしい声が響き、泣き声は悲痛だった。だが、することはそんなになく、騒ぐほどのことでもないようだった。父はすぐに四枚の薄い板でできた、あちこち隙間だらけの棺に納められた。それから、五、六人の人が父を担いでいった。母とわたしはその後ろで泣いていた。わたしは父と、父の入った箱を覚えている。その木の箱は父のすべてを終わらせた。父のことを思い出すたび、その木の箱を開けなければ父に会えないのだと思う。しかし、その木の箱は地中深くに埋められており、それが城外[3]のどこに埋められているかは知っているが、同時にまた地面に落ちた一滴の雨のように、永遠に探し出せないようにも思えた。

三

母とわたしがまだ白い長衣を着ているとき、わたしはまた繊月を見た。それは寒い日で、母はわたしを城外の父の墓へと連れていった。母は薄い紙の束(4)を手に持っていた。母はその日わたしに特別優しく、わたしが歩けなくなるとしばらく背負って歩いてくれ、城門に着くと焼き栗まで買ってくれた。何もかも冷たかったが、この栗だけは温かかった。わたしは食べるのがもったいなくて、栗で自分の手を温めていた。どのくらい歩いたのか、はっきりとは覚えていないが、ずっとずっと遠かったはずだ。父の埋葬の日はこれほど遠いとは感じなかったはずだが、その日は人が多かったからかもしれない。今回はわたしたち母娘二人きりで、母は黙っているし、わたしも話をする気分でなく、何もかもすっかり静まり返っていた。黄土の道には静寂が果てしなく続いていた。日は短かった。その墓は土

(1) 中国では、葬儀の期間、白い喪服を着る。
(2) 死者の家族が着る喪服は、慌ただしく用意したことを表すために端を縫わない。
(3) 北京市街地を囲む城壁の外。北京郊外。
(4) 紙は紙銭を指す。紙銭とは、紙で作った銭。死後の世界で紙幣として使えると信じられ、死者を祭る際に焼く。

を小さく盛ったもので、遠くに小高い丘があり、太陽が黄土の丘に斜めに射していたことを覚えている。母はわたしのことまで気が回らないようで、わたしをそばに放ったまま、土饅頭を抱いて泣いていた。わたしはそのそばに座り、手に持った栗を弄《いじ》っていた。母はひとしきり泣くと、紙を燃やした。灰がわたしの目の前を一、二度旋回し、それから気怠そうに地面に落ちた。風は弱かったが、かなり寒かった。母はまた泣き出した。わたしも父が恋しかったが、父を思って泣きたくはなかった。だが母が哀れに泣くので、わたしも涙を流した。母のもとへ行って手を取り、「お母さん、泣かないで、泣かないで」と言った。母はいっそう激しく泣いた。母はわたしを胸に抱いた。瞬く間に太陽は沈んでゆき、周囲には人っ子一人おらず、いるのはわたしたち母娘二人きりだった。母は少し怖くなったようで、涙を浮かべながら、わたしの手を引いて歩きだした。ずっと遠くまで歩いてから、母が後ろを振り返ったので、わたしも振り向いた。父の墓はもうどれかわからなくなっていた。丘のこちら側は墓ばかりで、土饅頭が一つ一つ、丘の下まで並んでいた。母はため息をついた。わたしたちは急いで歩き、まだ城門に着かないうちに、繊月を見た。あたりは漆黒で、音もなく、ただ繊月だけが冷たい光を放っていた。わたしが疲れると、母はわたしを抱きかかえた。どんなふうにして城内に戻ったのかは覚えていないが、空に繊月がかかっていたことだけはぼんやりと覚えている。

四

わずか八歳で、わたしはもう質入れを覚えた。もし質でお金が手に入れられなければ、わたしたち母娘二人は夕食を食べてはいけないのだとわかっていた。母は何かほかに打つ手がありさえすれば、わたしに行かせようとはしなかったのだから。母がわたしに小さな包みを渡すときは鍋の底にはほんのわずかな粥さえもないのだった。わが家の鍋は浮いた噂のひとつもない寡婦のようにきれいさっぱりしていることもあった。この日、わたしが持って行ったのは一枚の鏡だった。必要のないものはこれだけだと思われた。母は毎日この鏡を使っていたけれど。それは春のことで、わたしたちの綿入れも脱ぐとすぐに質に入れた。わたしはこの鏡を持ちながら、どれだけ注意深く、同時に急いで行かねばならないかわかっていた。質屋は店を閉めるのが早いのだ。わたしは質屋の大きな赤い扉と、大きくて高くて長い勘定台が怖かった。その扉を見ると、胸の鼓動が激しくなった。しかし入らないわけにはいかない。入口の敷居はものすごく高く、ほとんど這って入るようだった。わたしは力を振り絞って、品物を差し出し、さらに「お願いします、質入れです」と叫ばねばならなかった。お金と質札を手にしたら、どれだけ注意深く持って、いち早く家に帰らねばならないかわかっていた。そうしないと、母が心配するのだ。だがこのとき、質屋はこの鏡を受け取らず、質草をもう一つ持ってくるようにと言った。わたしは「質草」の意味を知っていた。鏡を胸に抱いて、懸命に家まで走った。母は泣いた。ほかのものなどなかったのだ。わたしはその小さな家に住み慣れていて、ずっとものが多いと思っていた。だが質草になりそうなものを母と一緒に探してみると、うちにはものがほんのわずかしかないのだと、幼いわたしでも気付いた。母はわたしに行かせるのをやめた。しかし「お母さん、わたしたち、何を食べるの?」と聞くと、母は泣きながら髪に挿した銀の簪《かんざし》を手渡した――銀製のものは、これ一つだけだった。母がそれを何度も抜きつつも、わたしに質入れさせなかったことを知っていた。これは母が嫁入りする際に、実家から贈られた髪飾りだった。今、母はこの銀製品をわたしに手渡し、鏡を残させた。わたしが力の限り急いで質屋に戻ると、あの恐ろしい大きな扉はすでに固く閉ざされていた。わたしは門の土台石に腰掛け、銀の簪を手に握った。大声をあげて泣くこともできず、空を見ていると、ああ、また繊月がわたしの涙を照らしている。長いこと泣いていると、母が暗闇の中から現れ、わたしの手をしっかり握った。ああ、なんて温かい手だろう。わたしはあらゆる苦しみを忘れ、お腹がすいていることすらも忘れた。ただ、母のこの温かな手がわたしの手を繋いでいてくれればいい。わたしは泣きじゃくりながら「お母さん、おうちに帰って寝よう。明日の朝また来るから」と言った。母は一言も言わなかった。それから少し歩いて、

「お母さん、織月だね。お父さんが死んだ日も、こんなふうに斜めにかかってた。どうしていつも斜めなの?」と言った。母はやはり一言も言わなかったが、その手は少し震えていた。

五

母は一日じゅう他人の服を洗濯していた。わたしはいつだって母を助けたいと思っていたが、どうしていいかわからなかった。ただ、母を待って、仕事が終わるまでは寝ずにいるしかなかった。ときには織月がのぼってきても、まだぜいぜい言いながら洗っていることもあった。その臭い靴下は牛皮みたいに硬く、どれも商人の使用人たちが持ってくるものだった。母はこの「牛皮」を洗い終えると、食事も喉を通らなかった。母のとなりに座り、月を見ていると、蝙蝠《こうもり》が月の光のもとを飛び交った。その様はまるで銀の糸を通した大きな菱の実のようで、瞬く間にまた暗闇へ消えていった。わたしは母を可哀想に思えば思うほど、この織月が好きになった。なぜなら織月を見ていると、気持ちが少しすっきりしたからだ。それは夏にはいっそう愛おしかった。いつも涼しげで、氷のようだったから。わたしはそれが地上に落とす小さな影が、少しすると消えてしまうのが好きだった。おぼろげでぼんやりしていて、影が消えると、周囲はひときわ暗くなり、星もひときわ輝き、花もひときわ匂い立つ——うちの近隣には花や木が多く、高くそびえるハリエンジュの木からこちらへ花が落ちてきて、薄く積もった雪のようだった。

六

母の手はうろこ状になり、その手でわたしの背中の痒いところをかいてくれた。でもあまり母の手を煩わせたくなかった。母の手は洗濯で荒れていたのだ。母は痩せ、臭い靴下に当てられてご飯を食べないこともしばしばだった。わたしには母が何か考えているということはわかっていた。そう、わかっていたのだ。母はよく洗濯物をひとところに押しやって、ぼんやりしていた。自分と話をしていたのだ。だが何を考えているのだろう。それはわたしにはわからなかった。

七

母はわたしに、ふてくされずにきちんと「お父さん」と呼ぶんだよと言い聞かせた。わたしにまたお父さんを連れてきたのだ。この人は新しいお父さんなのだと、わたしはわかっていた。なぜならお墓の中にすでにお父さんが埋葬されているからだ。母がわたしに言い聞かせたとき、目はほかのところを見ていた。母は涙を浮かべて「お前を飢え死にさせるわけにいかないからね」と言った。ああ、わたしを飢え死にさせないために、母は新しいお父さんを連れてきたのだ。わたしはさほどものがわかっていなかったが、少し怖くもあり、少し希望も抱いた——もし、もう飢えることがないのなら、と。なんという偶然だろう、わたしたちのその小さな家を離れるとき、空にはまた織月がかかっていた。このときの織月はそれまでになくはっきりしていて恐ろしかった。この住み慣れた小さな家を離れるのだ。母は嫁入り駕籠に乗り、その前には数人の楽隊がいたが、演奏は少しもうまくなかった。駕籠が前を行き、わたしと男の人は後ろからついていった。彼はわたしの手を引いていた。あの恐ろしい織月はかすかな光を放ち、まるで涼風のなか震えているかのようだった。通りには誰もおらず、ただ野良犬たちが楽隊を追って吠えていた。駕籠の歩みはとても速かった。どこへ行くのだろう。母を城外へ、墓地まで連れてゆくのだろうか。その男はわたしの手を引いて歩き、わたしは息もつけず、泣きたいのに泣けなかった。その男の手のひらは汗ばんで、魚のように冷たかった。わたしは「お母さん」と呼びたかったけれど、できなかった。少しすると、織月は閉じかかった目のように細くなり、駕籠は路地に入った。

八

わたしはそれから三、四年のあいだ、繊月を見なかったと思う。新しいお父さんはわたしたちに良くしてくれた。彼の家には二間あり、彼と母は奥の部屋に住み、わたしは出入口側の部屋に板を敷いて寝た。最初はやはり母と一緒に寝たかったけれど、何日かすると、「わたしの」部屋が好きになった。部屋の壁は真っ白で、長机と椅子があった。これがすべてわたしのもののようだった。わたしの布団はそれまでのものよりも分厚くて暖かかった。母も少しずつ太り、顔には赤みが差し、手のうろこも次第になくなった。わたしは長いこと質屋に行かなかった。新しいお父さんはわたしを学校に行かせた。ときには彼はわたしと遊んでくれることもあった。どうして「お父さん」と呼びたくないのか、自分でもわからなかった。彼が魅力的な人だというのはわかっていたのだけれど。彼もそのことを知っているようで、よくわたしに笑いかけてくれた。笑うとき、とてもきれいな目をしていた。母にはこっそり「お父さん」と呼ぶよう言われたし、わたしもあんまりふてくされていたくなかった。母とわたしが今食べるものも飲むものもあるのは、すべてこのお父さんのお陰なのだということは、心ではわかっていた。わかっていたのだ。そう言えば、この三、四年のあいだ、繊月を見た記憶が全くなかった。もしかしたら見たのかもしれないけれど、あまり覚えていない。父が死んだときのあの繊月、母の駕籠の向こう側に見えたあの繊月を、わたしは永遠に忘れない。あのかすかな光、あのかすかな寒気は、いつもわたしの心の中にあって、まるで玉《ぎょく》のように、何よりも明るく、何よりも涼やかで、手を伸ばせばさわれるかのように思い出すこともあった。

九

わたしは学校へ行くのが好きだった。学校には花がたくさんあったと思ってしまうのだが、実のところそうではなかった。ただ学校のことを思うと花が浮かぶのだ。ちょうど、父のお墓のことを思うと城外の繊月——野外のそよ風のなか斜めにかかる——が思い浮かぶように。母は花が大好きで、買うお金はなかったが、誰かから一輪貰うと、とても喜んで髪に挿した。わたしは機会があれば母のために一、二輪手折って持って帰ってきた。花を挿すと、母の後ろ姿はとても若々しく見えた。母は嬉しそうで、わたしも嬉しかった。学校にいることもわたしは嬉しかった。もしかしたらそのせいで、学校を思うと花が思い浮かぶのだろうか。

＋

小学校を卒業する年、母はまたわたしを質入れに行かせた。わたしはどうして新しいお父さんが急にいなくなったのかわからなかった。どこへ行ったのか、母も知らないようだった。母はまだわたしを学校に行かせた。父はすぐに戻ると思っていたのだ。彼は長いこと戻らず、手紙すらなかった。わたしは母がまた臭い靴下を洗わなければならなくなったと思い、すごくつらかった。しかし母はそうするつもりはなかった。それどころか母は着飾って、よく花を髪に挿したりもしていた。おかしい、母は涙を流すこともなく、反対によく笑った。どうしてなのか、わからなかった。学校から帰ってきたとき、母が家の入口に立っているのを何度も見た。それからまたしばらくして、道を歩いていると、誰かが「よう」と声をかけてきた。「よう。お母さんに手紙を届けてくれ」「よう、おまえもやらせてくれるのかい、かわいこちゃん」。わたしは顔から火が出そうになり、これ以上ないほど顔を深く伏せた。わたしには、ただどうしようもないのだとわかっていた。母には聞けなかった、それはできない。母はわたしに優しく、ときにはひどく真面目な顔つきで「勉強しなさい、勉強しなさい」と言い聞かせることもあった。母は字が読めないのに、どうしてこんなふうにわたしに勉強させるのだろう。わたしは疑念を抱いた。そしてしばしばこの疑念から、母はわたしのためにあんなことをするのではないかと思うようになった。母にはほかに良い方法がなかった。疑わしくなっても、母を問い詰められないことを恨めしく思った。それからまた考えて、母にしがみついて、もうあんなことしないでと懇願したくなった。小学校を卒業して、何になるというのだ。友だちに聞いてみたところ、ある人は、去年の卒業生のうち妾になった人が何人もいると教えてくれた。またある人は、誰それが私娼になったと教えてくれた。わたしはそうしたことがよくわからなかったが、彼女たちの話しぶりから、それが良いことではないようだと悟った。彼女たちは何でも知っていて、まともではないと百も承知のことについてこそ話し合うのを楽しんでいるようだった――そうして顔を赤らめたり、得意げになったりするのだ。わたしはいっそう母を疑わしく思うようになった。わたしも卒業したらあんなことをすぐやらせられる……こう考えると、家に帰りづらいことがあった。母に会うのが怖かったのだ。母は昼食代をくれることもあったが、わたしはもったいなくて使えず、お腹をすかせたまま体操をして、倒れそうになることもしばしばだった。ほかの人がお昼ごはんを食べているのを見ると、なんて美味しそうだったことか。でもわたしは節約しなければ。万一母に強いられたとしても……もし手元にお金があれば、逃げられる。いちばんお金持ちだったとき、手元にはなんと一角以上もあったのだ。そんなとき、昼間であっても、空を見上げ、わたしの織月を探すことがあった。心の苦しみをもし形でたとえられるとしたら、絶対に織月の形だ。織月は何ひとつ頼るものもなく青みがかった灰色の空にかかり、その光は弱々しく、しばらくすると暗闇に包まれる。

十一

いちばんつらかったのは、次第に母を恨むようになったことだ。しかし母を恨むたび、なぜだか母がわたしをおぶって墓参りに行く情景が思い浮かんだ。このことを思うと、母を恨めなくなった。そうかと思えばまた、母を恨まずにいられなくなる。わたしの心は――やはりあの織月のように、わずかなあいだ輝いているだけで、暗闇は無限に続いていた。母の部屋にはいつも男が来るようになり、母はもうわたしの目を避けなくなった。男は犬のようにわたしを見つめ、舌を出し、涎を垂らしていた。自分は奴らの欲をいっそう満たしうるものなのだと見て取れた。あっという間に、わたしは多くのことを理解した。わたしの体にはどうやら価値のある場所があるようだと感じ取り、自分を守らなければならないと知った。自分が今どんな香りがするのかを嗅ぎ取り、恥ずかしく、多感になった。わたしには自分を守ることもだめにすることもできるような力がいくらか生まれてきた。強気になることもあれば、弱気になることもあった。どうすればいいのかわからなかった。

母を愛したかった。このとき母に聞くべきことがたくさんあったし、母に慰めてもらいたかったのだ。でもちょうどそのとき、母を避け、恨まねばならなくなった。自分自身が消えてしまう。眠れないときには、母を許すべきだと冷静に考えた。そうしないとしたち二人の食いぶちを稼がなければならないのだ。だがまた、それなら母がくれる食事を拒もうとも思った。わたしの心はこうして冷たくなったり熱くなったり、冬に吹く風のように、やんだかと思うといっそう激しくなったりする。わたしは怒りが湧き上がって抑えられなくなるのをじっと待っていた。

十二

良い手立てを考える間もなく、事態は悪化した。母から「どう?」と聞かれたら、本当に母を愛しているのなら、そう言われた以上、助けるべきなのだ。そうしないと、母にはもうわたしの面倒は見られなかった。それは母親が口にしていいようなことではなかったが、母は確かにこう言ったのだ。「わたしもじきに老けてしまうから、あと何年かすれば、タダでも欲しがる人はいなくなる」。これは本当だった。母は近頃ではおしろいを厚く塗りたくり、顔の皺が目立っていた。母はもう一歩踏み出し、一人の男だけの相手をするつもりだった。もうたくさんの男の相手をする気力はなくなっていたのだ。母のことを思えば、今欲しいと言ってくれる人がいるなら——饅頭屋《マントウ》(5)の店主が母と一緒になりたがっていた——すぐ行くべきだった。しかしわたしはもういい歳の娘で、小さいころに母の駕籠の後をついていったみたいに簡単にはいかない。わたしは自分の身の処し方を決めなくてはならなかった。もし母を「手伝う」つもりなら、母はもうこの道を続ける必要はなく、わたしが母の代わりにお金を稼ぐことになる。母のためにお金を稼ぐのは、望むところだった。しかしそのお金を稼ぐ方法に、震え上がった。わたしが何を知っているというのか。老い先の見えた女たちみたいにお金を稼げというのか。母の心はむごかったが、お金はもっとむごかった。母はわたしに進むべき道を強いることはなく、自分で選ばせた——母を手伝うのか、母娘それぞれの道を歩むのか。母の目に涙はなかった。とっくに乾ききっていたのだ。わたしはどうすればいいのだろう。

十三

わたしは校長先生に話をした。校長先生は四十過ぎの女性で、ふくよかで、頭の切れる人ではなかったが、親切だった。わたしは本当にどうしていいかわからなかったのだ。そうでなければどうして母のことを話せただろう……。校長先生とは別に親しくはなかった。先生に話したとき、一言一句が赤く燃えた豆炭のように喉を焼き、長いこと黙りこくった末、やっとのことで一言発した。校長先生はわたしを助けてくれようとした。お金を出すことはできなかったが、二度の食事と住むところだけは与えてくれた――下働きのおばあさんと一緒に学校に住み込むのだ。先生に学校の事務員を手伝って文書の清書をするよう言われたが、まだ字の練習が必要だから、すぐに始める必要はないとのことだった。二度の食事と住むところができて、最も大事な問題が解決できた。母に面倒をかけずに済むようになった。母は今回は駕籠に乗ることすらせず、人力車に乗って、暗闇のなか出て行った。わたしの布団は、母から譲り受けた。出てゆくとき、母は泣くまいとしていたが、心の底から涙が込み上げていた。わたしが、母の娘が、もう母を訪ねて行けないことをわかっていたのだ。わたしはと言えば、泣き方すら忘れてしまい、口をゆがめてひっくひっくとしゃくり上げ、顔じゅうを涙で濡らした。わたしは母の娘で、友人で、慰めだ。でもあの絶対にやりたくないことをやらない限り、わたしには母を助けることはできない。後から思えば、わたしたち母娘は誰も面倒を見る人のない二匹の犬のように、食べるためにあらゆる苦しみを引き受けなければならなかった。まるでわたしたちの体には口のほかには何もないかのようだった。この口のために、それ以外のあらゆるものを売らねばならなか

（5）小麦粉で作った具の入っていない蒸しパン。

った。わたしは母を恨むのをやめた。わかったのだ。母が悪いわけじゃないし、この口があるせいでもない。食べものが悪いのだ。どうしてわたしたちが食べるものがないのだろう。この別れは、過去のあらゆる苦しみに勝るものだった。わたしの流す涙のわけを一番よく知る織月はこのときは現れず、ただ暗闇があるばかりで、蛍ほどの光もなかった。母は暗闇の中を生きた幽霊のように去り、影も残さなかった。たとえ母がすぐに死んだとしても、父と同じ墓には入らないだろうし、将来母がどこに埋葬されるのかもわからない。わたしにはこの母、この友人しかいない。わたしの世界にはわたしひとりが残された。

十四

母とはもう二度と会えなくなってしまった。愛は霜にあたった春の花のように、わたしの心の中で死んだ。一生懸命字の練習をしたのは、校長先生を手伝ってちょっとした文書を清書できるようになるためだった。他人にご飯を食べさせてもらうのだから、役に立たなければいけない。学校の女の子たちみたいに、他人が何を食べたとか、何を着ているかとか、何を言ったかとか、朝から晩まで他人のことを気にしてはいられなかった。わたしはいつも自分のことを気にかけていて、自分の影が友だちだった。「自分」のことが、いつも心にあった。だって、誰もわたしのことを愛してくれないのだから。わたしは自分を愛し、自分を憐れみ、自分を励まし、自分を責めた。別の人間のことのように、自分自身を知っていた。わたしは体のほんの小さな変化にも、恐れ、喜び、奇妙な気持ちになった。わたしはたおやかな一輪の花を大事に包み込むように、自分自身を手のうちに持っていた。目先のことしか考えられず、将来なんてないし、深く考えるのも恐ろしかった。人様にいただくご飯のときになって、昼なのか夜なのかを知った。それ以外では時間を思い出すこともない。希望もなければ、時間もなかった。まるで月日のないところに釘打たれたみたいだった。母のことを思い出すと、自分がこれまで十数年は生きてきたのだと悟った。将来に対しては、同級生みたいに休みや祝祭日や正月を楽しみにすることはなかった。休みや祝祭日や正月など、わたしに何の関係があるだろう。でも体が成長していることには気づいていた。また少し成長したことに気づくと、いっそう先が見えなくなり、自分が心もとなくなった。成長すればするほど、きれいになっていくことに気づいたが、これはわずかばかりの慰めだった。美しさはわたしの身分を上げた。でもわたしにはそもそも身分などない。慰めというのは初めは甘いが後に苦しみに変わるもので、苦しみの果てに自惚れを生んだ。貧しいけれど、美しい！　だが同時に怖くもあった。母だってなかなかの美人だったのだ。

十五

またずっと織月を見ないようになっていた。見たいとは思うけれど、とても目を向けることなどできなかった。わたしはもう卒業していたが、まだ学校に住み込んでいるのだ。夜、学校には使用人のおじいさんとおばあさんが一人ずついるだけだった。二人はわたしの扱いに困っていた。わたしは学生でもなければ先生でもなく、また使用人でもないが、ちょっと使用人のようだった。夜、一人で中庭を歩いていると、しばしば織月に追われるようにして部屋へ逃げ帰った。でも部屋にいるときは、特にそよ風が吹くときなど、織月の様子を思い浮かべた。そよ風はかすかな月の光を心へ吹き寄せるように、過去を思い出させ、目の前の悲しみをいっそう重苦しくさせた。わたしの心は月の光に浮かぶ蝙蝠のように、光に照らされているのに、自身は黒いのだった。黒いものは、飛べたとしてもやはり黒いのであって、わたしには希望がなかった。でもわたしは泣きはせず、ただいつも眉をひそめていた。

十六

ちょっとした収入ができた。学校の生徒たちのために編み物をしてあげて、手間賃をもらうのだ。校長先生はこの仕事を許可してくれた。だが生徒たちも自分で編み物ができたので、収入はそれほど多くなかった。でも急に必要になって自分で編んでいては間に合わないときや、家族に手編みの手袋や靴下をプレゼントしたいときには、わたしのところにやってきた。それだけでも、心が躍るようで、もし母があの一歩を踏み出さなければ、母を養えたのにとまで思った。わずかなお金を数えると、それも夢だとわかったが、そう思うと気分が少し楽になった。すごく母に会いたかった。わたしに会えば、母はきっと一緒に来てくれる。生活の手立てならある、はずだ——あまり自信はなかったが。恋しく想うあまり、よく夢に母が出てきた。ある日、生徒たちと一緒に城外へ遠足に出かけた。帰るころにはもう午後四時過ぎになっていて、早く帰ろうと近道をした。そのとき、母を見かけた！　小さな横丁で、饅頭を売っている店があった。戸口に竹のまるかごが置いてあり、とても大きな木製の白い饅頭が挿してあった。壁際に母が座っていて、体を上下に大きく動かしてふいごを押していた。わたしはずっと離れたところからその大きな木の饅頭と母の方を見たのだが、母の後ろ姿はよく覚えていたからすぐわかる。そばへ行って母を抱きしめたかった。でもみんなに笑われるのが怖くて、できなかった。生徒たちはわたしにこんな母がいることを許さない。どんどん近づいていき、わたしは顔を伏せ、涙を滲ませながら母をちらりと見たが、母はこちらを見なかった。わたしたちは母のすぐ横を通り過ぎたが、母は何も見ていないかのように、一心にふいごを押していた。ずっと遠くまで離れてから振り返って見たが、母はまだふいごを押していた。母の顔はよく見えなかったが、前髪がいくすじか額にかかって揺れているのはわかった。わたしはこの小さな横丁の名前を覚えた。

十七

心の奥の小さな虫に噛まれたかのように、母に会いたくて、会わなくては落ち着かなかった。ちょうどこのとき、学校の校長が替わることになった。太った校長先生はわたしに考えを決めるよう言った。自分がいる限りはその日の食事と住処を与えてやれるが、新しい校長も同じようにしてくれるとは保証できないとのことだった。お金を数えてみると、銅貨が全部で二元七角といくらかあった。これだけあれば数日のあいだは飢えずに済むが、でもどこへ行けばいいのだろう。ぼんやり部屋でじっとして悩んでいるわけにはいかない。考えを決めなければならなかった。母を訪ねるというのが、最初に浮かんだ考えだった。でも母はわたしを引き取ってくれるだろうか。もし無理なのに訪ねて行ったら、母はたとえ饅頭屋と喧嘩にまでならなくても、きっとつらいに違いない。母の立場を考えなくてはならない。彼女はわたしの母であるのに、また母ではなかった。わたしたち母娘のあいだは貧しさが生んだ障壁で隔てられていた。あれこれ考えた末、母を訪ねるのはやめた。自分の苦しみは自分で背負うべきなのだ。だがどうやって背負えばいいのか、思いつかない。世界は小さいと思った、わたしとこの小さな布団をおいてくれる場所もないのだから。わたしは犬にも及ばない。犬は場所さえあれば身を横たえて眠ることができるが、わたしは街頭で横たわることも許されない。そうだ、わたしは人だが、人は犬以下にもなりうるのだ。もし厚かましく学校に留まったとしたら、新しい校長に追い出されないとも限らない。人から追い出されるのをおめおめ待っているわけにはいかない。季節は春だ。でも花が咲き、葉が青々と茂るのを見ても、ちっとも暖かさを感じない。赤い花は赤い花でしかなく、緑の葉は緑の葉でしかない。様々な色を見ても、ただ少し色がついているとしか見えない。色は何の意味も持たず、春はわたしの心の中で冷たく死んでいた。泣くまいとしたが、涙が勝手に流れ落ちた。

十八

わたしは仕事を探しに出た。母を訪ねず、誰にも頼らず、自分で食い扶持を稼ぐのだ。丸二日駆けまわったが、希望を抱いて出かけては、埃と涙とともに帰ってきた。わたしにやらせてもらえることは何もなかった。このとき初めてわたしは母を本当に理解し、本当に許した。母は臭い靴下の洗濯をしたが、わたしはそんな仕事すらありつけない。母の進む道はあれしかなかったのだ。学校で教わる技能や道徳なんてばかばかしい、お腹いっぱい食べて暇なときの手慰みに過ぎない。私娼をあざ笑う生徒たちは、わたしにあんな母親がいるのを許さない。そうだ、あの子たちには食べるものがあるのだから、そう思っていなければならないのだ。わたしはほぼ決心した。誰かがご飯を食べさせてくれるのなら、何だってしよう。母には頭が下がる。死を考えたこともあったが、死んでなるものか。そう、生きるのだ。わたしは若く、美しい。生きるのだ。恥というのはわたしが作り出すものではない。

十九

こう考えると、もう仕事は決まったようなものだ。思い切って庭を歩いてみると、春の繊月が空にかかっていた。わたしは繊月の美しさを感じた。濃紺の空には、わずかな雲もない。繊月は爽やかで優しく、柔らかな光をそっと柳の枝に送っていた。庭には少し風が吹いており、南側の花の香りをまとって、柳の枝影を塀の隅の光が差し込んでいるところに吹き寄せ、それからまた光のない方へと吹き戻していた。光は強くなく、影も重くはなかった。風はそっと吹いていて、すべてが優しく、眠気を誘いつつも、穏やかに活動していた。繊月の下、柳の梢の上では、微笑む仙女の眼のような二つの星が、斜めにかかる繊月とかすかにそよぐ柳の枝に戯れかけている。塀の向こう側には名も知らぬ木があって、白い花をいっぱいに咲かせている。月のかすかな光はこの雪の玉を半分は白く明るく、半分はやや薄暗く照らし、思いもよらぬ清らかさを見せていた。この繊月は希望の始まりだ、とわたしは心の中で呟いた。

二十

わたしはまた太った校長先生に会いに行ったが、彼女は不在だった。一人の若者がわたしを家の中に入らせた。彼はとても格好よく、愛想がよかった。わたしは日ごろ男の人を怖いと思っていたが、この若者は怖いと思わなかった。彼に何か話してくれと言われると、黙っているのも気が引けた。彼にあんなふうに微笑まれると、張り詰めた気持ちが緩んだ。なぜ校長先生に会いに来たのかを話すと、とても親切に手助けしようと言ってくれた。その晩、彼が訪ねてきて二元のお金を手渡そうとしてきたので、受け取れないと言うと、これは叔母——太った校長先生——からだと言った。さらに、叔母が住む場所を用意したから、翌日にはもう移れると言った。疑うべきだったのだが、できなかった。彼の笑顔はわたしの心の奥にまで届くように思えた。こんなに優しくて魅力的な人なのに、疑っては申し訳ないと思った。

二十一

彼の笑った唇がわたしの顔にとどまり、わたしは彼の髪越しに、いつものように微笑む織月を見ていた。酔いしれたような春風が春の雲を吹き散らし、織月と春の星が二つ三つ、姿を現した。河岸の柳の枝はかすかに揺れ、春の蛙は恋の歌を歌い、みずみずしい菖蒲の香りが春の夜の暖かな空気に広がる。わたしは流れる水の音を聞きながら、それが幼い菖蒲に生きる力をもたらしているように感じ、菖蒲の茎が軽やかに高くぐんぐんと成長していく様子を想像した。じっとりと暖かな地面に咲いた小さな蒲公英《たんぽぽ》が、葉先や花弁に白い漿液《しょうえき》を注ぎ込んでいるようだ。あらゆるものが春の力を溶かし、春を自らの微妙なところに取り込んで、あたりに香りを放ち漂わしている。まるで花蕊の先が花弁を押し破っているようだ。わたしは我を忘れ、周囲の草花と同じように、春が沁み入るのを受け入れた。自分を失い、春風と月のかすかな光に溶け込んだようだった。急に月が雲に覆われ、自分のことを思い出し、彼の熱に圧迫されるのを感じた。わたしはあの織月を失い、自分も失った。母と同じになってしまったのだ！

二十二

わたしは悔やみ、自らを慰め、泣きたくなった。好きになってしまい、どうしたらいいかわからくなった。わたしは逃げ出したい、もう二度と彼に会わないように。でもすぐまた彼に思いを募らせ、寂しくなってしまう。ふた部屋の小さな家にわたし一人だけ、彼は毎晩やって来た。彼はどこまでも美しく、いつも穏やかだった。食べものも飲みものも与えてくれたし、新しい服も何着か作ってくれた。新しい服を着ると、自分の美しさを感じられた。だが、これらの服を恨めしくも思った。かと言って、脱いでしまうのも惜しかった。考えるのが恐くもあり、また億劫でもあり、頬を赤く染めたまま、ぼんやりしていた。おしゃれするのが気怠かったが、そうしないではいられなかった。あまりにも時間を持て余していて、何かやることが必要だったから。着飾っている最中は、自分を愛おしく思った。着飾り終わると、自分が憎くなった。わたしはすぐに涙が溢れてしまうのに、なんとか泣かないようにこらえたので、瞳はいつも潤んで可愛らしかった。ときには狂ったように彼にキスして、それから突き放したり、さらには激しく罵ったりすることもあった。彼はいつも笑っていた。

二十三

希望などないことは、とっくに知っていた。わずかな雲でも、繊月を覆い隠すことはできる。わたしの将来は真っ暗だ。案の定、それからしばらくして、春は夏になり、わたしの春の夢は終わりを迎えた。ある日、確かちょうど昼ごろだったが、若い女性が訪ねてきた。彼女は美しかったが、生気のない美しさで、磁器人形のようだった。彼女は部屋に入るなり泣き出した。何も聞かなくても、わかっていた。彼女の様子からすると、言い争う気はないようだし、わたしだって衝突するつもりはなかった。彼女は真面目な人だった。泣いていたが、わたしの手を取って「あの人がわたしたちを騙したのよ！」と言った。わたしは彼女もただの「恋人」だと思っていた。だがそうではなく、妻だった。彼女は大声を出すこともなく、ただしきりに「あの人と別れてちょうだい！」と言うばかりだった。どうすべきかわからなかったが、この女性が哀れに思えた。承諾すると、彼女は笑った。その様子を見て、浅はかな人だと思った。夫が必要だというばかりで、何も理解していないようだった。

二十四

わたしは長いこと通りを歩き回った。あの女性には二つ返事で承諾してしまったが、ではわたしはどうすればいいのだろう。彼から貰ったものは、持っていたくなかった。彼のもとを離れるのだから、きっぱりと断ち切らなくては。でも手放したら、ほかに何があるだろうか。どこへ行けばいいのか。どうやったら毎日の食事にありつけるのか。よし、どうしても必要なんだから、貰っていこう。わたしはこっそりと家を出た。後悔はしていないが、ただ空虚で、ひとひらの雲のような寄る辺なさを感じた。小さな部屋へ移って、一晩眠った。

二十五

わたしは倹約の方法を知っていた。幼いころからお金は良いものだと知っていたのだ。かき集めると手元にはまだわずかにお金があったので、今のうちに仕事を探しに行こうと思った。そうすれば、何も望まないにしても、危ないこともなくなるだろう。でも以前より一つ、二つ年を取ったからといって、仕事が見つけやすくなるわけではない。わたしは決心した。決心したからといって何の役にも立たないが、ただそうすべきだと思ったのだ。女がお金を稼ぐのは、なぜこんなに難しいんだろう！　母は正しかった。女が進むべき道は一つしかない、それは母が歩んだ道だ。すぐにその道へ進むのも怖かったが、あまり遠くないところでそれが待ち構えているのはわかっていた。もがけばもがくほど、恐ろしくなった。わたしの希望は初月の光、すぐに消えてしまう。一、二週間が過ぎ、希望はいっそう小さくなった。最後、わたしは女の子の列に並んで小さな料理屋で面接を受けた。料理屋は小さかったが、店主の図体は大きかった。わたしたちはみんな容姿の良い、高等小学校を出た女の子で、皇帝からの褒美を待つように、ウドの大木みたいな店主から選ばれるのを待っていた。彼はわたしを選んだ。彼に感謝はしなかったが、そのときは確かにちょっといい気分だった。ほかの子たちはわたしのことがとても羨ましかったようで、なかには涙を流して帰っていく子もいれば、「くそったれ」と罵る子もいた。女はなんと値打ちがないのだろう！

二十六

わたしはその料理店の女給「第二号」になった。料理を並べたり、運んだり、勘定したり、注文を厨房に伝えたりといったことは、どれも素人だったから、少し不安だった。でも「第一号」は、わたしだってできないから焦らなくていいのよ、と言ってくれた。彼女によると、小順《シヤオシユン》が全て取り仕切っているから、わたしたち女給は客にお茶を注ぎ、おしぼりを渡し、伝票を持っていくだけで、ほかのことはしなくていいとのことだった。おかしなことがあるものだ！　「第一号」は袖をかなり高く捲《まく》し上げており、袖口の白い裏布には一点の汚れもなかった。手元には「愛しい貴女へ」と刺繍された白いシルクのハンカチを提げていた。朝から晩まで顔に白粉をはたき、唇は血をしたたらせたみたいに真っ赤に塗っていた。客の煙草に火をつけるときには、膝を客の太腿にぴたりと寄せた。それから客に酒を注いでいるとき、自分も一口飲むこともあった。客に対しては、とても熱心にもてなすこともあれば、ほとんど相手にせず、視線を落として見ないふりをすることもあった。彼女が相手をしなかった客のところには、わたしが行くほかなかった。わたしは男の人が怖かった。これまでの経験から、愛があろうとなかろうと、男とは恐ろしいものだとわかっていた。特に料理屋で食事をする男たちは、義侠を気取って、喧嘩腰で席を譲り合い、勘定の支払いを争った。それから必死で猜拳《ツアイチユエン》(6)をやったり、酒を飲んだり。あるいは野獣のようにがつがつ食べ、必要もないのにわざと難癖をつけて人を罵ったりする。わたしは俯いたままお茶やおしぼりを渡し、恥ずかしさに顔が火照った。客たちはわざとあれこれ言って、わたしを笑わせようとしたが、笑う気になれなかった。夜九時過ぎに仕事を終えると、とても疲れていた。部屋に戻って、服も脱がずに夜が明けるまで寝た。目

(6) 酒席で行う数当ての座興。

が覚めたとき、こうして自分の力で生活し、食い扶持を稼いでいることに、ちょっと嬉しい気持ちになった。わたしはとても早くから仕事に出かけた。

二十七

「第一号」が九時過ぎにようやく出勤したとき、わたしはもう二時間以上も働いていた。彼女はわたしをばかにしたが、完全な悪意からでもなく、こう忠告した。「そんなに早く来なくていいのよ、誰も八時にご飯なんか食べに来やしないから。ほら、そんな辛気臭い顔して、下ばかり見てちゃダメ。女給なのよ、葬式じゃないんだから。俯いてたら、誰もチップをくれないわよ。あなた何しに来てるの？　お金を稼ぎに来てるんでしょ。襟が低すぎるわ、この仕事をするなら高い襟にしなくちゃ。それからこの薄絹のハンカチ、客はこれでわかるのよ」。彼女の好意はわかっていたし、チップはみんなで山分けだったから、わたしが笑顔を振りまかなければ、分け前が減って迷惑をかけてしまうこともわかっていた。わたしも彼女をばかにしていたわけではない。一面では、心から尊敬していた。彼女だってお金を稼ぐためにやっているのだ。女がお金を稼ぐにはこうしなければ、ほかに道はないのだ。でも、彼女の真似はできなかった。わたしははっきり読めた気がした。いつの日か、彼女よりもずっとうまく立ち回れるようにならない限り、わたしは食べていけないのだ。でもそれは本当に窮地に陥ったときのことだ。「どうにも仕方なく」という事態が常に女を待ち受けている。わたしにはそれを何日か遅らせることしかできない。歯ぎしりするほど腹立たしく、はらわたが煮えくり返ったが、女の運命は自分の手のうちにないのだ。それからまた三日働くと、店主から、あと二日だけ様子を見てやるが、もしもっと長く働きたいんなら「第一号」のようにやれと警告された。「第一号」はなかばせせら笑いつつ、なかば忠告するように言った。「あんたのこと、かわい子ちゃんなのになんでばかみたいなふりしてるんだいって聞いてくるお客さんもいるのよ。女給がどんなものかなんて知ってるでしょ。銀行の支配人と結婚する女給だってたくさんいるのよ。あたしらが卑しいとでも思ってるの？　恥なんて捨ててやれば、フン、自動車に乗るなんて屁でもないわ！」これにはわたしも腹が立って、「あんたはいつ自動車に乗れるのよ」と言った。彼女は赤い唇が落っこちそうなほどに口をゆがめた。「いちいちへらず口を言うんじゃないよ。その生まれつきのいいお尻、あれをやるのもできませんってかい!?」わたしはこんなこと、もうやめた。一元と五分(7)の給料を貰って家に帰った。

(7) 分はお金の単位で、一分は一角の十分の一。

二十八

最後の黒い影が、また一歩近づいてきた。逃れようとすると、さらに近づいた。ああいう仕事をしくじったことは後悔していないが、その黒い影が本当に怖かった。自分を売ろうと思えば、そうできた。以前のことから、男女の関係がかなりわかるようになっていた。女は自分をちょっと解き放てば、男が匂いを嗅ぎつけてやって来る。男が欲しているのは肉で、男がくれるのも肉だ。男が女を噛み、押さえつけ、獣の力を発散すると、女はしばらくのあいだ食べるものや着るものが与えられる。だが男は女を殴ったり怒鳴ったりするかもしれないし、与えるのをやめてしまうかもしれない。女はこうして自分を売って、ときには得意になることもある。わたしもかつては得意に思った。得意になっているときは、夢みたいなことばかり話す。それから少しすると、体の痛みと失望を感じる。だが、一人の男に売るのなら、まだ夢みたいな話をしていられるが、大勢に売るのなら、それすら口にできない。母はそんな話をしたことはなかった。怖さの程度が違うから、わたしは「第一号」の忠告を受け入れられなかった。以前は相手が「一人の男」だったから、怖さを感じずに済んだのだ。でも、わたしは自分を売りたくはなかった。まだ二十歳にもなっていないのだ、男は必要ない。最初は男の人と一緒にいるのは面白いだろうと思っていたけれど、一緒になると相手は恐ろしいことを要求するようになるのだ。そうだ、あのときわたしは自分を春風に譲り渡したように、人の思いのままにされてしまった。後になって考えてみれば、あの男はわたしの無知を利用して思うまま楽しんだのだ。わたしは彼に甘い言葉を囁かれて夢を見ていた。目が覚めると、それはただの夢に過ぎず、空虚なだけだった。わたしが得たものといえばわずかな食事と何着かの服ばかりだ。もうこんなふうに食い扶持を稼ぎたくはない。ご飯というのは確かなものだから、確かな方法で稼げばいい。だが、確かに稼ぐことができなければ、女は自分が女だと認め、肉を売らなければならないのだ！　一ヶ月以上の間、わたしは仕事を見つけられなかった。

二十九

わたしは学校の友だち数人にばったり会った。中学へ上がっている子もいれば、実家でお嬢さん暮らしをやっている子もいる。そういう連中を相手にしたくはなかったが、話してみると、自分はみんなよりも利口だと感じた。もともと、学校にいたころ、わたしは彼女たちよりばかだった。でも今や、「彼女たち」の方が明らかにばかだった。まだ夢を見ているみたいなのだ。きれいに着飾って、店に並ぶ商品みたい。彼女たちの眼差しは若い男の上に漂い、心の中で愛の詩を作っているようだ。わたしはみんなをあざ笑った。でもそうだ、許してやらなければ。彼女たちにはご飯があって、お腹がいっぱいになればもちろん愛について考えるほかない。男女が網となって、互いに捉え合うのだ。お金持ちなら、より大きな網を張り、何人かを捕まえて、それからじっくり一人を選ぶ。わたしにはお金がなく、網を張るための部屋の隅だって見つからない。だから自分の手で相手を捕まえるか、捕まるかしかない。わたしはみんなよりものがわかっていたし、実際的だった。

三十

ある日、あの磁器人形みたいな奥さんとばったり会った。彼女は身内にでも会ったかのように、わたしを引き留めた。なんだか取り乱した様子だった。「あなたは良い人、良い人だわ、わたし、後悔していたの」彼女は切々と訴えた。「後悔していたのよ、あの人のことをあきらめてもらったのに、フン、あなたといてもらった方がマシだったわ。あの人はまた別の女に手を出して、なんとまあ、今度は出て行ったきり帰ってこないの！」話を聞くと、二人は恋愛結婚だそうで、彼女はまだ彼をとても愛しているようだった。だが彼はまた逃げた。わたしはこの愛らしい奥さんが可哀そうになった。彼女もまだ夢を見ていて、恋愛は神聖だと信じているのだ。現在の状況を尋ねると、必ず夫を探し出さないといけない、生涯貞節を守らないと、と言った。わたしは、もし見つからなかったら？　と尋ねた。彼女は唇を噛んで、自分には舅姑《しゅうと》がいるし、実家には両親もいるから、自由がないのだと言った。さらには、誰にも縛られないわたしが羨ましいと言った。わたしを羨む人がいるなんて、おかしなことだ。わたしに自由があるなんて、とんだ笑い話だ。彼女にはご飯があって、わたしには自由がある。彼女には自由がなくて、わたしにはご飯がない。わたしたちは二人とも女なのだ。

三十一

あの愛らしい磁器人形に会ってから、わたしは自分を一人の男に売る気が失せ、ちょっと遊んでやろうと決めた。言い換えれば、ロマンスで食い扶持を稼ぐことにした。もう誰かに道徳的な責任を負うつもりはない、わたしは飢えているのだ。お腹いっぱいになって初めてロマンスが楽しめるのと同じように、ロマンスで飢えを満たすこともできる。これは円環になっていて、どこから始めてもいい。学校の友だちも磁器人形もわたしと大して変わらない。ただ彼女たちはちょっと夢見がちで、わたしはもっと率直に、飢えが最大の真理だと認めるだけだ。そうだ、わたしは売るのを始めた。手元にあるわずかなものをお金に換えて、商売用の衣装を一式作った。わたしは確かにきれいだった。わたしは売りに出た。

三十二

わたしはちょっと遊んでロマンスを楽しもうと思った。ああ、でも間違いだった。やっぱり世間をよくわかっていなかった。男は思ったほど簡単には引っかからなかった。わたしはいくぶん上品な男を引っかけようと思った、代価はせいぜい一、二度キスをするぐらいで済むだろう。あはは、男はそんなことでは騙されない。初めて会ったときから胸を触ってくるのだ。もしくは、一緒に映画を観るだけだったり、街を歩いて、アイスクリームをおごってくれるだけだったりで、結局お腹をすかせて家に帰るのだった。いわゆる上品な男たちは、どの学校を卒業したかとか、家族は何をしているのかと訊く知恵がある。そういう振る舞いはわたしに、相手から求められたら、それ相応のいいことを差し出さねばならない、とわからせた。もしそんないいことが提供できないなら、男はただ一角のお金を払って一回のキスと交換するだけだ。売り物にするなら、思いっきりやらないといけない、お金を持ってきてちょうだい、あんたと寝てあげるから。わたしはこういうことがよくわかった。愛らしい磁器人形たちにはまったくわかっていない。わたしと母はよくわかっているのだ。母が恋しくなった。

三十三

ロマンスで食い扶持を稼げる女性もいるそうだが、わたしには元手が足りなかった。だからもうこの考えは捨てた。わたしは商売を始めた。だが世間体を気にする大家から、もう家には置けないと言われてしまった。わたしは大家の顔も見ずに家を出て、昔、母と新しい父が住んでいたあの二間の家に戻った。ここの人たちは世間体など気にしなかったが、気にする人たちより嘘がなくて良い人たちだった。引っ越してから、商売はうまくいった。上品な男だって来た。上品な男たちは、わたしが売り手で自分たちが買い手だと理解すると、家までやってきた。こうすれば損もせず、品位も失わない。初めてやったとき、わたしはまだ二十歳にもなっていなかったので、とても怖かった。だが何日かやるうちに怖くなくなった。体もよく動かした場所はよく発達する。それにわたしは容赦なく、手も、口も……と、体のあちこちを休ませることなく使いまくった。男たちはこれを気に入ってくれた。男たちがくたくたに疲れるまでやると、ようやく元が取れたと満足し、タダで宣伝までしてくれた。何ヶ月かやって、わたしはもっと多くのことがわかるようになり、ほとんど顔を見ただけで相手の男がどんな人間かを判断できるようになった。かなりのお金を持っている男は、口を開いたとたんに値段を尋ね、わたしを買うお金があるのだとひけらかす。またとても嫉妬深くもあり、わたしを独り占めしたがる。お金があるから、私娼だって独占したがるのだ。こういう男には、あまり熱心に相手をしなかった。男が腹を立てても、家へ行って奥さんに知らせると言えばよかったので、怖くなかった。男の脅しに負けずにすんだのだから、小学校に何年か通ったのも無駄ではなかった。それで、教育は役に立つと信じるようになった。またある男は、騙されやしないかと心配して、一元だけ握りしめてやってくる。こういう男は、あれをしたらいくら、これをしたらいくらと細かい条件を伝えてやれば、大人しく家へお金を取りに戻るので、面白い。最も憎らしいのは古狸で、支払いをけちるだけでなく、紙煙草を半箱とか、小瓶入りの化粧クリームとか、何かしら掠めようとする。こういう男は土地の事情に通じていて、怒らせると警官を呼んで嫌がらせをしてくるから、怒らせてはいけない。だから怒らせないように、うまい汁を吸わせていたが、その後わたしも警官と知り合いになると、奴らを一人ひとり痛い目にあわせた。狼や虎が食い荒らす世界では、悪い奴が得をするのだ。哀れなのは学生風の男で、一元と銅貨数十枚が入ったポケットをしきりにじゃらじゃら鳴らして、鼻の頭に汗をかいている。哀れに思いはしたが、通常通りに売った。ほかにどんな方法があるというのだ！そのほかに爺さんたちもいた。みな真面目な暮らしをしてきた人で、家ではたくさんの子や孫に囲まれていたりする。爺さん連中にはどう接すればいいか困ったが、お金を持っていて、死ぬ前にちょっとした快楽を買いたいのだろうから、彼らの求めるものを差し出すしかなかった。こうした経験からわたしは「お金」と「人」について理解した。お金は人よりも恐ろしい。人は獣で、お金は獣の肝なのだ。

三十四

わたしは自分の体が病気にかかったことに気づいた。とてもつらくて、もう生きる必要もないと思った。商売は休み、通りへ出て、目的もなく歩き回った。母に会いに行きたかった。きっと慰めてくれるだろう。わたしは自分はもうすぐ死ぬ人間なのだと想像していた。母の顔が見たくて、あの小さな横丁までたどり着いた。母が戸口でふいごを押す様子が思い出された。だが饅頭屋は閉店していた。周囲の人に聞いてみたが、誰もどこへ行ったのか知らなかった。それでわたしは、絶対に母を探し出さなくてはと決意を固めた。魂が抜けたように何日か通りをぶらぶら歩いたが、何の役にも立たなかった。母は死んだか、あるいは饅頭屋の店主とどこかへ引っ越したのだろうか。もしかすると千里の彼方に行ってしまったのかもしれない。こう考えると、泣けてきた。わたしはきれいに着飾って化粧をし、ベッドに横たわって死ぬのを待った。ほどなくして死ぬのだろうと思っていた。だが死ななかった。また客が戸を叩く音がした。わたしを求めているのだ。よし、こいつの相手をして、病気をすっかり感染《うつ》してやろう。申し訳ないとは思わなかった、そもそもわたしが悪いわけじゃない。わたしはまたちょっと愉快になって、煙草を吸い、酒を飲んだ。わたしはもはや三、四十歳を超えた人みたいになってしまった。目の周りは青黒くなり、手のひらは熱くなったが、もう構わなかった。お金がなければ生きていけないのだ。ほかのことはお腹がいっぱいになってからの話だ。わたしは美味しいものを食べた。不味いものなど、食べたくない！　わたしは絶対に、自分自身にすこしでも美味しいものを食べさせ、すこしでもきれいな服を着せてやらねばならない。そうやって初めて、自分自身への申し訳がほんの少しだけ立つというものだ。

三十五

ある朝、多分十時ころだろう、ガウンを羽織って部屋で座っていると、庭からかすかな足音が聞こえた。いつも起きるのは十時ころで、十二時になってようやく服を着替える気になることもある。最近はとても気怠くて、よく何か羽織ったまま一、二時間もぼんやり座っていた。何も思い出せないし、何も考えたくなくて、ただ一人でぼんやり座っていた。そのかすかでゆっくりした足音は部屋の戸口までやって来た。少しして、二つの目が扉の小さなガラス越しにこちらをうかがっているのが見えた。しばらく見ていると、相手は身をかわした。わたしは動くのもおっくうで、そのまま座っていた。しばらくすると、その目がまた現れた。わたしはそれ以上座っていられず、そっと扉を開けた。「お母さん！」

三十六

わたしたちがどうやって部屋に入ったのか、よくわからない。どのくらい泣いていたのかも、あまり覚えていない。母は年を取って見る影もなかった。饅頭屋の店主は故郷に帰ったそうだが、母には告げずに黙って去り、お金は一銭も置いて行かなかった。母はわずかな持ち物を金に換え、家を引き払い、長屋へと引っ越した。半年以上もわたしを探していたそうだ。最後にここへ来ようと考えたが、わたしに会えるとは思ってもいなかった。しかし、ちょっとのぞいてみたところ、意外にもわたしがいたのだった。わたしかどうか確かめる勇気もなく、もしわたしが呼びかけていなかったら、立ち去っていたかもしれなかった。泣き終えると、わたしは狂ったように笑った。母が娘を探し出すと、娘は私娼になっていたなんて！　わたしを養っていたとき、母はああするほかなかった。今はわたしが母を養う番なのだから、同じことをするほかない！　娘の職業は世襲だ、専業なのだ！

三十七

わたしは母に慰めてほしかった。慰めに意味はないとわかっていても、やっぱり母の口から聞きたかった。この世で母親はいちばん人を騙すのがうまい。母親の語る嘘、わたしたちはそれを慰めと呼ぶのだ。だが母はそれすら忘れていた。飢えて怯えている母を、責めはしない。母はこの商売に何の疑問も抱いていないかのように、わたしの持ち物を検め始め、収入と経費を尋ねた。わたしは自分が病気になったことを伝えた。母が何日か休むよう勧めてくれることを期待した。だがそうはならず、母は薬を買いに行ってくると言うだけだった。「わたしたち、ずっとこういうことをやっていくの?」と尋ねると、母は黙っていた。だが別の面から見れば、母は確かにわたしを守ろうとし、大事にしてくれていた。食事を作ってくれ、体の調子を尋ね、眠りについた子を見る母親のように、何度もわたしの様子をうかがった。ただ母は、もうこの商売はしなくていいとは言わなかった。わたしは頭ではわかっていた――母には少し不満もあるけれど――この商売以外、他にやれることは思いつかなかった。わたしたち母娘には食べるものも着るものも必要だ――このことが全てを決めた。母だ娘だなんて関係ない。世間体がどうのこうのも関係ない。お金は無情なものだ。

三十八

母はわたしの面倒を見ようとしたが、わたしが他人に蹂躙されるのを目で見、耳で聞かねばならなかった。母には優しく接したかったが、ときにはうんざりすることもあった。母はどんなことも、特にお金に関しては、管理したがった。母の目はすでに若いころの輝きを失っていたが、お金を見るとわずかに光を放った。客に対しては使用人として振る舞ったが、客の支払いが足らないときには相手を罵った。これには困ってしまうこともあった。間違ってはいない、この商売をするのはお金のためなんだから。でもこの商売をするからといって人を罵らなければならないわけじゃないだろう。わたしも客を粗末に扱うことがあったが、それなりの方法があって、客が怒ることも恨むこともないようにできた。だが母のやり方はあまりに愚かで、すぐに客を怒らせてしまう。お金のことを考えれば、客を怒らせてはいけないのだ。もしかするとわたしのやり方は、まだ若くて幼稚なせいかもしれない。母は一切を顧みずにただお金のことだけを考えているが、わたしよりずっと年を取っているのだから、そうするのも当然だ。わたしもあと何年か経てばそうなるのだろう。人は年を取れば心も老いて、次第にお金のように硬くなっていく。確かに、母は遠慮がなかった。客の革財布をさっと奪い取ることもあれば、帽子やいくらか値打ちのある手袋とステッキを返さないこともあった。騒ぎを起こすのは嫌だったが、母が言うのももっともだった。「貰えるものは一つでも多く貰っとかなくちゃ。わたしたちは十年分を一年で生きているんだよ、七十、八十の婆さんを誰が欲しがるもんかい」。あるとき客が泥酔すると、母はその人を外へ担ぎ出して人気《ひとけ》のないところで座らせ、靴まではぎ取って帰ってきた。おかしなことに、そうした客が文句を言いに来ることはなかった。きっと前後不覚になって覚えていないか、もしかすると大病にかかっているのかもしれない。あるいは後になって思い返してみて、わざわざ騒ぎ立てるのも勝手が悪いと考えたのかもしれない。わたしたちは恥をかくのなんて怖くないが、彼らは怖いのだ。

三十九

母の言葉は正しかった。「わたしたちは十年分を一年で生きている」のだ。二、三年もすると、わたしは自分が確かに変わったことに気づいた。肌はきめが粗くなり、唇はいつも乾いていて、目は色がくすんで血走っていた。遅くまで寝ても、気力が湧かなかった。自分でも感じるのだから、客だって気づくようになり、なじみの客は次第に減っていった。初めての客には特に一生懸命相手をしたが、相手がいっそう憎らしく思えて、腹の虫を抑えきれないこともあった。怒りっぽく、嘘つきになり、自分が自分でなくなってしまった。

わたしの口は嘘ばかり言うことに慣れてしまったようだ。こんなふうで、上品な男たちはもうあまり買いに来なくなっていた。「小鳥の人に依るがごとし」[8]——彼らが詠じる唯一の詩句だ——らしい容姿や風情がなくなってしまったから。今やわたしは街娼の真似をしなくてはならない。下品な男を呼び込むために、異様な格好に着飾った。わたしは唇を血がしたたるみたいに赤く塗り、力いっぱい噛んでやると、客は喜んだ。一元手に入れるたび、一元分だけ死ぬような気がして、自分の死を見たように思うこともあった。お金は生命《いのち》を長らえさせるものだが、わたしの稼ぎ方は反対の結果をもたらした。自分の死を見つめ、自分の死を待っていた。こう思うと、ほかの考えは全て消え去った。もう考える必要もなく、一日一日を生きていければいい。母はわたしの影で、わたしも将来は母のように、一生肉を売って、わずかな白髪と皺だらけの黒ずんだ肌が残るばかりになるのだ。これがつまり生命なのだ。

四十

わたしは無理に笑い、無理におかしな振る舞いをした。わたしの苦しみは涙をいく筋か

（8）人に抱かれる小鳥のように可愛いという意、原典は『旧唐書』。

流せば和らぐようなものではないのだ。惜しくもない生命だが、やっぱり生命であって、手放したくはなかった。それに、わたしのしたことはみずからの過ちではない。もし死が恐ろしいとしたら、それはただ生を愛しんでいるからだ。わたしは決して死の苦しみを恐れているのではない、苦しみはとっくに死を上回っている。わたしは生を愛しんではいるが、こんなふうに生きるべきじゃない。夢見るように理想の生活を想像したが、夢はすぐに過ぎ去り、実際の生活にいっそう苦しめられた。この世界は夢ではなく、本当の地獄だ。わたしの苦しみに気づいた母は、結婚を勧めた。結婚すれば、わたしはご飯にありつけるし、母も老後の生活費が得られる。わたしは母の希望だった。だが誰と結婚するのだ？

四十一

あまりに多くの男と接したので、愛の何たるかもすっかり忘れてしまった。自分しか愛さないわたしが、自分すら愛せなくなったのに、ほかの人を愛してどうするというのだ。でも結婚したいなら、嘘でも愛してるとか、一生一緒にいたいとか言わなければ。もう何人もの男にそう言って、誓いまで立てたのに、誰も受け入れてくれなかった。お金の支配下では、みんな頭がよく回る。女は買うより寝取る方がいいとはよく言ったもので[9]、寝取れば節約になる。お金を要求しなければ、きっと誰もがわたしを愛していると言うだろう。

四十二

そうこうするうちに、警官に捕らえられた。この地区に新しく来た役人が非常に道徳を重んじる人で、私娼を一掃しようとしたのだ。公認の妓女はこれまで通りに商売ができた。なぜなら納税をしているからで、納税者は正当で道徳的な存在ということなのだ。捕まると、感化院へ入れられて仕事を教わった。洗濯、裁縫、料理、編み物、わたしは全てできた。そんな技能で食い扶持が稼げるなら、こんな苦しいことはとっくにやめている。そう言ったが信じてもらえず、お前がだらしなくて不道徳なんだと言われてしまった。彼らはわたしに仕事を教え、仕事を大事にしろと言った。もし仕事を大事にすれば、将来きっと自活できるか、結婚できるという。彼らは楽観的だったが、わたしにはそうは思えなかった。彼らの最大の功績は、すでに十数人もの女性が感化を受けて結婚したことだった。ここへ女を貰いに来る男は、手続き費用を二元払い、信用できる商店に身元引き受けを頼むだけでいい。男から見れば確かにお買い得だが、わたしには笑い話だ。それで、感化を受けるのをきっぱり断った。偉い役人が視察に来たとき、顔に思い切り唾を吐いてやった。

（9）出典は『紅楼夢』。

わたしは危険人物と見なされ、やっぱり出してもらえなかった。だが彼らはそれ以上わたしを感化しようとはしなかった。わたしは場所を移され、監獄に入れられた。

四十三

監獄はいいところで、人類は進歩などしないと確信させてくれる。こんなひどい場所、夢にも見たことがなかった。だがひとたび足を踏み入れると、出たくなくなった。これまでに経験した世界は、ここと比べて大差ない。もしここを出てマシな場所がありうるなら、死にたくはない。だが実際にはないのだから、どこで死んだって同じことだ。ここで、ここで、またわたしの親友、織月を見た！　いつから見ていなかっただろう！　母はどうしているだろう。これまでのあらゆることが思い出された。

魂を断つ槍

——生命というのは冗談に過ぎない、一つ一つのことがすべてそうだ。かつて私はそんなふうに思っていたが、今ではそれがどういうことなのかよくわかっている。

沙子龍《シャーズーロン》の鏢局《ビャオジュー》《ひょうきょく》[1]はもはや旅の安宿になってしまった。

東方の大いなる夢から醒めずにいられる術などなかった。砲声はマレーとインドの山野に嘯《うそぶ》く虎の声を圧倒した。半ば目を覚まさせられた人々は、目を擦りながら祖先と神霊に祈りを捧げたが、程なくして国土と自由、そして主権が失われた。戸口の外には異なった容貌の人間が立ち、その銃口はまだ熱い。人々の長い矛や毒を塗った弩、極色彩の蛇皮を貼りわたした厚い盾など、いったいなんの役に立つというのだ。祖先も祖先の信じた神々さえもまったく霊験を現さないではないか！　龍旗[2]の中国はもはや神秘でもなんでもなく、機関車が墓地を貫き風水を破壊していく。飾り房のある臙脂《えんじ》色の鏢局旗、緑の鮫皮《さめがわ》で作った鞘の太刀、鈴の輪を響かせる口馬《コウマー》[3]、義侠の渡世人の知恵と符牒、仁義と名声、そして

（1）安全な輸送、宿泊を保証する運送稼業。腕の立つ用心棒を置き、山賊集団などの情報に通じていた。かつては山東人が多く営んでいたという。
（2）清朝の旗。
（3）原注：張家口以北に産する馬。張家口は北京の北、長城を隔てたあたりの地名。

沙子龍本人でさえ、その武芸も事業もまるで夢のように昨夜のこととなってしまった。今日このときは、列車であり、連発銃であり、通商であり、そして恐怖なのだ。噂では皇帝の首を取ろうとする者まで現れているという。

　これは輸送の用心棒稼業では飯が食えなくなったのに、中国武術がまだ革命党と教育者によって提唱されていないころのことである。[4]

　沙子龍は小柄で痩せた体格のきびきびとした筋金入りの男で、両の目が霜夜の明星のように輝いていたことを知らない者などいない。しかし、今や彼の身体には贅肉がついている。鏢局は安宿に変わり、彼自身は奥の狭い四合院[5]の北側三部屋に移り、大槍は壁の隅に立てかけたままで、中庭には数羽の野鳩が住み着いていた。ただ夜になると彼は四合院の門をぴたりと閉じ、彼の技である「五虎断魂槍《ごこだんこんそう》」の修練を繰り返すのだった。この槍とこの槍術、これには二十年の苦心がこめられ、西北地方一帯に「神槍《しんそう》沙子龍」の名声を轟かせたのはまさにこの技によるもので、立ち向かってくる敵などいなかった。今ではその槍もその槍術も、もはや二度と彼に勝利の栄光をもたらすことはない。ただ彼は、そのひんやりとして滑らかな、硬く細やかな顫《ふる》えを伝える長柄を撫でさすって、心中のやるせなさをいくらかでも和らげようとしているだけだ。そしてただ夜の間、独りでこの槍を手にするときにだけ、自分はまだ「神槍の沙」なのだということが信じられた。昼には、武芸も往時のことも彼はあまり話さなかった。彼の世界はすでに狂った風によって吹き去られていたのだ。

彼が面倒を見て武芸を始めた若者たちは、まだしょっちゅう彼を訪ねてきていた。そういう連中のほとんどは身寄りのない者たちで、武芸の腕がいくらか立つとは言え、そういう技が使える場所などなかった。ある者は土地廟の祭礼で武芸を見せものにして小銭を稼いだ。足技を二度ほど披露し、武器を取っての演武を見せて、蜻蛉《とんぼ》返りを数回やって決めた後、付け足しで大力丸(6)も売ったりして、銅貨をいくつかもらうのだ。ある者は本当に何もやれることがなくなって、果物やら枝豆やらを入れた籠を提げて朝早くから通りに出て、大声で売り歩いたりもしていた。あのころは米も肉も安かったから、力仕事をやるつもりならなんとか腹を膨らますことはできたのだが、この連中はそれでは不十分だった。食う

(4) 一九二七年に中国政府は伝統武術などを「国術」として広め、国民の強壮な身体を育成し、国家の富強を目指した。

(5) 中国の伝統的住宅建築様式。高い塀に囲まれたほぼ方形の土地に建てる。東西南北に部屋を配して、中央に中庭を置き、道路に面する南側に門を設ける。ここでは北側の棟のさらに奥に四合院が続く邸宅となっている。

(6) 強壮滋養剤として売られた漢方薬の一種。各種薬草を調合した丸薬で、スッポンやミミズも混ぜ合わせることもあった。

量が並外れていただけではなく、それも腹に溜まるちゃんとした食い物でなくてはならなかったから、日を置いて干からびた餅子《ピンズ》(7)など喉を通るわけもなかった。しかも彼らはいつも寺社の祭礼を回っているのだ。五虎棍の舞(8)やら、行列の先陣役やら、大小の獅子舞やらがあって……と言っても今ではたいしたことはないのだが――かつての鏢局の出陣に比べればだ――しかし結局のところそれは武芸を見せて顔を売る機会ではあった。そう、祭礼を回って場を盛り立てるには見栄を張らねばならない。彼らは見栄えのする出立《いでたち》で身を固めるのだが、少なくとも黒の縮緬《ちりめん》のズボン、下ろしたての真っ白なキャラコのシャツ、魚鱗模様をあしらった武術家用の靴ぐらいはなくてはならないし――できれば黒繻子《しゅす》の雲状紋の靴であればなおいい。彼らは神槍沙子龍の弟子――もっとも沙子龍は決してそんなことを認めてはいなかったのだが――なのだから、あちこち顔を出して、祭礼では身銭を切ったりもし、本当の喧嘩になることだってないことはなかった。金がないときには、沙先生のところに行って頼み込んだ。沙先生はいい加減なことはしない。金の多少にかかわらず、彼らに無駄足を踏ませるようなことはさせなかった。だが、喧嘩や演武のために武術の技を教えてほしいとか、演武の「型」――空手奪刀《くうしゅだっとう》(9)とか、虎頭鉤進槍《ことうこうしんそう》(10)とかいうような――を説明してもらいたいなどと言われると、沙先生は冗談めかして「教えるなんかちゃんちゃらおかしい、おかしくてヘソで茶が沸くぞ(11)」と言ってごまかしたりしていた。ときには有無を言わさず連中を追い出すこともあった。彼らは沙先生がなぜそんなことをするのかあまり納得がいかず、心の中ではいささか面白くない思いをしていた。

　しかし彼らは至る所で沙先生の名前を大袈裟に称揚して回った。それは第一に、彼らの武芸が直伝の技で達人の教えを受け継いだものだと人々に知らしめるためであり、第二には、沙先生の心に刺激を与えるためでもあった。万一、彼らの賞賛に不服を抱き直接先生に会いに行くような輩が現れたら、先生はその期《ご》に及んでも武芸の真髄の一つや二つお見せにならないで済ませられるだろうか。だから言うのだ、沙先生は一撃で牛を倒した！　沙先生はひと蹴りで人を屋根の上まで吹っ飛ばし、しかもいくらも力なんか使わなかった！　彼らの誰一人としてこんなことを実際見たわけではなかったのだが、話しているうち彼ら自身が、それは本当だとだんだん信じこむようになり、それの起こった年月ができ

（7）練り込んだ小麦粉、トウモロコシ粉、アワ粉などを円盤状にして焼いた主食。
（8）宋の初代皇帝趙匡胤が悪地主の五人兄弟「五虎」を打ち負かしたという伝説に基づく勇壮な舞踏。
（9）素手で敵の刀を奪う。
（10）虎頭鉤という攻撃防御両用の武器で槍に立ち向かう。
（11）原文では「教《ジアオ》」と同音の「澆（水を注ぐ）」で駄洒落にし、「教えるぐらいなら沸かした湯をぶっかけてやろうか」となっている。

上がり、場所もできて、確固たる真実となり、天に誓って真実だということになった。

王三勝《ワンサンション》――沙子龍の鏢局の大番頭だった――は土地廟で演武の客寄せの場を陣取り、いろんな武器類を並べていた。わさび色の嗅ぎ煙草(12)を鼻孔に擦り付けると、竹節の鋼鞭(13)を手にとってブンブン振り回し、観客の場を一回り広げた。鋼鞭を下ろすと観客に挨拶もなしで、手を腰に当てて格好をつけ、「この脚は天下の好漢を蹴り飛ばし、この拳は諸国の英雄を殴りつける！」と唱え上げた。それから周りを見渡して「同郷の諸君、吾輩王三勝は大道芸をする者ではない。武芸をいささか嗜み、西北の街道筋で鏢局の用心棒として鳴らし、緑林(14)のお仲間とも何度も手合わせをした者である。現在はすることもなく暇を持て余しており、今日はここに場を設けて諸君と少しばかり遊んでみようと思う。腕に覚えのある方は遠慮なく出てきていただきたい、吾輩王三勝は武芸でもってお相手いたす。吾輩の顔を立ててくださる方はいらっしゃらないか？　かの神槍沙子龍は吾輩の師匠、我が武芸は由緒正しき技なのだ！　さあ、諸君、お手合わせを如何か？」彼は観客を見ながらも、絶対に出てくる奴などいないとわかっている。彼の話しぶりが強面《こわもて》なのはもちろん、その鋼鞭はそれ以上に恐ろしげだ。重さが十八斤(15)もあるのだから。

王三勝は図体がでかく、いかにも凶悪な顔つきで、大きな目玉をぎょろりと見開き、周囲を睨みつけた。誰一人声を上げない。彼はシャツを脱ぎ、淡い藍色に染めた幅広の帯をギュッと引き締めて腹を絞りこむ。それから手のひらに唾をかけて、大刀を取り上げた。

「諸君、ではこの王三勝がまず我が武芸をお見せいたそう。だが、ただというわけにはいかん、演武が終わったら、お持ちの金子《きんす》をいくらか投げていただきたいのだ。持ち合わせのない方は、せめて声援を送って場を盛り上げてほしい。吾輩は商売で語っておるわけじゃないからな。よろしい、さあお目にかけよう！」

彼は大刀を引き寄せると、目をぐっと見開き、顔が引き締まって、突き出した胸は筋肉が盛り上がりまるで二本の丸太のようだ。足を踏み鳴らして刀を横様に構えるや、大きな赤い房が肩の前で揺らめく。大刀が凄まじい勢いで振り下ろされ、さっと身をかがめて地上で転回すると、振られた腕が風を起こしてびゅうと響きを上げた。そして突如大刀が右の掌の上でくるりと回り、体軀は大きく湾曲する。周囲は寂として声もなく、ただ大刀に付けられた鈴の軽やかな音がするだけだった。真っ直ぐに大刀を構えなおし、地面をがっちり両足で摑む「跺泥《トウオニー》」の姿勢ですっくと立つと、周囲の観客より頭一つ分は高くなり、

---

(12) 原文は「茶葉末」。茶葉の砕かれた屑、深い緑色で、陶器の釉の色彩の名称にもなっている。
(13) ゴツゴツした竹の節のようになっている鉄製の硬鞭。
(14) 山賊や盗賊の集団。
(15) 約九キログラム。

黒い塔が聳えるようだ。演武の収めの型を取って「諸君！」と一声、彼は大刀を片手に持ち、もう一方の手は腰に当てて周囲を見回した。パラパラといくつか銅銭が投げられ、彼はこくりと頷いた。「諸君！」とまた一声、彼は待っていたが、地面には依然としてあのいくつかの安っぽく光る銅銭だけで、囲んでいた外側の人たちはこっそりと場を離れていく。彼はぐっと怒りを呑みこみ、「わかるやつなんかいねえ！」と声を低めて言ったが、その場の人たちにはみんな聞こえていた。

「修行を積んでおられる！」西北の隅にいた赤髭の老人が彼の声に応えた。

「えっ？」王三勝はよく聞き取れなかったようだ。

「わしは、貴殿が——よく修行を——積んで——おられる、と申したんだ！」老人の言い方は、かなり嫌味に聞こえた。

大刀を地面に置くと、王三勝は観客が一斉に顔を向けるのにならって、西北の方に視線を走らせた。それまで一人もその老人に注目した者などいなかった。それは背の低いしわくちゃの痩せた老人で、綾織の濃紺の長衣を纏い、萎びた顔つきで目元は深く窪んでおり、口元にまばらな赤ちゃけた髭が生え、枯れ草みたいな辮髪が肩にかかっていた。その辮髪は箸のように細かったが、箸みたいに真っ直ぐな感じでは絶対なかった。しかし王三勝はこの年寄りが腕の立つ男だと見抜いた。額にも目にも鋭い輝きがあったのだ——眼窩が深く窪んではいるものの、瞳は二つの井戸のように黒々として、深く漆黒の光を放っていた。王三勝は怖れはしなかった。彼は腕が立つ人間かどうかをすぐに見抜くことができたが、そんなことよりも自分の身につけた技をずっと確信していた。彼は沙子龍門下の大将なのだから。

「どうぞこちらに、お相手いたしましょう」。王三勝はその場にふさわしい言い方で声をかけた。

老人は軽く頷くと、観客の中から進み出てきた。その歩き方を見て、観客はどっと笑った。老人は腕をほとんど動かさず、まず左足を前に進め、右足がその後に続くような格好で、一歩一歩まさに摺り足そのもの、体軀が硬く伸びきってしまって、なんだか半身不随の患者だったような感じだ。ずるずると歩を進めて真ん中に出ると、老人は長衣を地面に放り投げ、周囲からどんなに笑われようとまったく気にもかけていないようだった。

「神槍沙子龍の門弟だ、と言っていたな。よろしい、貴殿に槍を使わせてやろう、わしはどうするかな」。老人はとてもきっぱりとした態度で、手合わせがしたくて長い間うずうずしていたように見受けられた。

観客は王三勝のところにみんな戻ってきて、隣でツキノワグマの芸[16]を見せていた芸人がどんなにドラを鳴らしても見向きもされなかった。

「三截棍《サンジエグン》(17)で槍に立ち向かってください、いかがですか」。王三勝は老人の腕前を見たかった。三截棍は簡単に手に取って振り回せるような武器ではない。

老人はまた軽く頷いて、その武器を手に取った。

王三勝は眼をかっと見開いて槍をうち振るい、一気に険しい表情になった。

老人の黒い瞳はいっそう深く小さくなって、線香の火みたい見え、眼前に突きつけられた槍の穂先を追って旋回している。王三勝は急に気分が悪くなってきた。こいつの黒い瞳は槍の穂先を吸いこんでしまいそうだ！　観衆は風も通らぬほど周りをびっしり囲い、全員が老人の発する威厳を確かに感じていた。老人の眼を避けようとして、王三勝は槍を大きくぐるぐる回した。老人の赤ちゃけた髭がさっと靡き、「さあ！」と一声発した。王三勝は槍を押さえ、低い構えで歩を進め、槍の穂先を老人の喉元に突き出した。槍の飾り房が赤い軌道を描く。その瞬間、老人の身体は一気に俊敏な動きとなり、やや斜めに身体を傾げて槍の穂先をかわすや、ぱっと三截棍の前の一連を槍に引っかけ、後ろの一連で王三勝の手を払いのけた。パンパン、と叩く音が二度響き、王三勝の槍は撥ねとばされた。観衆から歓声が上がった。王三勝は怒りで顔から胸元まで赤紫に染めながら、槍を勢いよく振り回し、一気に老人に向かっていった。穂先がまっすぐ老人の体の真ん中に突き出された。老人の眼が黒光りするほどの輝きを発し、足を軽く屈めると、三截棍の一連を下に構えて槍の突きを防ぎ、王三勝が引き戻そうとした槍の柄を上から振り下ろした一連で打ち据えた。パン、槍はまた地面に落とされた。

観衆からまたもや喝采の声が上がる。王三勝は汗だくになり、もはや槍を拾いあげようとはせず、目を怒らせたままその場に呆然と立ち尽くした。老人は武器をその場に置き、自分の長衣を手に取った。足はやはり引き摺るようにしているが、足取りは軽やかだ。老人は長衣を腕にかけたまま、王三勝のそばに近寄って「まだまだ鍛えないとな、若い衆」と声をかけ肩をポンと叩いた。

「ちょっとお待ちを！」王三勝は汗を拭って言った。「どうかお待ちください、小生まったく参りました。しかしもう一丁、貴殿は沙先生とお手合わせをする覚悟はおありでしょうか？」

「もちろん、わしは沙子龍と勝負するためにわざわざここまでやってきたんじゃからな！」どうやら笑っているらしく、老人の干からびた顔に皺が寄った。「では、出かけよう、

(16) 民国期の北京の下町「天橋」あたりでは、ツキノワグマに芸をさせて金を稼ぐ芸人が有名だったという。他にも様々な芸人が下町を賑わしていた。
(17) 三本の棍棒を鎖で繋いだ武器。三截鞭とも呼ばれる三連の棍棒。

もうここは片付けなさい、晩飯はわしがご馳走いたそう」

王三勝は並べていた武器を一つにまとめて、手品師の二麻子《アルマーズ》(18)のところに預け、老人のお供をして廟の外に出た。後ろからけっこうな数の野次馬がついてきたので、彼はそいつらをどやしつけて追い散らした。

「ご老人、お名前をお聞かせください」彼が訊ねた。

「孫《スン》じゃよ」老人は声もその体軀と同じように干からびていた。「技を磨くのが好きでな、沙子龍とは是非とも勝負したいと、ずっと、思っておったんじゃ」

沙子龍はお前なんぞ打ち負かさずに置くものか！　王三勝は心の中で呟いた。彼は足の裏にぐっと力を込めたが、その歩調に孫老人が遅れてしまうようなことはなかった。老人の脚の動きは査拳《チャーチユエン》一門の連跳の歩法(19)を堅持しており、もし勝負となったら、すごいスピードの技になるに違いない、と王三勝は見てとった。しかし、どんなにこいつが敏捷でも、沙子龍の敵ではない。絶対に孫老人がやられるに決まっている、そう思うと心中愉快になってきて、彼は足取りを緩めた。

「ご老人はどちらのご出身でしょうか？」

「河間《ホージエン》(20)じゃ、たいしたところではない」。孫老人もいくぶん和やかになって、「棍一月、刀一年、槍は一生(21)と言われておるが、槍ではなかなか優れた使い手にはなれないものじゃよ！　ま、正直に申して、あんたのさっきの技は悪くなかったぞ！」と言った。

王三勝の顔にまた冷や汗が戻ってきて、言葉を続けられなかった。

宿に着いたとき、彼は沙先生が不在だったらどうしようと気が気でなく、心配で鼓動が激しくなった。彼はなんとしても先ほどの恨みを晴らしたかったのだ。先生がこのようなことに関わるのを嫌っていることはわかっていたし、実際弟子たちは何度もピシャリと断られてもいた。しかし彼は、今回だけは絶対大丈夫だと信じていた。自分は鏢局の大番頭で、ああいうぽっと出の若造とは違うのだから。それに、相手は土地廟ではっきり師匠の名を挙げて手合わせに臨んだのだ、沙先生は今度ばかりは面子を立てないでいられるわけがないだろう。

「おや、三勝」沙子龍は寝台で横になって『封神演義』を読んでいるところだった。「何

(18) あだ名、「あばたの二郎」のような意。
(19) 査拳は山東省の回族に発する拳法で「長拳」の一派とされる。連跳は低い姿勢から足を引いて連続して飛び跳ねる構え。
(20) 河間は河北省西南の滄州にある地名。滄州は古来中国武術で有名。
(21) 武術の修行において、基本をなすのは棍棒、この技の習得は一月ほどで十分だが、刀剣になると一年はかかり、槍の技は一生涯かけても難しい、という意味の古くからの格言。

か用か？」

王三勝の顔がまた怒りで赤黒くなり、唇がブルブル動いたが、言葉にはならなかった。沙子龍は身を起こして座った。「どうしたんだ、三勝」

「やられてしまいました！」

ただ短めのあくびをするだけで、沙先生は取り立ててなんの反応も見せなかった。

王三勝は胸中不満でいっぱいだったが、口に出すことなど到底できなかった。彼は先生の気持ちを揺さぶらなければならないのだ。「孫っていうおいぼれが、門の外で先生を待っているんですよ。そいつは俺の槍を、槍を、二度も叩き落としたんです」。彼は「槍」の一言が先生の心の中でどれほどの位置を占めるかよく知っていた。先生からの指示を待たず、彼は慌ただしく外に飛び出していた。

客人が入ってきたとき、沙子龍は客間で待っていた。二人は互いに拱手《きょうしゅ》の礼(22)をして腰を下ろすと、先生は三勝に茶を淹れにいかせた。三勝は二人の老人がただちに勝負してくれないかと願っていたが、茶は淹れにいかざるを得なかった。孫老人は話もせず、深い眼差しで沙子龍の品定めをしている。沙子龍はたいへん遠慮深くこう言った。

「もしも三勝が失礼なことをしでかしたのなら、どうか気になさらないでいただきたい。これはまだ若輩者ですから」

孫老人はいささか失望していたが、沙子龍が切れ者であることはすぐ見てとった。彼はいかに対処すべきかわからなかった。この人物が切れ者であるからといってその武芸の強さまでは判断はできないのだ。「小生は槍の技を教えていただきたく、こちらに参上つかまつったんじゃ！」彼は思わず口をついてこう言ってしまった。

沙子龍は孫老人の言葉に応じなかった。王三勝が茶瓶を提げて入ってきた――彼は二人が勝負し始めるのを見逃すまいとして、湯が沸いたかどうかなど気にもかけず、茶瓶にすぐ入れてきてしまったのだ。

「三勝よ、」沙子龍は湯呑みを手に取ってこう言った。「小順《シアオシュン》たちを呼びに行け、天匯《テイエンフイ》茶館で会おう、孫老人のご相伴で会食するのだ」

「なんですって！」王三勝のかっと見開いた目玉は飛び出しそうだった。彼は沙先生の顔に視線を投げつけ、満面に怒気を漲らせてはいるものの声に出すことはできず、ただ一言「わかりました！」と大きな口を突き出して、出て行った。

「弟子を教えるのもたいへんですな！」孫老人が言った。

「私は弟子など取っておりません。さあ、参りましょう、この湯は沸いてなかった、お

---

(22) 左手で右手の拳を軽く握り、胸元で上下する。

茶は茶館でということにして、飲んでて腹が空いたら飯にしましょう」沙子龍は卓上に置いてあった緞子の二つ折り物入れを取り上げると、片方に嗅ぎ煙草の小瓶を、もう片方に金を入れて腰帯に掛けた。

「いや、いや、わしは腹など減ってはおらん！」孫老人は断固として言い放った。「いや」と二度言ったとき、肩にかかった辮髪が後ろに跳ねた。

「ちょっとお話でもしましょうや」

「小生は槍術を教えてもらいたくて、こちらに参上したんじゃ」

「武芸の技などとうの昔にこの身を離れ」沙子龍は自分の体を指差し、「もう贅肉ばかりがついてしまいましてな」と言った。

「ならばこうしようではないか」孫老人はじっと沙先生を見つめてこう言った。「勝負はしない、ただしあの五虎断魂槍だけは教えていただく」

「五虎断魂槍ですと？」沙子龍は笑った。「そんなものとっくに忘れてしまってますよ、もうとっくにね！　それよりもどうですかな、私のところに何日か逗留なさって、ご一緒に物見遊山にでも出かけましょう。ご出立の日にはお餞別も贈らせていただきますから」。

「見物やら餞別やら、金を使うまでもないんじゃ、小生は武芸を学びにきたんじゃからな！」孫老人は立ち上がった。「小生が鍛錬した技をお目にかけよう。貴殿の教えを受けるに値するものかどうか、その目で確かめられよ！」こう言って腰を屈めた途端に、体はすでに中庭の中央にまで進んでいて、住み着いていた野鳩が驚いて一斉に飛び立った。老人はその場で拳法の構えを取り、査拳の技を繰り出した。素早く動く脚に軽やかな腕が舞い、高く蹴り上げられた脚を手でピシャリと叩いてすっくと着地する。辮髪は宙に漂い、天上から爪が舞い降りたようだ。素早い動きの中にも技の構えはいささかも揺らがず、すべての動作が正確で鋭かった。老人の技は前後六度に及び、中庭の隅々にまで繰り出された。身のこなしはまろやかで技がみごとに繋がり、肉体は一ヶ所にとどまっても、その精神は周囲のすべてを貫いていた。技の納めに抱拳(23)をすると、老人の身体はすっと収縮し、あたかも庭いっぱいに飛び回っていた燕がいきなり帰巣したかのように思われた。

「素晴らしい！　素晴らしい！」沙子龍は中庭の階段の上でしきりに頷きながら叫んだ。

「ならば、小生にあの槍術を教えてくだされ！」孫老人はまた抱拳の礼をとった。

沙子龍は階段を降り、やはり抱拳の礼をとった。「ご老人、正直に申し上げましょう。私のあの槍とあの槍術は私と一緒に棺桶に入れてしまうつもりです」

「伝授はなさらないと？」

---

(23) 拳法の技の最後に、右の拳を左の拳に軽く当てる。

「伝授はいたしません！」

孫老人の髭は長い間ピクピクと動いていたが、言葉は出てこなかった。彼は中庭から部屋に入って濃紺の長衣を拾い上げると、また脚を引きずった。「お邪魔いたしした。またいずれお会いしたい！」

「食事をなさってからでも」沙子龍が言った。

孫老人は何も話さなかった。

沙子龍は客人を中庭の戸口まで見送ると部屋に戻って、壁の隅に立てかけてあった大槍に向かってこっくりと頷いた。

彼は王三勝たちが待っているのではないかと思って、ただ一人天匯に向かった。誰も来てはいなかった。

王三勝と小順たちはあれからもう土地廟に行って武芸を見せる商売などやる気力もなかった。みんなもう沙子龍を大袈裟に吹聴することもしなくなった。逆に彼らは、沙子龍がやっつけられた、老耄一人さえも相手にできなかった、あの老人は牛を一発で蹴り殺した、などと言い募るのだった。王三勝が負けたのは言うまでもないが、沙子龍だって相手にならなるはずもない。ただ王三勝はなんだかんだ言っても結局あの老人と勝負したわけで、沙子龍に至っては武芸者らしい言葉の一つも言えなかったのだ。「神槍沙子龍」は次第に人々に忘れ去られていく。

夜の静寂が広がり、人通りも途絶えた。沙子龍は戸口をしっかり閉ざして、六十四手の槍術を一気に繰り出してみた。それから槍を地面について満天の星を見上げ、かつての荒野を股にかけた鏢局の威風に思いを馳せた。ひとつため息をつき、ひんやりと滑らかな槍の柄を指でゆっくりと撫でると、また微かな笑みを浮かべた。「伝授しない、伝授しないんだ！」

問題としない問題

ここ——樹華農場《シューホワ》——を訪れる人は誰しも、この世には戦争などないし、戦争がもたらす爆撃や殺戮《さつりく》や死亡もない、という思いに駆られるであろう。風景一つを取り上げたとしても、ここはまさに乱世の桃源郷と呼ぶに価する。前方には山あいの小さな峡谷から流れ出てきた川が横たわり、川の水は冬でも春でも飛び込みたくなるほど青く澄み切っている。後方は丘陵が連なっている。丘陵には青竹や灌木がところどころ茂っているだけで、他にはなにもない。竹や木の茂みの隙間からは赤褐色のかたまりがのぞいていて、まるで画家が絵筆で色づけたかのようだった。

丘陵の中腹には、一面緑色がひろがる場所があり、白壁や屋根がちらほら見えるが、そこが樹華農場である。川の渡し場は農場からおよそ半里(1)離れたところにあるが、小舟の乗客は、たとえ向こう岸に渡る場合であっても、しばしば振り返ってこの美しい場所をながめる。また坂道を上ったならば、必ず農場の方を向いてあれこれ指さす。黄みを帯びたミカンやすっかり赤くなったリンゴが人々の目を引き、ほめ言葉を口にしたくなるからだ。春になって花が咲き出すころあるいは何かの休みになると、市内の人々は優雅で上品なレジャーの一つとして、樹華農場を訪れ散策した。この農場の美しさはおそらく何篇かの随

(1) 二百五十メートル。

筆や詩の中に多少なりとも姿を留めているであろう。

　農場を創設したのは当然ながら見て楽しむためではない。となれば、風景をほめたたえることに終始して実質的なことは気にかけない、というわけにはいかない。具体的に見ていくが、樹華農場の用水は問題がない。川がその足元にあるからだ。生産物の運び出しも問題がない。ここは重慶《チョンチン》市(2)から三十里(3)ちょっとしか離れておらず、船を走らせることもできるし、川沿いには小道もある。ここの設備はなかなかのもので、アヒルやガチョウの池、ウサギ小屋、花畑、野菜畑、牛や羊の囲い場、果樹園があった。アヒルの卵、生花、野菜、果物、牛乳や羊乳……、これらはまさに重慶のような都市が必要としているものであった。しかもここの創設は抗日戦争の最初の年で、重慶の人口は抗戦開始後、日に日に増えているため、野菜などの樹華農場の生産物も、日に日に必要度が増した。収益については問題ではなかった。

　渡し場の坂道を左に少し進むと、まだ風化しきっていない赤い岩があり、その周りには細い竹が群生している。この竹藪に着くと、農場の整えられた細い石畳の道に出た。竹藪からそれほど遠くないところに、二本の松が向かい合わせに生えている。松には両面を荒削りした木札が掛かっていて、白いペンキで「樹華農場」と描かれていた。石畳の道の端、川に近い側は、一面の花畑だった。色とりどりの花を見ながらゆっくりと視線を動かすと、エメラルドグリーンの川面が目に入ってくる。山側には、扇形に仕立てたブドウの棚が並び、棚の後方にはさまざまな果樹があった。石畳の行き止まりには、それほど高くはないが、幅のかなり広い藤棚がある。これが農場の正門で、横長の扁額には隷書で「樹華」の二文字が刻まれていた。門を入ると、草むらや砂利を敷いた道の上に、ふんわりとしたアヒルやガチョウの羽毛がいくつか落ちているのが目に入る。アヒルとガチョウの池がすぐ左手にあるからだ。ここのアヒルは純白で肥えている正真正銘の北京ダック(4)だ。アヒル池の向かい側は平地が広がり、草花と野菜が一面くまなく植えられている。平地の末端、竹林で覆われた場所に事務棟がある。かなり堅固な造りの品格あふれる二階建てで、花と果物の香りがつねに建物の隅々まで漂っている。牛と羊の囲い場と作業員の藁葺き小屋はこの建物の後ろにあり、子羊がたえず悲しそうに鳴いていた。

これだけの設備ともなれば、農場は少なくとも二十数名の作業員が必要となる。しかし、生産能力も売れ行きも良好なので、すべての経費を差し引いても儲けが出るはずだった。

(2)長江上流に位置する。日中戦争当時は国民政府の臨時首都となった。
(3)十五キロメートル。
(4)栄養価の高い飼料を口から押し込んで丸々と太らせたアヒル。

玄人であれ素人であれ、この農場を見たことのある人は、ここが赤字事業であるとは想像だにしないだろう。

だが、樹華農場は赤字だった。

創設時には、当然お金の「つぎ込み」をしなければならない。しかし鶏やアヒル、野菜や生花、牛乳や羊乳は、すべてそれほど長い時間をかけずとも、利潤面である程度の数字を残すことができるものである。専門家のそろばんによれば、たとえ二年目にまだ軌道に乗らなくても、遅くとも三年目に入るころには絶対に儲けを出すことができるはずであった。

しかし樹華農場の損失は、設立三年目に起きた。三年目の最初の出資者総会のさい、場長と出資者たちは帳簿を前にしてしばらく呆然となった。

多少の損失が出ても、場長はまったく気にかけなかった。彼は大口出資者の一人で、みんなに推されて場長をしているに過ぎないからだ。彼はここよりももっと大きな事業をたくさん手がけていた。しかしたとえこの小さな事業の損益など気にかけていないにしても、また庭に出て美しい草花を見るや損失のことなどきれいさっぱり忘れてしまうにしても、いま——出資者総会の場では——やはりなんとも居心地が良くなかった。彼は自分がやり手で、どこでも儲けることができ、実業家としてみんなから崇拝されている、と自負していた。農場が赤字？　これは彼の自尊心を傷つけた。自分が多少損をしても、出資者たちが多少損をしても、そんなことはどうでもよかった。ただ、どうにも引っ込みがつかないのだ！　これは何よりもゆゆしき問題だった。

出資者たちはと言えば、ほとんどが場長と一心同体、義兄弟のように親しく呼び合う関係だった。彼らの名望や資本や能力はどれも場長に及ばないかもしれないが、場長が一万やそこら損失を出しても動じないのであれば、彼らも黙っているしかなかった。出資者の中にはごくわずかだが、投資した以上儲けたいと思う人もいたが、口火を切って問いただすことは控えた。彼らは出資額が少なく、地位も低いからだ。もし青筋を立てて発言したなら、場長と大口出資者の機嫌を損ねることになるかもしれず、そうなればお金の損失よりも失うものが大きくなりかねない。

実は、みんなが腹を割って話したならば、ただちに異口同音、紛うことなく赤字の原因を指摘することができた。原因は簡単で、人の起用を誤ったからである。場長は「長」ではあるが、農場に来てすべてを監督指導する暇も意欲もなく、無頓着だった。また出資者たちも何度も繰り返し足を運び見て回るようなことはしなかった。彼らは、総会のときにハイキングに来るだけで満足だった。田園風景を観賞し、旧友たちと酒を酌み交わし、ついでに出資者としての地位を顕示することもできるので、それで十分だったのである。一部の小口出資者を除き、ほとんどの出資者は総会通知を受け取ると、まるで箱の中から衣替えの服を探していて、どうしてそこに置いたのか思い出すことのできない丸めた紙幣を偶然見つけたときのような気持ちになった――「あれっ、こんなものがあるんだ！」

農場の事実上の責任者は丁務源《ディンウーユエン》、丁主任である。

丁務源、丁主任がこの農場を管理するようになって半年がたつ。農場に損失が生じるようになったのもちょうどこの半年である。

場長も出資者たちも全員わかっていた、もし本当のことを口にしてもいいのならば、みんな「赤字の原因は――」と言うと同時に、いささかの迷いもなく指を伸ばして丁務源に向けるであろう！　丁務源はすぐそばに座っているのだから。

しかし誰も口を開かず、指もおのずと伸ばす先を失った。

場長と出資者たちの中に、農場の大きな北京ダック、イタリア原産の肥えためんどり、琥珀色のピータン、子どもたちが驚いて跳び上がるほど大きな鶏やアヒルの卵を食べたことがない者などいるだろうか。農場の木犀や蠟梅や紅白の梅の花が咲く大ぶりな枝、あるいは花びらが何重にも重なった芍薬や牡丹や椿の大輪の花を花瓶に挿したことがない者などいるだろうか。男女の客たちから賛嘆の声が上がるほど大きな山東白菜(5)、翡翠のような緑のチンゲン菜とエンドウ豆を皿に盛ったことがない者などいるだろうか。

これらの品々は誰がくれたのか。丁務源だ！

それに、である、誰かの家で冠婚葬祭をやらなくてはならなくなったとき、真っ先に駆けつけて手伝ってくれるのはあの丁主任ではないか。誰かの家でありがたくない問題が起きたとき、天から降臨した幸福の神様のように、大事を小事に、小事をなかったことに変えてくれるのはあの丁主任ではないか。

そうだ、確かに丁主任はここに座っている。だが、誰が指先を彼に突きつけることなどできようか。

責任問題や善後策、そんなことは出資者総会でまったく話し合われなかった。丁主任が準備した酒席でたらふく食べると、みんなは彼の肩をポンとたたき、「めでたく閉会」と声を発しておしまいになるのだった。

丁務源はどこの人なのだろうか。誰も知らなかった。彼はあらゆる人――国の内外を問わず――と同郷だった。彼の言葉遣いも変幻自在な出身地とうまく釣り合っていた。彼は訪れたことのある土地のもっとも簡単な言葉、例えば四川の「なんだべ」「よっしゃ」、上海の「かまいまへん」、北京の「くそったれ」などを絶妙なさじ加減で混ぜ合わせ、オリ

---

(5) 山東省は白菜の主要産地。

ジナルの「中国語」を創り出した。ときには「グッド」や「イエス」をちょっと混ぜて、異国情緒をかもし出したりもした。

四十そこそこで、中肉中背、顔は丸みを帯び、肌はつやつやしている。丁務源はハンサムではないが、愛すべき男だった。あのきらりと輝くような顔だけでも、見る人をさわやかな気分にさせるが、その上さらに、生気に満ちた魅力あふれる両のまなこと状況に応じて的確に変わる表情が、好感度だけでなく、信頼度も増加させた。彼の天才ぶりがいかんなく発揮され、人々の称賛を集めているのは、服装である。彼の長衣は、シルクであれコットンであれ、ひとえであれ綿入りであれ、つねにほどほどに着古されているので、見ていて心地よかった。またつねに彼の体型よりも若干ゆったりしているので、手を垂らすにしても、両袖に入れるにしても様になったし、手を後ろで組んでいるとなおのこと様になり、悠揚迫らぬ風格を感じさせた。彼の小掛《シアオグワ》(6)の襟や袖口は、つねに雪のように白かった。たとえ長衣にぽつりと油染みがついていても、あるいはおくみにしわがわずかに寄っていても、シャツの真っ白な襟と袖は、彼が清潔をことのほか愛する人間だと信じさせるに十分だった。彼はいつも白い厚底のついた黒ラシャの布靴をはき、ズボンの裾は繻子《しゆす》のひもでくくっている。速く歩くと、真っ白な靴底と小刻みに揺れる裾ひもが洒脱で軽やか、ゆっくり歩くと、優雅でおおらかに見えた。長衣、布靴、繻子の裾ひもだけでまとまると、あまりにも古くさく見えるので、襟元にパーカーの万年筆とおしゃれな白い鉛筆を挿して調和させた。

彼はのべつしゃべっているように見えるが、実は何もしゃべっていなかった。「そうですね」「よっしゃ」「なるほど」、これらの短い言葉を相手の話の合間に軽妙に割り込ませるので、たくさんしゃべったような印象を与えるのだ。状況によってはこれらの短い言葉さえもしまい込み、目玉をくるくるさせたり、唇を軽くかんだり、相手の服のちりを払ってあげたりした。これらのさりげない動作は関心や同情や気遣いを表し、しゃべるよりもはるかに大きな効果がある。大事が起きたときは、いつも一刀両断にこのような結論を下す——問題ありません、絶対に大丈夫！　こうひとこと言うと、案件を放り出し、雑談を始めるので、相手もすぐに心配や不安を忘れてしまう。相手が気分よくいとまを告げると、彼はバタンと横になって三、四時間眠り、目が覚めたときには先ほどの絶対に問題がない案件のことはきれいさっぱり忘れてしまう。相手が再びやってきたときにやっと、そう言えば以前そんなことがあったと思い出すが、また相手をねんごろにもてなして送り出し、案件の方は例によって棚上げにする。相手がついにしびれを切らしそうになると、今度は

（6）長衣の下に着る白い中国式シャツ。

農場でできたものを贈り、親しい関係を維持する。天下太平、問題など絶対になかった。なぜなら始めから手をつける気などないからである。

彼はうまいものを食べ、心地よい服を着て、ぐっすりと眠り、悩みなどまったくなかった。何の理想も抱いていないので、悩みも生まれようがないのだ。彼は互いにお茶を濁すことのどこがいけないのか、わからなかった。彼がわかっているのは、お茶を濁すことによってすべてが解決すること、そして少なくとも彼自身は悩みや心配から解放され、顔もふっくらつやつやになるということだった。お茶を濁すことができるならばそれはすべて、最善で最適の手段だった。彼は農場主任のポストにつくやいなや、叔母や伯母、大叔父やそのまた大叔父などがいきなり現れてきて、この一群の人々の救世主に祭り上げられた。お手上げだ——お茶を濁すしかない。ベテランの職員や作業員の一部分はすぐさま彼によって「歓送」され出ていき、大叔父やそのまた大叔父が守護天使《ガーディアンエンジェル》として、地上の楽園を占拠した。

クビを切られなかった職員や園丁も全員辞めたいと思っていた。しかし丁主任は申し出る機会を与えなかった。やむなく彼らは書面で通知したが、一顧だにされなかった。そこでみんなは黙して去ろうとしたが、いざ農場を出ていく段になると、みんなの意見にばらつきが生じてきた。新しい主任は着任後、仕事について一切口出しをしなかったが、その一方で、二日間で全員の名前を完璧に覚え、出身地も頭に入れた。

「老張《ラオジャン》(7)！」丁主任の情感に満ちた眼は、二筋の紫外線のように老張の心を射通した。「広元《グワンユエン》(8)の出だそうですね。同郷だ！　こりゃまあ、よっしゃ、よっしゃ、よっしゃじゃ！」丁主任は老張の武装を解除した。

「老謝《ラオシエ》！」丁主任の肉厚のほてった手が老謝の肩をたたいた。「おっ、恩施《エンシー》(9)ですか。いいところですよね！　同郷だ！　よっしゃ、よっしゃじゃ！」こうして老謝も武器を差し出して丸腰になった。

古株の多くは、こうしたことで感銘を受けたので、「黙して去る」という決定は一時の衝動で、道理にかなっていないと考えるようになった。比較的強硬な態度だった数名も、心中多少わだかまりはあったものの、仲間のほとんどが撤退の銅鑼《どら》を鳴らすのを見て、これ以上言わない方がいいと思うようになった。そればかりか彼らは、丁主任のふっくらした手で肩をたたかれるや、丁主任のために力を尽くさなければ、自分たちの幼稚で無礼な

(7)「老」は年長者の姓の前につけられ、親近の意を表す。
(8)地名。四川省北部に位置する。
(9)地名。湖北省西南部に位置する。

行動の罪をあがなうことができない、とさえ思うようになった。「丁主任は友だちだ！」

この言葉は口にこそ出さないものの、まるで籠から出た小鳥が恋しくていつまでも飛び去ろうとしないかのように、みんなの心の中を飛び交っていた。

　丁主任に対するみんなの信頼感は日を追うごとに増してきた。事の大小を問わず、丁主任に頼みさえすれば、目をぱちくりさせることも、尻込むこともなく、即座に引き受けてくれた。頼みごとをまだ言い終わらないうちに、丁主任は五回も「よっしゃ」を繰り返した。丁主任にとって頼みごとを引き受けるのは、実は朝飯前だった。たとえば、彼が市内へ行く——彼はしょっちゅう市内へ出かけた——とき、ついでに石鹼を何個か買って欲しいと頼まれたことがあった。丁主任は抜け目のない人なので、きっととびきり安い値段でとびきりいいものを買ってくれるだろう、と期待したのだ。ところが丁主任ときたら、市内に着くと、通りすがりの一番大きな店に入り、一番値の張る石鹼をいくつか無造作に手に取った。持ち帰って値段を口にすると、頼んだ友人はたまげてしまった。「まぎれもない本物です」。丁主任はきちんと弁明した。「ご存じでしょう！　多めにお金を出して大きな店で買えば、だまされることはありません！　ご不要でしたら、私のところで使います。どうしますか」。どうして拒否することなどできよう。友人は仕方なく商品を受け取り、しきりに感謝の言葉を述べた。

それでも丁主任への信頼は揺らがなかった。みんなはひそかに考えを巡らし、自問自答した。買い物を頼んで、買ってきてくれただろうか？　買ってきてくれた。ならば、約束を破ってはいない。品物は値が張るが、いいものだ。掛け値なしの大きな店で買い物をするのならば、誰でもできるではないか？　彼に頼む必要などないではないか？　しかし、彼に頼んでしまった以上、れっきとした主任たるものが、ちっぽけな露店に寄って、値段の駆け引きをするなんてことがあろうか。自分を責めるべきであって、丁主任を責めるべきではない。

農場の人たちは次第に、あの丁主任は場長や出資者たちに対しても同じやり方をしている、といううわさを耳にするようになった。「三天《サンテイエン》」(10)であろうと、「満月《マンユエ》」(11)であろうと、丁主任は聞き及ぶとすぐにかけつけ、到着するや彼が取り仕切ることになった。煙草は、「スリー・キャッスル」が手に入るのなら「スリー・キャッスル」、「トリプル・ファイブ」が手に入るのなら「トリプル・ファイブ」だった。(12)酒は、たとえ「茅台《マオタイ》」、「貴妃《グイフエイ》」が手

(10) 生後三日目の祝い。
(11) 生後一ヶ月目の祝い。
(12) 「スリー・キャッスル」と「トリプル・ファイブ」はいずれも高級外国煙草の銘柄。

に入らずとも、最低でも地元の「綿竹大麴《ミエンジューダーチュー》」を用意した。[13] 料理については、まあ、言わずもがなだろう、飴玉でさえ必ず冠生園《グワンションユエン》[14]のものにしたので、その家の主人は文句のつけようがなかった。そう、その通り、丁主任のやり方は確かに大げさすぎる、しかし彼は主人たちの面子を立ててくれた。主人側は何も言うことができず、しかも世故にたけた丁主任に一目置かざるを得なかった。時に、夫人たちは、丁主任が派手にやりすぎるので、不満の声を上げたいと思うこともあったが、丁主任からのプレゼントと懇《ねんご》ろなもてなしによって口を封じられた。夫人たちから声が上がらないので、男性陣もうまく運んでいると思い、丁主任のことをたいした人物だとみなすのだった。このようにして、丁主任は、場長や出資者から一角の人物と目されるようになったので、農場の人たちも批判を慎まざるを得ず、たとえ損な目にあっても、それは致し方ないと思うようになった。

　丁主任が来て二ヶ月もたつと、みんな辞めたいと思わなくなり、それどころか、かえって首を切られるのを恐れるようになった。誰も恥も外聞もなく丁主任のご機嫌を取り、いまのポジションを守ろうとした。丁主任が連れてきた連中は仕事がわかっていないので、まったく何もしなかった。元からいた作業員と職員は公然とサボる度胸はなかったが、以前のようにきっかり毎日八時間働く気にもなれなかった。彼らは勝手に八時間を七時間に変更し、その後じょじょに六時間、五時間へと変更した。主任が市内へ出かけるときには、思い切って丸一日休むことにした。休みが多くなると、退屈でたまらなくなり、麻雀や「牌九《パイジウ》」の出番も自然と多くなった。牛や羊たちが腹を空かしてわめいても、笑い声や牌の音をかき消すことはできなかった。あるとき、みんな賭けごとに夢中になっていたが、ふと顔を上げると、丁主任がいつの間にかこっそりと老張の後ろに立っていた！　一同呆然となった！

「続けてください、かまいませんよ！」丁主任の表情と語調は、みんなの眼をたちまちうるませた。「仕事は仕事、遊びは遊びだ！　老張、あの八万《バーワン》は、なかなかいい手だ、よっしゃ、よっしゃ！」

みんなは満貫《マンガン》であがった瞬間みたいに、気持ちが奮い立ち、中には感激のあまり手がブルブル震える者もいた。

みんなは主任に加わるように誘ったが、主任は絶対にゲームを途中で壊そうとはしなかった。一荘《イーチャン》が一回り打ち終わったとき、やっとみんなの強い勧めで引き込まれ、メンバーの組替えがおこなわれた。「賭場は無礼講だ、勝ったらその分をいただくし、負けたら

---

(13)「茅台」、「貴妃」、「綿竹大麹」はそれぞれ貴州省、陝西省、四川省の有名な白酒の銘柄。
(14) 一九一五年創業の老舗食品会社。

きっぱりあきらめる、主任だとか、園丁だとか、そんなことはいいっこなしだ！」主任は真っ白な袖をまくり上げ、微笑みながら言った。みんな異議などなかった。「ずいぶん大きく賭けているようだけど、さらにロンにはもう十元つけて、ツモは二倍にしませんか」。これも異議なしだった。新しいゲームが始まった。主任の腕前は見事だった。うまいだけでなく、品格も備わっていて、打ち始めると黙りこくり、「よっしゃ」さえも言わなかった。自分があがると、申し訳なさそうにそっと牌を押し倒した。他の人があがると、彼は微笑み、うやうやしく点棒を献上した。十回のうち八回は勝ったが、勝てば勝つほど周りから敬愛された。みんなはまるで何人かの人に勝つことよりも、主任に負けてお金を渡すことを望んでいるかのようだった。お金を主任にまきあげられることが、あたかも一種の光栄のように感じられたのだった。

だが実際には、光栄はお金ほどには役に立たない。負けて一文なしになると、別にお金を手に入れる方法を考えなければならなかった。通常の仕事で得られる収入は、誰もが知っているように、決まった額である。毎月の給料をあてにして、丁主任との一戦にのぞむというのは無理な話である。対策協議委員会の設立までには至らなかったものの、みんなそれぞれ対策を考え、全員が農場に目をつけた。対策を考えるのは簡単だが、実行に移す勇気はなかなか出てこなかった。しかし丁主任はありがたいことに、農場のものは自由に扱っていい、という暗示を与えてくれた。農場の生産物を丁主任が好き勝手に私物化したり、他人にあげたりしているのを知らない人などいるだろうか。丁主任がそんなふうなので、丁主任が連れてきた「親衛隊」も追随した。となれば、他の人たちだってわざわざ遠慮する必要などないではないか。

そこで、樹華農場の丸々と肥えたガチョウやアヒルや油鶏《コーチン》は突然、一斉ストライキを始め、卵を産むのを止めた、ということにされた。これは良心を持ち合わせた動物たちに対する誹謗中傷と言ってもいいだろうが、農場の帳簿からは間違いなく確かに卵の収入が消えた。ところが外部ではまだ相変わらず、樹華の有名なアヒルの卵――孵化用のものだった――が売られていて、価格は四倍に跳ね上がった。ブランドアヒルの種卵を探している人たちは、会ってはこそこそ耳打ちした。「樹華の北京ダックの卵は、コネを使って人に頼まなければ手に入らないそうですよ」。そして彼らの間で、老張と老謝と老李は懇願対象の要人と見なされた。

卵の飢饉の後まもなくして、今度は、科学的方法に基づいて建てられた鶏とアヒルの小屋が科学的効力を失った。樹華農場はイタチにさんざん荒らされ、毎晩、肉づきのいい鶏やアヒルが一、二羽、姿を消した。ときには、白昼あらわれて悪事の限りを尽くすこともあり、もっともひどいときには、子牛や子羊さえも略奪された。なんと大きなイタチなのだ！

生花、野菜、果物の生産量は減少していなかった。作業員たちは仕事を完全に放棄すれば、自分の首を絞めることになるとわかっていたからだ。賭博で負け、ぐっすり眠ったあと、自発的にせっせと働いたが、それは農場のためではなく、自分のためであった。生産量はほとんど減少していないのに、農場の収入は以前より大幅に落ち込んだ。聞くところによれば、果物と野菜がともに虫害に遭ったそうだ。果物の方は、農場の名声に傷がつくのを防ぐために、選別をおこない、そのあと出荷する必要があった。不思議なことに、不合格となった果物の方が大きくて美しく、しかも先に運び出された。誰もその理由を説明することができなかったが、みんな喜んでそのようにした。野菜については、あのもっとも名高い山東大白菜を例にとろう。船に積み込まれるころには、三斤あったものが、二斤か一斤ちょっとになっていた。あの外側の大きな葉は――虫に食われたそうだ――すべて剝ぎ取られた。そして洗って束にした後、次々に運び出され、「豚のエサ」として売られた。この豚のエサは市場でかなりの高値がついた。

これらのことは丁主任も気づいているようだったが、うんともすんとも言わなかった。夜間、イタチが荒らしにきたときも、たとえ目が覚め、物音がはっきりと聞こえたとしても、己の立場を捨てて様子を見にいくようなことはしなかった。翌朝、誰かが報告に来ると、「私も聞こえました、すぐに目が覚めるたちなんでね！」などと言って適当にあしらった。そして興が乗ったときには、イタチのことや夜間自分がどれほど敏感なのかを延々と話し続けるのだったが、イタチに拉致されたはずの鶏やアヒルが、醬油煮あるいはあっさりスープ煮に姿を変えてテーブルに並ぶと、もう二度とイタチのことは話題にせず、もっぱら調理にまつわる問題や経験だけを語った。そしてアヒルの一番美味しそうなところを箸でつまんで他の人にサービスすると、「こんなに肥えて脂が乗ったアヒルは、炉に吊してあぶらないと本来の味が引き出せない。スープ煮込みには向いていないが、でもスープ自体はなかなかのものだ！」と言い、ゆっくりとスープを数口味わった。作業員たちが彼にお金——たとえば「豚のエサ」の売上金——を献上しようとしても、絶対に受け取らなかった。「ここは上も下もなく、みんな友だち同士だ。とはいうものの、主任はやはり主任なので、エサの売上金をいただくわけにはいかない。それより夜、麻雀卓をちょっと囲みましょう！　よっしゃ？」彼の話しぶりは親しみにあふれ、「よっしゃ」の「しゃ」をめいっぱい伸ばした。麻雀を何荘《チャン》か打つと、エサの売上金は少なくとも八割以上が、大義名分を得て主任の懐に収まった。彼はお金を全部もれなく徴収しながら、こんな謙虚な言葉も口にした。「われわれの腕前はみんな似たり寄ったりだ、腕利きなど一人もいない。私の弟分の孫宏英《スンホンイン》は、月に一回打つだけで、半年分の食い扶持を稼ぐことができる。

これこそが正真正銘の打ち手だ。信じないなら、奴に局長の椅子をすすめてごらん。断るさ。月一回、牌をさわるだけでいいのだから！」

秦妙斎《チンミアオジヤイ》は十五歳のときから、「寧夏《ニンシア》第一才子(15)」と名乗るようになった。二十歳を過ぎるころ、「才子」という言葉がいささか流行遅れになったので、「全国第一芸術家」と改称した。彼が言うには、自分は彫刻ができ、絵を描くことができ、古琴とピアノを弾くことができ、詩と小説と戯曲を書くことができる全能の芸術家だった。しかし誰も彼が彫刻をしたり、絵を描いたり、楽器を弾いたり、文章を作ったりするのを見たことがなかった。

平時においては、彼が芸術家をもって自任しようが、周りが調子を合わせて芸術家と呼ぼうが、そんなことはどうでもよかった。しかし抗日戦争の時期ともなれば、それはまさに国乱れて忠臣あらわるの時期であり、芸術家であれ、科学者であれ、みんな持てる力を発揮して国のために貢献すべきである。ところが、秦妙斎先生は何の力も発揮しなかった。まあこれは仕方がないとしよう。だが、彼が虚心坦懐に学ぼうとするならば、もしかしたら持ち合わせたわずかばかりの才能が開花し、簡単な絵の描き方や大衆向けの平易な文章の書き方を身につけ、抗戦の宣伝の一翼を担うことができるかもしれない。あるいは、天才の夢をきっぱり捨て去り、地に足をつけて、小中学校の教師になったり、役所勤めをしたりすることも、自らの責任を果たすことにつながる。しかし彼は勉強も嫌、苦労も嫌で、ただひたすら芸術家気取りでブラブラしていたかった。

彼も抗戦勃発後、芸術家たちの抗戦団体に加入したが、ほどなくして熱が冷め、会合にも参加しなくなった。彼は、自分はナンバーワンの芸術家なのだから、各団体の指導的地位に就くはずだと思っていた。しかし、どの団体も彼にまったく敬意を示さなかった。そして彼や虚名を求める人たち全員に対して、「抗戦に力を尽くす人は我々の仲間である。逆に、団体を利用して自分を売り込み、虚名と虚栄を手に入れようとする人は、さっさと出て行ってくれ」と言わんばかりだった。秦妙斎は退会したが、そのままおとなしく甘んじるつもりはなかった。彼は自分がこのように敗退したのは、自分の浅はかさやでたらめが原因ではない、自分の才能が図抜けているために、それを妬む人から排斥されたのが原因だと考えた。彼は別に一派をなし、自分で団体を創設し、指導者の地位を堪能しようとした。だが、これも成功しなかった。誰も彼の呼びかけに応じなかったからである。その後、彼は長い間思索を重ね、自分にぴったりの四文字「清貧孤高」を思いついた。誰かと閑談しているとき、あるいは一人で悩み苦しんでいるとき、彼はこの四文字を用いて一切

（15）寧夏は地名。黄河中流の銀川平野に位置する。

を帳消しにし、自分を高く持ち上げて得意満面となった。「いまどき芸術家などと名乗っている奴らは、何をもくろんでいるのか？　何ももくろんでいない、金のことをのぞけば！　何を清貧孤高と呼ぶのかを真に理解しているは誰なのか？」彼は鼻先を自分の胸元に向け、軽くうなずいた。「教授であろうとも、清貧孤高とは言えない。教授も給料をもらっているではないか！」しかし思ったことをすぐに口にする人がこのように尋ねた。「君はどうやって生活をしているんだい。君のお金はどこから入ってくるんだい」。「それはですね、それは」。彼はいささか決まりが悪くなり、「親父《おやじ》からもらっているんです！」と答えることはできなかった。

そう、秦妙斎の父親は資産家だった。だが、息子に気前よくどんどんお金を渡すようなことはしなかった。このことは秦妙斎をいつも悩み苦しませた。問い詰められればどうしようもなくなったとき以外、彼は「親父」のことを話題にしなかった。たまに触れるときも、ほぼ必ず、一番ぴったりと当てはまる言葉——清貧でも孤高でもない——を「親父」の前にかぶせた。

秦老人の気持ちとしては、妙斎は三従四徳(16)をわきまえている女性を嫁にして、その後は家で財産を守ることに専念してほしかった。もし妙斎がそうしてくれるならば、たとえアヘンを多少吸ったとしても、ご老人の顔にはたくさんの笑いじわが浮かび出てきたであろう。しかし、金持ちの老人と天才肌の息子は、まるで生来の敵同士のようだった。妙斎は指図に従わなかった。彼は詩を作り、絵を描きたかった。おまけに——もっとも老人を悲しませたことなのだが——彼は家の中でじっとしているのがいやだった。老人は他に方法がなかったので、財布のひもを極力かたくするしかなかった。たとえ妙斎の手紙、速達、電報がいっせいに金の催促をしても、老人はいささかも動じず、月末になってやっと「菓子代」を送金するだけだった。こんなわずかな金では、妙斎のところに渡ったところで借金を返すのにも足りなかった。我らが詩人は、重圧をひしひしと感じていた。自分で稼ぐことにしよう。だが面白みが感じられないし、稼ぐ手立てもない。では稼がないことにしよう。だがあの清貧でも孤高でもない親父はあんなにもケチだ！　金銭面で圧迫を受けていたので、彼は芸術界で活動することによって、気持ちの上で少しでも慰められることを夢見た。しかし芸術界の人たちも彼に対してあまりにも冷淡だった！　彼は気が滅入る一方だった。時には、屈原(17)をまねて、天賦の才と肉体をともに川に投じようと思うこともあった。しかし身投げを本気でやろうとするのはなかなか難しい。そこで、彼は発想を転じ

(16) 女性が守るべきとされた七つの徳目。
(17) 戦国時代の楚の政治家、詩人。

て、青年陶淵明(18)になろうとした。「隠遁が一番！　一番だ！」彼は自分に言い聞かせた。「世人皆濁れるに、我独り清《す》めり。(19)隠遁あるのみ、これ以外の選択肢はない！」

長身で馬面、馬のたてがみのように太くて硬い髪の毛は、もじゃもじゃに伸び、首を覆っていた。背は高かったが、歩き出すと、ロブスターのように身体を右へ左へとくねらせ、まるで身体の中に骨がほとんどないかのようだった。眼には力がなく、しかも一番肝心なときに目を閉じる癖があり、いつも夢を見ているかのようだった。

夢見心地の秦妙斎はぶらりと樹華農場にやってきた。美しい景色を観賞するためなのか、それとも歩き疲れたからなのかはわからぬが、一本の小さな松の木の前でため息をつくと、眼をしばらく閉じた。

時間は午前十一時ごろだった。空には秋の雲がいくつか浮かび、陽光がそれほど明るくはないものの雲の隙間から差し込んでいた。雲の下には、そよ風にまだ吹き流されていない霧が一部分残っていた。川の水はまだほとんどが黄色く濁っていたが、分岐点のあたりはすでに静かに緑色を呈していた。ブドウの葉はほとんど落ちてしまい、ツバキはつぼみから赤い花びらがいくらかのぞいていた。秦妙斎はアヒル池のほとりで石を見つけ、物憂げに腰を下ろした。周囲の山、川、花、草を眺めているうちに、悲しみがこみ上げてきた。ふいに家が恋しくなったかと思うと、今度は詩をちょっと作ってみたくなり、まるで見るものすべてが心に刺さるかのようであった……。このとき、彼の心情は複雑極まりなく、万感が胸に迫ってきたが、それを表す言葉が見つからず、ただ呆然となるばかりだった。彼は長い間腰を下ろし、心を千々に乱していたが、突然、言葉で表現できることがひとつ見つかった。「僕はここで暮らす！」彼は小さい声で自分に言い聞かせた。この言葉はとても簡潔だが、無限の感慨が含まれていた。家を出て、親父を怒らせてしまった、成功も名声もまだ手にしていない……、あげくの果てに独り異郷で隠遁せざるを得なくなり、この静かな場所で暮らすことを決めたのだ！ 彼は池の中の白い大きなアヒルたちをぼんやりと見ていた。真っ白な羽、黄金色の水かき、蠟を塗ったかのような平たい嘴《くちばし》、これらすべてが、彼の心をいっそう波立たせ、むなしさと切なさが増してきた。たしかにこのアヒルたちは生きている物だ、だがいったい何のために生きているのだろう。まさに自分も同じで、天は秦妙斎を生み落とした、才能もあり、意欲もあり、理想もある、だがそれがいったい何になるというのだ。考えがここに至ると、彼は、ぱっと、ほとんど条件反射的に立ち上がった。彼はこの世が憎かった、名を成すことを許さないこの世が憎かった！

(18) 六朝時代の東晋の詩人。「隠逸詩人」と呼ばれる。
(19) 屈原「漁夫の辞」の一節。

あの白い大きなアヒルたちさえも憎くてたまらなかった。彼は知らず知らず、近くの木に手を伸ばして葉をむしり取り、粉々にして地面に捨てた。彼は誓いを立てた。文章をいくつか書いて、思い切り何もかもぶちまけてやる、あの有名な画家や音楽家や文学者たちを一文の値打ちもないやつだと罵るのだ！　あの清貧でも孤高でもない奴らめ！

彼は事務棟の方へ向かいながら、心の中で叫んだ。「あいつらを罵ってやる！　ここでだ、ここであいつらを罵倒する文章を書くぞ！」

丁主任は朝の身支度を終えたばかりで、顔には昨夜また麻雀に勝った喜びの名残が浮かんでいた。庭に出て、新鮮な空気を吸おうと思った。懐手《ふところで》をして、「菊を采《と》る東籬《とうり》の下《もと》」(20)の詩人のようにリラックスしながら、ゆっくりと外に向かった。

入口で、彼は秦妙斎と正面衝突しそうになった。秦妙斎はロブスターのように、わきにさっとよけると、いつも通り真ん中を歩いた。彼はこの世を憎んでいた。人にぶつかるのは、石や木にぶつかるのと同じで、不快以外の何ものでもなく、遠慮や謝罪など必要なかった。

丁主任は、経験に裏打ちされた穏やかな笑みを浮かべながら、この不躾な青年ロブスターを見た。「どなたにご用でしょうか」。彼は軽く声をかけた。

秦妙斎は一瞬ビクッとしたが、相手にしなかった。

丁主任は独り言のようにつぶやいた。「おそらく画家だな」

秦妙斎の耳はもっぱらこういう言葉を聞くためについているかのようだった。たちまち足を止め、振り返ると、喚くように声を上げた。「何ですって?」

丁主任は自分の言ったことが正しかったのか、間違っていたのかわからなかったが、撤回したり言い直したりするわけにもいかなかった。少したためらった後、笑いながら繰り返した。「おそらく画家だろう、と言いました」

「画家? 画家ですって?」ロブスターはこう言いながら、近寄ってきて、夢見心地の眼もすっかり見開かれた。

丁主任はどのように答えたらいいのかわからず、ただ「え、ええ」と応じた。

妙斎の目頭には熱い涙がたまり、口の中の熱いつばが丁主任の顔に飛んできた。「画家、僕は――画家ですが、どうしてわかったのですか」こういうと、力を使い果たしていまにも倒れるかのように、ふらつきながら座る場所を探し、小さな腰掛けが見つかると腰を下ろして目を閉じた。

丁主任は笑みを浮かべていたものの、さっぱりわけがわからず、妙斎の方へ歩み寄った。

---

(20) 陶淵明「帰去来の辞」の一節。

そばに寄らないうちに、妙斎は眼をパッと開けた。「言っておくが、僕は単なる画家ではない、全能の芸術家だ！　なんでもござれなのだ！」こう言いながら、立ち上がり、右手を丁主任の肩にあてがった。「あなたは僕の知己だ！　あなたがいつも僕のことを芸術家と呼んでくれさえすれば、僕は生きていくことができる。我を生むものは父母、我を知るものは——あなたはどなたでしたっけ？」

「私？」丁主任は笑いながら答えた。「しがない園丁です！」

「園丁？」

「私はこの農場の管理者だ！」丁主任は笑うのを止めた。「名前を名乗りなさい！」遠慮せずに尋ねた。

「秦妙斎、芸術家秦妙斎です。覚えておいてください、芸術家と秦妙斎はつねにいっしょに呼ばなければなりません。切り離すと、芸術家も僕もともに存在が危うくなってしまいます！」

「なぁるほど！」丁主任は再び笑みを浮かべ、ホールに入り、四方をぐるりと見渡した——壁には同時代の人の書画がかかっていた。これらの書画はたいして秀逸ではなかったが、それほど悪趣味でもなかった。丁主任から見て、どれもめっぽう味わいがあったし、少なくとも壁に何かかけているほうが空っぽにしておくよりもましであると思った。しかし、彼にもえこひいきがあり、あの長方形の石版刷りの抗戦門神(21)が一番のお気に入りだった。色彩が鮮明で、えも言われぬ味わいがあったからである。彼の視線は、その絵の色彩に釘付けとなった。

丁主任の視線の先を追って、妙斎も書画を眺めたが、その抗戦画のところで目が留まった。その色彩が彼の脳にはっきりと焼き付いたとき、彼は吐き気がこみ上げ、まるで急に瘧《おこり》でもついたかのように、全身の毛穴が針に刺されたような痛みを覚え、冷や汗がにじみ出てきた。心を落ち着かせ、丁主任を引っ張り、あの吐き気をもよおす絵のところに突き進んだ。震える指は、あたかも身を挺して戦いに当たる小さな蛇のように、塗り重ねられた色彩を差していた。「これが絵？　これが絵だって？　抗戦を利用して、芸術を欺いている。殺せ！　殺すんだ！」抑えがきかなくなり、絵をはがし、あっという間に引き裂くと、床に投げ捨て、足でしこたま踏み潰した。まるで全国の抗戦芸術家を泥の上で踏みつけているかのようだった。彼は胸がすっきりし、大きく息を吐いた。

妙斎の動きを止めることができなかった丁主任は、さまざまなトーンの「ああ」を繰り

(21)「門神」は魔除けとして門扉に貼る神様の絵。抗日戦争時期には、抗戦の士気を高める神像と標語が描かれた絵が多く製作された。

返すしかなかった。

妙斎の怒りはまだ収まらず、指を四方の壁に向けて一巡させた。「全部ダメだ！　どれもこれもすべてダメだ！」

丁主任はまた引き破りに行くのではないかと心配になり、あわてて彼の前に立ちはだかった。しかし妙斎は不遜な笑みを浮かべた。「すべて破っても大丈夫、僕が描いてあげます！　あのエメラルドグリーンの川、赤褐色の山、真っ赤なツバキ、純白のアヒル、それらをすべて絵にします！　この世にあんなに多くの美しいものがあるというのに、なぜよりによって血なまぐさい抗戦のことを絵にしたり、文章にしたり、歌ったりするのだ。愚か者めが！　僕はまず文章をいくつか書いて、痛烈に罵ってやる、あの芸術を貶める奴らを痛烈に罵ってやる。そして真の芸術家団体を組織して、主張を打ち出す――清貧孤高派――、とりあえずこの名前を使おう、清貧孤高派の芸術を打ち出す！　あなたはきっと賛同してくださいますよね」

「私？」丁主任は答えに窮した。

「あなたは賛成するに決まっている！　我々はあなたを会長として推戴します！　我々はここで絵を描き、音楽を作り、文章を書くのだ！」

「ここで？」丁主任は顔が少しこわばってきたので、手でさすった。

「ここでです！　今日から僕はここに留まります！」妙斎は口角泡を飛ばした。「考えてごらんなさい。このホールを僕に貸し出すならば、僕の親父は金持ちなので、あなたの言い値でお支払いします。そして我々芸術家がプランを立て、この農場をもっとも美しい芸術の家、芸術の楽園に変えるのです！　なんて素晴らしいんだ！　なんてまあ！」

丁主任は何かひらめいたようだった。口では「よっしゃ」「いいですね」を繰り返してその場をつくろい、心の中でそろばんをはじいた。この前の出資者総会では、出資者たちは彼に対してはっきりとした意思表示をしなかったが、彼自身もよくわかっていた。みんな彼に多少なりとも不満を持っているのだ。彼は現状を打開し、自分が無能な人間でないことを、みんなに見てもらう必要があった。そうだ、このホールは誰も利用していないし、二階にも空き部屋が三つある。どうして貸し出して、家賃をもらわないのだ？　おまけにこの家賃は帳簿につける必要がない。たとえ出資者たちに知られたとしても、こんなささいなことでわざわざ問いただしたりはしないだろう。よし！　彼はまずこの芸術家先生に当たってみることにした。「秦先生、このホールはみんなの共有スペースですが、二階には空き部屋が三つあります。お使いになりたいのでしたら、三つまとめてとなります。一年で一万元、一括前払いです」。

妙斎は目を閉じた。「よし、これで決まりだ！　親父に電報を打ってお金を頼みます」

「いつ引っ越してきますか」。丁主任は少し後悔した。交渉がこんなに簡単にまとまるというのは、きっと言い値が低すぎたのだろう。だが、よく考えてみれば、三部屋、しかも場所は田舎、一万元は少なくないはずだ。知ったこっちゃない、まず一万元が懐に入ってからの相談だ！「いつ引っ越してきますか」

「いまもう引っ越しは済みました！」

「えっ？」丁主任は後悔の念がよぎった。「荷物を取りに行ったりしないのですか」

「荷物はありません。僕のもとには芸術があるだけです！」妙斎はハハハと得意げに笑った。

「家賃は？」

「それは心配無用です。すぐに電報を打ちに行きます！」

秦妙斎はこのようにして樹華農場の内部に侵入した。二日もたたずして、二階は彼の友人で部屋がいっぱいになった。この友人たちは、老若男女さまざまだったが、みんな自由に出入りして、遠慮のかけらもなかった。ベッドが欲しければ、見つけ次第すぐに運び出し、テーブルが欲しければ、一言の断りもなしに、ホールにある大小のテーブルを持ち去った。鶏、アヒル、野菜、果物に関しては、手口が丁主任よりもさらに悪辣で、いつでも堂々と、おかまいなしに取って食べた。また花を摘むときは、根こそぎ引き抜いた。農場の作業員は、夜間の見張りをしなければならなくなったが、取り戻すことができたのはほんのわずかだった。

しかし丁主任も作業員たちもこの連中が嫌いではなかった。最大の理由は、この連中の中にいつも女性がいて、しかも気取らずとてもあけっぴろげだったので、みんな彼女たちを相手に軽い冗談を飛ばすことができたからである。彼女たちは農場に新しい息吹をもたらすかのようだった。二番目の理由は麻雀で、秦妙斎は芸術家の風格があり、負けても勝っても、お金を賭けても落花生を賭けても、いったん腰を下ろすと最低二十四荘も打った。丁主任はもともと落花生目当ての勝負などしたくなかったが、妙斎の熱意にほだされ、むげに断るのは申し訳なかった。

丁主任はあの一万元の家賃のことがずっと気になっていた。つねづね言葉を工夫して選び、これぞというタイミングを見ては、催促の意思をほのめかした。しかし妙斎はこの暗示を受け入れなかった。こんなふうではあったが、丁主任は妙斎とその仲間たちを追い出す気にはなれなかった。第一の理由は、妙斎の父親が確かに資産家である、ということを聞き出していたからである。となると、資産家がひとたび死去すれば、妙斎は財産の相続人になるではないか？「先々を見据えることが大事だ！」丁主任はいつもこのように自分を戒めていた。第二の理由は、妙斎とその仲間たちが、手持ち無沙汰でしょうがないとき、いつもホールに座って芸術談義に花を咲かせたからである。彼らの芸術談義は、どうやらもっぱら人を罵ることだった。彼らは国内の有名な画家、音楽家、文芸作家、中でも特に抗戦の宣伝に力を入れている人たちを、一人一人名指しで罵倒した。これらは、丁主任にとって初めて耳にする話題だったが、次第に彼も何人かの芸術家の名前を覚えてしまった。そしてチャンスがあると、彼は、まるで古くからの友だちであるかのように、芸術家たちのエピソードをあれこれ話すことができるようになった。このことは、商売仲間や遊び友だちを驚かせ、彼自身もちょっと愉快な気分になった。そして妙斎たちは悪口を言うのにあきると、今度は厚かましくも、何人かの社会的権威のある要人のことを持ち出した。「そうだ、我々はあの方と連絡をとり、自分たちの団体を立ち上げるのだ！」「よし、僕が手紙を書くことにしよう。あの方にわかってもらわなければならない。我々は清貧孤高を貫く芸術家集団なのだ！」……こういう要人の話題になると、みんなの口の中の唾液は蜜のように甘くなり、眼もキラキラ光った。「会長！」彼らは要人について語り合った後、必ず丁主任をこのように呼んだ。「会長さんはどう思いますか」。丁主任は自分の背丈が一寸(22)伸びたような気分になった！　彼は思わず知らずこの一群の人たちがいとおしくなった。なぜなら彼らは要人と連絡を取ることができるだけでなく、自分のことを要人の一人と見なしているからだ。彼は意見を述べるのは差し控えたが、たびたび妙斎と肩を並べて庭を散歩した。彼は、妙斎が才能がありながら不遇をかこっていることをどうやらすべて理解したらしく、妙斎が微かにため息をつくと、彼も同情してうなずいた。二人は莫逆《ばくぎゃく》の交わりを結んだ！

丁主任は金銭を愛し、秦妙斎は名声を愛する、二人は愛するものは異なるが、しかし内面ではめっぽう通じるところがあった。それはどんな卑劣な手口を使ってでも、愛するものを手に入れる、ということである。これも二人が親友となった原因の一つだった。したがって、丁主任はしばしば妙斎に、耳にするのも汚らわしい下劣極まりない意見を開陳し、妙斎も真剣に耳を傾け、それが恥ずべき考えだとは思わなかった。

瞬く間に、新暦の正月が近づいてきた。

大みそか、みんなが麻雀をしているとき、憲兵が二階にいる妙斎の友人二名を捕まえて連れ去った。

丁主任は口ではしきりに「大丈夫」と言ったが、心中は穏やかでなかった。彼は長年世間を渡り歩いてきたので、ものごとの利害を見分けることができた。憲兵が農場から人を

---

(22) 約三・三センチメートル。

連行したというのは、責任問題に発展するかどうかはさておき、少なくとも不面目なことであった。

秦妙斎はいささかも動じなかった。あの捕まった二名は誰なのだろうか。彼は名前を知っているだけで、その他のことはすべて不明だった。彼は自分と付き合いのある人がどんな人物なのか、これまで一度も詳しく尋ねたことがなかった。相手が彼を持ち上げ、芸術家と呼んでくれさえすれば、その人と交際した。したがって、彼は付き合っている人が多いが、本当の友だちはいなかった。二人が連行されても、彼は決して消息を探りに行こうと思わなかったし、ましてや救いだすことなど考えるはずもなかった。連行される人がいても、農場がアヒルを二羽失うのと同じで、取るに足らぬことだった。そもそも、神聖なる抗戦であれほど多くの人が亡くなり、あれほど多くの血が流れていても、彼は無頓着なのだから、二人が捕まったことなどどうでもよかった。丁主任が何かの折に問いただすと、彼は至って冷ややかに答えた。「誰が知るもんですか！　銃殺されたとしてもそれまでさ！」

丁主任、あの丁主任でさえ、何ともいたたまれない気持ちになった。口には出さなかったが、頭の中でどうやって妙斎を追い出そうか思案していた。「何てことだ、ここに憲兵を招き寄せるとは。けしからん！」彼は心の中でつぶやいた。同時に、表情も、振る舞いも、自然と妙斎に対して冷淡さを増した。彼は妙斎をやや見下すようになった。彼は何事にも責任を負わない人間だが、それでも「友だち」という概念は失っていなかった。彼は妙斎を冷血動物だと思うようになった。

妙斎は相手の冷淡さに気が付かなかった。彼は自分のことしか見てなく、他人の表情がどうかとか、振る舞いがどうかなど眼中になかった。彼の頭は自分のことしか考えてなく、他人のために考えることなどまったくなかった。

しばらくして丁主任は、あの捕まった二人が売国奴の容疑だったことを聞き出した。二人は確かに妙斎と何の関係もなかったが、しきりに妙斎のことを芸術家と呼ぶので、妙斎は彼らをもてなし、さらには農場で暮らすことも認めた。丁主任は、ふだんは責任感などなかったが、いったん騒ぎが起きると、自分の責任と立場について考えるようになった。彼は気持ちを抑えて、面と向かって妙斎に、「私は主任だ、誰か来るなら、事前にひと言あってしかるべきだ」と言うことは控えた。しかし、妙斎に対してますます冷淡になった。彼は妙斎を氷みたいに冷遇して、追い出したかった。

一月中旬になると、情勢にまた変化が生じた。ある日突然、影響力があり、場長とも一番仲がいい出資者がやって来た。丁主任は雲行きが怪しいことを感じ取った。出資者が到着すると、彼は注意深く、言葉一つ笑顔一つをカタツムリの触角のようにアレンジして様子を探り、警戒を高めた。やはりそうだった。出資者は、農場は赤字だし売国奴も自由に出入りしている、丁主任は辞職するべきだ、ということを匂わせた。丁主任はこれらの事実を打ち消さなかったが、認めもしなかった。彼はニコニコと話し、態度は極めて自然だった。彼は終始、辞職のことには触れなかった。

出資者が帰ると、丁主任はすぐに秦妙斎に会いに行った。彼はこう考えた。秦妙斎は資産家のボンボンである、少なくとも妙斎に、自分がいまボンボンのせいで罪を負わされたことを自覚させる必要がある、さらに、ボンボンは文学者を自称しているので、筆がきっとたつだろうし、知恵も回るだろう、自分に代わって出資者全員に、しかるべき内容の手紙を書いてくれるはずだ。そうだ、従業員一同の名義で出資者たちに手紙を出し、全員一致で丁主任の留任を希望する、と伝えるのだ。確かに秦妙斎は冷血動物である。しかし丁主任はこう胸算用した、「私が去ったならば、あいつも住み続けられなくなる！　一肌脱がないはずがあろうか」。そして一語一語を蜜でコーティングして、ドアの外で呼びかけた。「秦くん！　芸術家さん！」

秦妙斎の耳はピンと立ち、ロブスター腰もピンと伸び、参戦の準備が整った。世間があまりにも長い間、彼を冷淡に扱ったので、彼は拳を振るって騒ぎを起こしたかった。誰のためとか、何のためとかはどうでもよかった！「たとえ自ら火をつけて農場を焼野原にすることになっても、我々はここから出ていかない！」つばが丁主任の顔一面に飛んできた。それはまるで農場を彼が自分一人の力で創設したかのような剣幕だった。

丁主任の顔も血色が増してきた。彼はこの数日、秦妙斎に対して冷淡だったことを後悔し、いまはただ、一言話すたびに「芸術家さん」と呼びかけて贖罪するしかなかった。しばらく語り合っているうちに、二人はまるで双子の兄弟のように親しくなった。そして妙斎は、すぐに自分の仲間に動員令を下した。「我々はただちに見張りを配置する、川岸まですっとだ。もしやつらが本当に新しい主任を送り込んでくるならば、すぐに返す刀で追い出してやる！」同時に彼は従業員全員を召集し、ホールの前で会合を開いた。彼は石の上に立ち、険しい顔で声を荒らげ、四十分間演説した。

妙斎は演説を終えると、樹華農場の精神的支柱となった。丁主任が感激したのはもちろんであるが、職員や作業員も、「あの秦という人物は実に友だちがいがある！」と言って称賛した。

農場のみんなは、秦先生が何か特別優れた手腕など持ち合わせていないことを知らないわけではなかった。しかし、騒動を起こすというのは、ヒートアップすることである。妙斎は見事にみんなの気持ちを奮い立たせることに成功したので、全員、彼の卓越性と熱意を認めないわけにはいかなかった。みんなは彼のことを丁主任より重要視するようにさえなった。丁主任は実権を握っていて、なかなかのやり手だが、結局のところ大半が自分の利益目当てであるのに対して、秦先生はといえば、農場とはまったく関係がないにもかかわらず、純粋に義侠心から助太刀を買って出ているからである。こうして、秦先生の家賃未払い、卵泥棒、その他のこまごまとした悪事もすべて問題なしと見なされるようになった。彼は、みんなの眼に、いまや完全に、侠気に富んだ愛すべき人物として映っていた。

丁主任は十日間ほど農場を留守にした。彼は市内で、出資者の夫人や令嬢のところから手をつけ、劣勢を挽回しようとした。農場の方は、妙斎がいるので、全員をしっかりと団結させることができる、内部をかき乱す裏切り者など出てくるはずがない、と判断した。彼にとって妙斎は精神的要塞だった！　彼は市内から戻ってくると、みんなの前で公然と話すことはしなかったが、しばしば妙斎と二人だけで肩を並べて歩き談笑した。みんな二人の姿を見て安堵し、「我々は勝利した！」と叫び出す者さえいた。

農場はめちゃくちゃな状態になった。あの「我々は勝利した！」と叫んだ者は、当然ながらいっそう傍若無人ぶりを発揮して、大威張りのカニみたいに闊歩した。あのやや悲観的な人たちは、そんな簡単に勝利するはずはないと思っていたので、成り行きを見ながら一日一日を過ごし、手当たり次第にものを懐にかき集めた。その様子はまるで、「お払い箱になったときには、小さな鎌一本でもかまわない、できるだけ多くもらっていこう！」

と言っているかのようだった。

旧暦の正月は、丁主任にとって一つの「関門」だった。うわべは冷静沈着を装っていたが、酒を飲むとあれこれ愚痴がこぼれた。「大丈夫！」彼はいつもまずこのひと言を口にして、肝っ玉を太くした。だんだんと血液の循環速度が増してくると、身体から急に汗が出てきた。そうだ、張夫人——出資者張さんの第二夫人——あそこに届けた歳暮は少なすぎた！　彼はしばらく呆然となったが、自分に言い聞かせた。「人間関係、結局は人間関係の問題だ。コネをしっかりつけておけば、どんな問題も起きない！」酒の力で頭の中はフラフラになり、ふと張某のことが思い浮かんだかと思うと、今度は李某のことが思い浮かんだ。「結局は人間関係の問題だ！」

正月が過ぎたが、何ら新しい動きはなかった。丁主任は心中の重石が取り払われたような気がした。正月らしい正月を過ごさなかったので、埋め合わせをしなければならない。農場は、灯節《ドンジエ》(23)までずっと、酒の匂いと牌の音が途切れることがなかった。

灯節が過ぎたある日、すでに朝八時だったが、空はまだ明るくなかった。黒く垂れ込め

(23) 旧暦一月十五日の伝統的な節句。提灯やランタンを飾り、白玉団子を食べる。

た濃霧は、山全体を包み込んでいるだけでなく、低地にあるものも覆い隠し、家の窓さえも黒いカーテンが掛かっているかのようだった。この濃霧の中、小さな雨粒が、どこに落ちたらいいのかわからず空中をさまようこともあれば、一直線に落ちてくることもあり、暗さが増してきた。農場の花や木はどれも静かに頭《こうべ》を垂れ、霧の中、それぞれ黒いかたまりとなって立っていた。農場は誰も起きてこず、夢と霧が一つに混ざり合っているかのようだった。

濃霧の後は晴天になることが多い。十時ごろ、霧の色が赤や黄色に変わり、真紅の太陽が薄くなった霧の間からときおり姿を現した。花や木の葉っぱについた水滴も一瞬にして小さな金色の珠に変わった。農場では人が起き出した。秦妙斎は一番先に起きて、庭をぐるりと見て回った。ちょうど藤棚のところに来たとき、石畳の上を三人の人影が近づいて来るのが見えた。最前列は女で、背が低く、何枚着ているのかわからないほど重ね着をしていた。油簍《ヨウロウ》(24)のような姿で、ゆっくりと、大儀そうに歩を進めた。女の後ろは中年の担ぎ屋で、大小二個の古びたトランクと、見た目がその女とそっくりな、くるくる巻きの大きな布団を担ぎ、頭からは汗が噴き出ていた。最後尾は背の高い大男で、帽子はかぶらず、髪は長かった。ヨレヨレのスーツ姿で、オーバーは身につけず、肩はやや前に出ていて、背中はかすかに曲がっていた。男は手に琺瑯《ほうろう》引きの古い洗面器を持っていた。

秦妙斎は自分の友人だろうと思い、挨拶を交わすために、藤棚のそばに立って待っていた。彼らは近づいてきたが、知り合いではなかった。彼は女に対してことのほか興味があったので、じっとそこで、女を細かく観察した。大男の方は、我慢ができなくなったようで、前に進み出ようとしたが、石畳の道幅が狭く、担ぎ屋のわずかに揺れる天秤棒にも遮られ、追い抜くことがなかなかできなかった。彼は芝生に入って回り込もうと思い、足を踏み出しかけたが、草一本たりとも傷つけてはならぬとでも思ったのだろうか、すぐに足を引っ込めた。藤棚の前に着くと、女は立ち止まり、所在なげな様子で、恨めしそうにため息をついた。担ぎ屋も足を止めた。大男はまず四方を見渡し、そのあと身を寄せるようにして前に進み出てきた。このとき、太陽の下の霧は煙のようにたなびいて薄くなり、陽光が大男の顔に当たり輝いた。彼は眉目秀麗であったが、非情な仕打ちを繰り返し受けてきたのだろう、美しさはほとんど名残を留めていなかった。彼の顔には十年早く刻まれたシワが数本あった。彼は洗面器を女に渡そうとしたが、女は受け取ろうとせず、「あっ」と声を出すと、手を引っ込めた。彼女はこの農場を褒めたたえる言葉を口に出そうとしていたようだが、この「あっ」とともに、喜びも萎縮して消えてしまった。太陽がまた少し

(24) 口が狭く胴の太いかご。内側に桐油を塗った紙を貼り、油を入れるのに用いる。

陰ると、彼らの顔も曇ってはっきりしなくなった。

この女はさほど美しくなかった。しかしその目つきはなんとも奇妙で、誰もが注意を向けないではいられないほどだった。彼女の目はいつも何か心配事――失恋した、子どもを亡くした、破産したといった大事――があるかのように一つのものをじっと見据え、かなりたってやっと視線を動かすと、また別のものをじっと見据えた。彼女は視線を動かすものの、どうやらその実何も目に入っていなかった。彼女が誰かに注意を向けるとき、注視された人は自分に一目惚れしたので、他に目を移すことができないのだろうと思い込む。しかし彼女が視線を移すときになって、その人は彼女が自分をまったく見ていなかったことに気付く。彼女は人を不安にし、惑わすが、同時にまた人の興味を引いた。小さな丸顔で、目鼻立ちは整っているものの、ありきたりで特徴がなかった。人々は、彼女に注視されたとき、はじめて彼女の見た目が決して悪くなく、しかも情熱的であることに気付く。しかしその後、彼女が別の人あるいは別のものを見てぼうっとし始めると、何か激しいショックを受けたことがあるか、そうでなければ生まれつき少し頭が弱いのだろうと思えてきて、同情心が芽生えるのであった。

いま彼女は少し首を動かし、秦妙斎の方を見た。妙斎も幾分興奮を覚え、自分が一番美しいと思うポーズで藤棚の柱に寄りかかり、彼女の方を見た。

「どうなすった？」担ぎ屋はしびれを切らした。「行かねえんですかい？」

「明霞《ミンシア》、行こう！」その男は無表情だった。

「君たちは何者だ？」妙斎の口ぶりはとても横柄で、目はまだ明霞のほうを見ていた。

「私はここの主任だ」。その男はそう言いながら、前へ歩いて行こうとした。

「えっ？　主任だって？」妙斎は一行の行く手に立ち塞がった。「僕らの主任は丁さんだ」

「私は尤《ヨウ》だ」。その男は妙斎をさっと手で払いのけ、そのまま前に進み、「場長から派遣された新しい主任だ」と言った。

秦妙斎は訳がわからなくなり目をつむったが、すぐに目をパッと開け、まるで打ちのめされた負け犬のように、脇道を駆け抜け、先にホールへ着いた。「丁、老丁！」彼は息せき切って叫んだ。「老丁！」

丁主任は綿入れの長衣を羽織り、湯気の立つタオルを手に持ち、顔を拭きながら、二階から降りてきた。

「奴らが新しい主任を送り込んできました！」

「えっ？」丁主任は顔を拭くのを止めた。「新しい主任？」

「集合！　全員集まれ！　来た道をそっくりそのまま追い返してやるぞ！」妙斎はくる

りと向きを変えて外に飛びだそうとした。

丁主任はタオルを放り出し、両手で綿入れの裾をたくし上げ、数歩で妙斎のところに追いつくと引き止めた。「待ちなさい！　二階へ行ってくれ、私の方で何とかするから！」

妙斎はそれでも外に出て行こうとしたので、丁主任は彼の背中をぐいぐい押して、むりやり二階に連れていった。それからボタンをきちんと留め、堂々と落ち着いた様子で降りてきた。入口のドアを開けると、目の前に尤主任がいたので、満面の笑みで、尤さんに向けて拱手《きょうしゅ》をした。「ようこそ、ようこそ！　新主任、よくぞおいでくださいました！　こちらは――」彼は明霞に向けて手を高く挙げて拱手をすると、尤主任の返事を待たずに、親しみをこめて言った。「主任の奥様ですね？」続けて彼は担ぎ屋に命令した。「中に運び入れなさい！」主任夫妻を招き入れ、荷物がすべて運び込まれたのを確認すると、いくらで雇われたのか尋ねもしないで、大小三枚の紙幣を担ぎ屋に渡した――それは雇い入れた額よりちょうど五角多かった。

尤主任はすぐに本題に入り、農場の詳しい状況を尋ねたかったが、丁務源は忙しそうにやれお湯だ、やれ洗面用の水だと声を張り上げたり、作業員に部屋の掃除を言いつけたりして、尤主任に口を挟む機会をまったく与えなかった。そして一通り終えると、今度は明霞のことを奥様、奥様と呼んでご機嫌取りをして、ひたすら彼女ととりとめのない話を続けた。尤主任は何度も話を切り出そうとしたが、そのたびに明霞にさえぎられた。丁務源が席を外した隙に、彼女は夫をたしなめた。「そんなこと、どうして急いで尋ねる必要があるの？　先は長いのよ、今日からすぐに仕事を始めるとでもいうの？」

翌朝早く、尤主任は作業着を身につけ、作業責任者といっしょに農場の隅から隅まで実地検分し、すべてを手帳に書き留めた。戻ってくると、丁主任に引き継ぎをするようにせきたてた。丁主任は三日以内にすべての引き継ぎをおこなうと約束したが、明霞はまた丁務源の側につき、三日を六日に延ばさせた。

合理的と思われたほんのわずかな過ちが、一生の悔いを残すことになる。尤主任——下の名前は大興《ダーシン》である——はアメリカで園芸を学んだ。卒業後、母校に残り講師となった。彼は聡明で、タフで、苦労を厭わなかった。「実験」をするとき、彼の大きな手は、刺繍をする娘のように繊細で、正確で、機敏だった。力仕事をするとき、彼は一頭の牛のようにたくましく、我慢強かった。彼はアメリカが好きだった。人付き合いが苦手で、生真面目だったので、祖国に帰ればきっと自分が心底憎んでいる虚偽や無聊によってつぶされると知っていたからである。しかし抗戦の高らかな叫びが全世界を揺り動かし、彼は国に戻った。彼は農業の重要性と中国農業の迅速なる改善の必要性をわきまえていた。彼はどこかの農場あるいは実験室で、自分の血と汗を国家にささげたかった。

帰国後、彼は結婚しようと思った。結婚は、彼の頭の中では、必然的かつ合理的なことであった。結婚すれば、安心して仕事ができるので、身体にもいいし、心も落ち着く。彼は恋愛をエネルギーの浪費と見なしていた。結婚はいろいろな面倒を取り除いてくれるが、結婚は単に結婚に過ぎない、その他のことはすべて余分で、そういうことに煩わされるべきでない。そこで、ある人が明霞を紹介してくれたので、すぐさま彼女と結婚した。これは合理的であったが、過ちでもあった。

明霞の家は裕福だった。尤大興は明霞だけを求めて、お金には目もくれなかった。彼女は見た目があまりよくないが、大興が欲しいのは内助の功であり、美しいかどうかはどうでもよかった。明霞は失恋経験から、自殺を考えたこともあったが、これは彼女の過去のことであり、大興とはまったく関係がなかった。彼女は何の才覚もなかったが、大興はこう考えていた。女性のほとんどは才覚などない、結婚後、困難に耐え苦労を厭わない自分の姿を見せることにより、相手を教育して導くのだ、相手が無茶なわがままさえしなければ、後は問題にはならない。彼は彼女を嫁にした。

明霞はというと、彼女は結婚前、喜びでいっぱいだった。それは、理想の夫を手に入れたからではなく——大興は食事に誘ってくれたことも、花を買ってくれたこともなかった——大興によって雪辱を果たすことができるからであった。彼女が以前愛した人は、丸めた紙くずをゴミの山に投げ捨てるかのように、彼女を捨てた。しかし、彼女はいま夫がでてきたので、再び顔を上げて歩くことができるようになった。

結婚後、彼女のあの喜びは結婚式のときにかけたベールとともに、永遠にしまい込まれた。彼女は大興が好きでなかった。大興の仕事に対するひたむきさ、金銭に対する淡泊さ、すり寄ってくる親戚のおばさんたちに対する無愛想、これらはすべて苦痛の種だった。しかし、たまに夫婦そろって出歩くときは、まるで溺れかかった人が水草にしがみつくかのように、彼をしっかりとそばに引き寄せた。何と言っても、彼は一枚の雪辱の印となる旗であり、この旗を安易に投げ捨てることなどできないのだ！

大興の努力、実直、熱意はいたるところで彼を壁に突き当たらせた。彼が接触した人たちは、彼がもっとも大切にしている三文字「科学者」を、だんだんと甚だ巧妙に、嘲笑の対象に変えていった。彼らは酒を飲みに行ったり、不正なことをしたりするとき、いつも「科学者」を避けて見つからないようにした。「科学者」が嘲笑の用語として毎日使われるようになったとき、大興は妻を連れて飯にありつける別の場所を探しに行かなければならなかった！　明霞は次第に夫を軽蔑するようになった。はじめ彼女は夫に対して腹を立て、泣きわめいた。その後、彼女は泣きわめいても何ら効き目がないことがわかった。なぜなら大興にはどうやら情というものがないようで、彼女があたり散らしても、彼はおかまいなしだった。彼女が涙をぬぐい終えると、彼はちらっと様子を見て、声をかけた。「そろそろ食事の支度の時間だよ！」彼女は少なくとも熱い口づけ、もしくは心のこもった慰めの言葉が欲しかったが、彼はせいぜい彼女の頬をポンポンとそっと叩くだけだった。彼は決して立腹の原因や解決の方法を尋ねようとはせず、ただ自分の仕事のことだけを話した。仕事と学問は彼の生命であり、愛情が分け前を求めて入り込む隙などなかった。ときには彼も、彼女が腹を立てているとき、自分の涙をこっそり一粒払いのけることもあったが、彼女は見抜いていた。それは彼女が彼の仕事に協力しないことへの恨みの涙であり、彼女への愛、あるいは彼女への同情によるものではなかったのである。唯一、彼女が病気になったときだけ、彼は愛情あふれる夫のように振る舞い、実験のときと同じように、細心の注意を払って彼女を看病した。またさらにベッドのそばに座り、彼女の手をとり、話を聞かせてくれることもあった。しかし彼の話はいつも科学に関するものばかりだった。彼女は聞きたくなかったし、ありがたいとも思わなかった。医者が病気はもう心配ないと言うと、彼はただちに仕事に行った。医者は科学者であり、医者の話に間違いなどあるはずがないからだ。病人は完全に回復するまでは、慰めといたわりを必要としている、そんなことを彼は微塵も考えたことがなかった。

彼女は大輿を理解できなかったが、さりとて離婚もできないので、いつも目を据えてぼうっとしているしかなかった。

いま彼女は、また大輿に付き従い、樹華農場へやって来た。彼女はこのような引っ越し作業、手に洗面器を持ちながらの流浪生活はもうこりごりだった。彼女はお嬢様育ちだったので、安定感のある典型的な家庭を築きたかった。彼女は彼についてこざるを得なかったが、来たからにはここに根を下ろし、十日半月でまた出ていくようなことはしたくなかった。彼女は誰が善人で誰が悪人なのか、誰が正しくて誰が間違っているのか、見抜く力はなかったものの、夫のすることに干渉して、夫には二度と相手の感情を害するようなことはさせまいと心に決めた。今回彼女は、何が何でも夫の剛直さをやわらげるとともに、自分のとりなしで尤大輿を受け入れてもらおうと決心した。彼女は手始めに、丁務源の肩を持って助けた。彼女は生きものならどんなものともうまくやっていくことを願っていたため、庭にいる肥えたガチョウにも、もっとエサをあげたいと思うほどだった。

尤大輿は真っ先に秦妙斎を槍玉に上げた。秦妙斎はここに住む権利がない、出ていきたまえ！　秦妙斎は相手を納得させるのに充分な理由などないにもかかわらず、反駁しようとした。そして話しているうちに、「君はどうして僕のことを芸術家と呼ばないのだ？」という理由を見つけた。こんな侮辱を受けた以上、彼は出ていくわけにはいかなかった。

「いまにわかるさ、誰が先に出ていくことになるのか、見てのお楽しみだ！」

尤主任は、法を守り道理に従うのは当然である、という考えしか頭になかった。帰国以来、これまで何度も理不尽な仕打ちを受けてきたが、こんな無茶苦茶なことに出くわしたことはなかった。彼は腹を立て、警察を呼んで妙斎を引っ立ててもらおうと思った。しかしこのときもまた明霞は妙斎のために助け船を出し、「そんなに急かす必要ないわ。いずれちゃんと引っ越して行きますよ」などと言い立てた。

妙斎と丁務源は秘密会議を開いた。妙斎は主戦派、丁務源は和平派だったが、妙斎が強硬な意見をとうとうと弁じると、丁務源も主戦派に転じた。彼は妙斎の勇敢さを称え、義俠心のある芸術家と呼んだ。妙斎は感激のあまり、気絶しそうになった。

実際には、丁務源は尤主任と面と向かって戦うつもりなど毛頭なかった。妙斎と相談した後、彼は妙斎に尤大興と戦わせ、自分は善人を装うことに決めた。同時に、自分のことについては、必ず明霞と前もってよく相談し、あるいは彼女に交渉役になってもらおうと思った。彼は尤主任と正面からぶつかるのを避けた。大興と顔を合わせるとき、いつも信頼感を与える笑い顔を作った。それは、ここを出ていき別の仕事を探すのは大して難しくないが、この農場のような快適で収入もいい仕事を探すのは容易ではないことを知っていたからだ。彼は「忍」の一字ですべてに対処しようと決めた。もし妙斎と作業員たちが尤主任をやっつけてくれるならば、彼はその機に乗じて復職することができる。たとえすぐには復職できなくても、明霞と出資者夫人たちに働きかければ、副主任くらいにはなれるだろう。副主任になれば遅かれ早かれ主任を突き上げて追い出すことができる。こうするには忍耐が必要であるが、彼には自信があった。妙斎と明霞をひそかに農場に待機させ、彼は市内へと出かけていった。

尤主任は今か今かと丁務源の引き継ぎを待っていた。引き継ぎが済めば、全体的な計画を立てることができる。しかし丁務源は市内に出かけてしまった。彼は非常に焦った。人様からお金をいただく以上、それに見合った仕事をこなしたかった。その場しのぎをしたり、ダラダラ引き延ばしたりすることは、彼がもっとも嫌うところだった。しびれを切らしてかんしゃくを起こしそうになったとき、明霞にまたじろりと見据えられてしまった。かなりたって、彼女はやっと口を開いた。「丁さんがあなたを騙すなんてこと、ありえません。二、三日したら戻ってくるわ。どうしてそんなにイライラするの」

大興は妻の助言によっていらだちが収まるということはなかったが、いらだちの余り仕事を忘れるということもなかった。彼は怒りを胸に抑え込み、手足を忙しく動かした。まず掲示を貼りだした。「全員六時半起床、七時作業開始。午後は一時作業開始、五時終了。夜九時半消灯戸締まり、以後解錠禁止」、ホールにも「事務枢要の場につき、関係者以外立入禁止」を貼った。そして事務机をすべて運び入れ、職員たちは全員ここ——彼のすぐ目の前――で執務することになった。事務室内は喫煙禁止、渇きをいやすものは白湯のみだった。

命令を下した後、彼は自ら手本を示すために、掛け時計が七回鳴ると同時に、作業着に身を固め、事務棟の入口でみんなを待ち構えた。丁務源の「親衛隊」たちはかなり早く出てきたが、それは、自分たちがまったくの無能だとわかっていたので、頼みの後ろ盾が復職できるかどうか確実でない以上、しばらく頭を垂れて従う必要があったからである。彼らは時間通りに仕事をすることによって、自分たちの能力のなさを覆い隠そうとした。本当に能力のある作業員は遅刻してきたが、それは秦妙斎にそそのかされて、新主任を困らせるためにわざとしたのだった。

尤主任は辛抱強く待っていた。全員がそろうと、彼は怒ることも、むだ口をきくこともせず、いきなり本題に入り、仕事を割り当てた。彼はみんなの名前をきちんと覚えていなかったが、彼の眼は、誰がベテランの作業員で、誰がタダ飯を食べているのか、見抜くことができた。タダ飯食いは、一律更迭するつもりだったが、まだ更迭前だったので、彼らにも仕事を割り振った。――「今日からは、タダでは農場の飯を食べさせないぞ」、彼は心の中でこう決意した。

「君たち三人」、彼は三人の作業員を指名した。「ブドウの枝をすべて剪定しなさい。枝を落とさなければ、来季、ブドウが実らなくなる。二日以内に終えること」

「どうやればいいんですか？」一人が困らせるためにわざと尋ねた。

「私が教える！　君たちの先頭に立って作業をしに行く！」次に、ベテラン作業員全員に仕事を割り振った。「君たち三人は果樹に石灰液を塗りなさい。剝ぐべき樹皮は剝ぐ、刻みをつけるべき箇所には刻みをつける。後で詳しく説明する。三日以内に終えること。君たち二人は野菜に肥料をやりなさい。君たち三人は株分けが必要な草花の株分けをしなさい……」。次はタダ飯食いたちの順番だった。「君たち二人は砂を運びなさい、君たち二人は水を運びなさい、君たち二人は牛と羊の囲み場を掃除しなさい……」

タダ飯食いたちは口をとがらした。これらの仕事はできるにはできるが、何と骨が折れ、何と汚らしいことか！　彼らはキョロキョロ見回したが、救世主丁務源のふっくらつやつやした顔は見つからなかった。彼らは祈りをささげた。「早くお戻りくだされ！　俺たちは苦力《クーリー》にされてしまいやした！」

ベテラン作業員たちは、新主任が指示したことはすべてやって当然のことだとわかっていた。彼が示した方法は彼らの経験と一致しないところもあったが、あちらはその道のプロである。彼らは、尤主任がいっしょに作業をする姿を見て、彼が単なるプロではなく、並外れた技量の持ち主であることがわかった。手を動かすとき、尤主任の大きな手は実に正確で機敏だった。理由を説明する必要があるとき、尤主任は短い言葉で、実にわかりやすく筋道を立てて話した。能力から言っても、良心に照らし合わせても、彼らは彼に反対しようがないし、反対するべきでなかった。もし彼らが新しい技量や知識を身につけたいのならば、尤主任を師と仰ぐべきだった。しかし彼らの良心は丁務源によってすっかり蝕まれていた。彼らの手はまだ麻雀牌の白板《パイパン》のなめらかさを覚えていたし、彼らの口にはまだ大麴酒《ダーチュージウ》(25)の香りがしみついていた。彼らは草刈り鎌や剪定鋏を嫌悪し、農場や山のひんやりとした新鮮な空気も嫌悪した。

いま、彼らは仕事をせざるを得なくなった。尤主任がいつもそばにいるからだ。彼はブドウ棚から果樹園へ、花畑から野菜畑へと駆けずり回り、仕事が愛おしくてたまらないかのようだった。彼は怒鳴ることも、いらつくこともなかったが、彼の言葉は遠慮がなく、いつも急所をずばりと言い当てるので、相手に反感の中にも敬服の念を芽生えさせた。彼らはサボることができなかった。尤主任の目は足と同様に機敏で、彼らが仕事の手を休めると、すぐさまやって来て、サボった理由を問いただす。彼らは答えることができなかった。お湯が欲しい？　お湯はとっくに届いていますよ。熱々のものが桶一杯。タバコを吸いたい？　決められた時間に吸いなさい。彼らはお手上げだった。

みんなは心中、憤懣やるかたなかったが、頭を垂れて働くしかなかった。彼らは、昼間はサボることができないものの、夜になったら今まで通り、卵をいくつか拾いに行こうなどと考えていた。しかし主任は、タダ飯食いたちを割り振り、交替で夜勤に当たらせた。「鶏やアヒルの股ぐらをなでれば、どれがすぐに産むのか、どれがじきに産みそうなのか、一発でわかる。一日に卵がいくつ採れるか、こちらは目星がついている。夜勤をしているときに、卵がなくなったら、責任をとってもらう！」尤主任はこのように指示を出した。なんと、夜間の抜け穴さえも封じられてしまったのだ！

数日たつと、農場のほぼすべてが軌道に乗った。作業員たちは何と言っても多少知識があるので、感化されやすい。彼らは尤主任を憎む一方で、敬服もしていたが、生活にリズムができてくると、自然と憎しみが減り、敬意が増した。彼らはこのように働き、このように暮らすべきなのだと自覚するようになった。次第に彼らは、仕事と学習の中からいささかの楽しみ、酒や麻雀とは異なる健康的な楽しみを見いだすようになった。

尤主任は、もし全員が今のように努力し続けるならば、三ヶ月後、一律給料を上げると約束した。彼はまた、みんなが頑張ってくれれば、自分は研究にもっと打ち込むことができる、この研究は民族と国家に益をもたらすことになる、と言明した。みんなは民族と国

（25）大麦、小麦、エンドウなどを原料とする麴で作られた白酒。

家という言葉を耳にして、はからずも感銘を受けた。彼らはもっと技術の勉強をすることを望んだため、尤主任は週二回夜間クラスを開き、園芸の問題について講義することになった。さらにまたみんなのために娯楽室を設け、健全な娯楽を楽しむ機会を与えた。一同の心中は、庭の草花のように、次第に生き生きとした芳香を放つようになった。

しかし改革の道は極めて険しかった。理知的で崇高な決定であっても、往々にしてちょっとした浅はかで卑しい感情によって突き崩されてしまう。感情はいとも簡単に酔い潰れ常軌を失うものなのである。ある日、尤大興は秦妙斎を正門の外に閉め出した。九時半に門が閉まるが、尤主任は絶対に門限を緩めなかった。妙斎は騒いで農場の鶏、ガチョウ、牛、羊すべての目を覚まさせたが、それでも門は開かなかった。彼は藤棚の支柱をサルのようによじ登って中に入り、足をぶつけて怪我をした。足を引きずりながらホールまでたどり着いたが、そこも鍵が掛かっていた。彼は真夜中まで大声を出し続けたため、明霞はとうとう根負けして、彼を中に入れた。

尤主任の説明により、みんなは妙斎がここに住む権利がないこと、そして規律の厳守が合理的な生活の基礎となることを理解するようになった。しかし理解はしたものの、感情の面では、妙斎は古くからの友だちであるのに対して、尤主任は新しく来た、自分たちを管理する人という位置づけだった。彼らは妙斎のことを思うと、以前の自由で快適な日々が思い出され、ついつい腹立たしくなり、尤主任は人情味がないと感じた。彼らは次々に妙斎を見舞ったが、妙斎はチャンスとばかりに煽動し、尤大興を人でなしと罵った。「自由な生活がしたいならば、あの犬畜生にも劣る奴をたたき出さなければならない！」彼は歯ぎしりしながら言った。「だが、君たちは度胸がないだろうから、これ以上は言わないことにする！　まあ、ご覧あれだ、足がよくなったら、自分一人であいつにぎゃふんと言わせるから、見ていてくれ！」

みんなの怒りに火がついた。やっつける口実作りのために、全員、申し合わせたかのように目を光らせて尤大興のアラ探しをした。

尤主任はみんなの顔色から、情勢がどうもおかしいことを見て取ったが、自分にやましいところがないとわかっていたので、少しも恐れなかった。そして、みんなが訳もなく自分を攻撃し、追い払おうとするのなら、それでもかまわない、自分は決して尻込みしない し妥協もしない、とまで考えていた。科学的な方法と法律遵守の生活は、新中国を建設するために必ず通らなければならない道である。彼はこの二つのことのために痛めつけられるのなら、それでも良かった、彼は喜んで殉教者となるつもりだった。

ある日、老劉《ラオリウ》が夜勤についていた。尤主任は就寝前に農場内を見回ったところ、老劉が卵を二個、コッソリ隠しているのを発見した。彼は見て見ぬふりはできないので、近づいて問いただした。

老劉は笑った。「この二つはお宅の奥様に差し上げるものなんです！」

「奥様？」大興は明霞とお宅の奥様が結びつかなかったようで、ぽかんとしていたが、事の次第にハッと気づくと、飛ぶようにして部屋に駆け戻った。

明霞はちょうど眠ろうとしているところだった。のっぺりした黄色い丸顔には何の表情もなく、ベッドの端に座り、目を据えて向かい側の壁——そこには何もないのだが——の方を見ていた。

「明霞！」大興は息を切らしながら叫んだ。「明霞、君は卵を盗ったのか？」彼女はおもむろに目線を壁から離し、まず刺繍のほどこされた自分のスリッパの先を眺め、その後やっと夫を見た。

「卵を盗ったのか？」

「えっ！」彼女の声は弱々しかったが、かすかな反抗が込められていた。

「なぜなんだ？」大興の顔は真っ赤になった。

「あなたっていう人は、行く先々で人の恨みを買っているけど、私はあなたのようなことをするわけにはいかない！　私はあなたのためだと思って、卵を盗ったのよ！」彼女の顔はかすかに輝いた。

「私のためだって？」

「あなたのためよ！」彼女の小さな丸顔は輝きを増し、得意げな様子だった。「草一本、木一本たりとも好き勝手にしてはならぬなんて、厳しすぎだわ。あの人たちはあなたをやっつけようしているのよ！　私、あなたのためだと思って、あの人たちに倣って、ものを失敬することにしたの。そうすればあの人たちはあなたを憎んでも、私を憎みはしない。私も恨みを買ってしまったら、あなたのために口をきいてあげることもできなくなる、そうでしょ？　よく考えてみて！　私はもう大きな卵を三十個もためたわ！」彼女は誇らしそうにベッドの下から小さなかごを引き出した。

尤大興は立っていられなくなった。顔色が赤から白へとさっと変わった。腰掛けをたぐり寄せて腰を下ろしたが、手は膝の上でかすかにふるえていた。彼は夜中までそのままの格好で座り続け、一言も発しなかった。

翌朝早く、庭の中や外に標語が張り出されたが、すべて妙斎が考えて書いたものだった。「恥知らずの尤大興を打倒せよ！」「丁主任の復職を擁護する！」「卵を盗む悪党を追放せよ！」「ファシズムの走狗を打倒せよ！」「芸術を尊重しない悪魔を滅ぼせ！」……

みんなはストライキに入った。尤大興に対して、全員の前で卵を盗んだ罪を認めたうえで辞職することを要求し、さもなければ実力行使に訴えるとした。

大輿はいささかもひるむことなく、みんなと交渉しようとした。明霞は彼を引き止めた。そして隙を見て、部屋の外に抜け出し、外から鍵をかけた。

「何するんだ?」大輿は部屋の中で叫んだ。「開けろ!」

彼女は黙ったまま、階下へ駆け下りた。

丁務源は市内から戻ってきたが、すでに副主任の地位を手に入れていた。「ほっ!」彼は石畳に着いたとき、枝を切り落としたブドウと石灰を塗った果樹が目に入った。「ブドウを刈り込んでこんなに苦しい目にあわせるとは。いっそ根っ子ごと掘り出したほうがましだわい! 木にもおしろいを塗るとは、こりゃまあ、よっしゃ、よっしゃじゃ!」

正門を入ると、標語が見えた。彼はかかとに突然スプリングが装着されたかのように、足を次々に繰り出し、庭を目指して軽快かつ迅速に進んだ。心は軽やかに弾み、気分も晴れ、標語の一つを京劇の節回しで口ずさんだりもした。これは彼が望んでいたことだが、なんと実現したのだ!「こんなに早くことが進むとは思ってもみなかった。妙斎はなかなかのやり手だ! あいつを招待して、ゆっくり酒でも飲まなければ!」標語を口ずさみながら、心の中でこんなことを考えていた。

中庭に入るや、たちまち取り囲まれた。彼の「親衛隊」たちは涙を流さんばかりに喜んだ。他の人たちも久しく別れていた兄弟と再会したかのように、引き寄せたり、引っ張ったり、肩を叩いたりして、てんやわんやの大騒ぎとなった。みんなの手は彼をさわろうとしたが、それはあたかも彼の服が生き菩薩の長衣であり、わずかでも触れることが功徳に繋がるかのようであった。彼らの口は一斉に開け広げられ、不当に扱われた悔しさを一気に吐き出そうとした。彼はあたり一面から声が聞こえてきたが、ひと言も聞き分けることができなかった。彼は一人一人に向かってうなずき、眼中の慈愛あふれる光は一人一人の身体を射ぬき、彼の肉づきのよい温かな指はあっちをさわったり、こっちをつついたりした。彼はみんなに感謝し、みんなを愛おしんだが、その態度は何とも言えずおおらかで、親しみやすかった。彼の顔は光り輝き、目はわずかに潤んでいた。「よっしゃ！」「よし！」「おっ！」「くそったれ！」彼は相手の顔色に合わせて、これらの言葉を使い分けた。最後に全員に向かって高く手を挙げると、たちまち一同は静かになった。「友人のみなさん、少し休ませてください、ほんの少しでいいですから。後でまた、みなさんとしっかりと話し合いましょう。焦ったり、腹を立てたりしてはいけません。我々には打つ手があります、絶対に問題とはなりません！」

「丁主任にはひとまずお休みいただこう！　道を開けろ！　もう何も言うな！　丁主任に休憩をとりにいっていただくんだ！」みんな次々と声を上げた。名残惜しげに彼の後についていく者もいれば、立ち止まって彼の後ろ姿をながめながらしきりにうなずき褒めたたえる者もいた。

丁務源はホールに入ると、まず妙斎に会いに行こうと思った。しかし、明霞が入口のそばで彼を待っていた。

「丁さん！」彼女は小声で、思い詰めたように呼びかけた。「丁さん」

「奥様！　よっしゃ、よっしゃ！　最近いかがですか」

「丁さん！」彼女は小さな手で色鮮やかな花模様の小さなハンカチをしきりにいじっていた。「どうしたらいいのでしょう。どうしたら」

「ご安心ください！　奥様！　大丈夫！　大丈夫ですよ！　さあ、おかけください！」

彼は椅子を指し示した。

明霞は、失敗をしでかした少女のようにおとなしく腰をかけ、小さな手でハンカチをぎゅっと握った。

「いまは何もおっしゃらないでください、ちょっと考えたいので！」丁務源は後ろ手を組み、室内を数歩、威厳を保ちながらゆっくりと歩いた。「状況はかなり深刻ですが、打つ手はきっとありますよ」。彼はまた数歩歩くと、頬をさすりながら考えにふけった。

明霞は気が気でなくなり、立ち上がって彼に質問を投げかけた。「あの人たち、本当に大輿を叩き出すつもりなのでしょうか」

「本当です！」丁副主任はきっぱりと答えた。

「それじゃどうしたらいいの。どうしたら」。明霞はハンカチを小さく丸め、小鼻のわきと口もとを拭いた。

「いい手があります！」丁務源は落ち着き払って腰を下ろした。「おかけになって、私の話を聞いてください、奥様！　どちらが良いのか悪いのか、どちらが正しいのか間違っているのか、そういう問題は置いといて、まずは目の前の問題を解決する、それでいいですね」

明霞は言われたとおり座り直し、「そうです！　そうです！」と繰り返した。

「奥様、こうしたらどうでしょう」

「あなたのお考えならば、いいに決まっているわ！」

「こうしましょう、引き継ぎはもう必要ありません、今日から尤主任は、仕事をすべて私に任せるのです、これからはもうあれこれお気遣いいただく必要もなくなります」

「わかったわ！　あの人は何でも首を突っ込みすぎるのよ！」

「その通り！　ご主人には、場長宛の手紙を書くように言ってください。ちょっと病気なので、私に代理を頼みたい、と申し出てもらうんです」

「あの人は病気じゃないし、嘘をつくのがきらいです！」

「世渡りをしていくのに、嘘をつかない人なんていませんよ！　ご自分のためなんですから、今度ばかりは嘘をつかないわけにはいきません！」

「ああ、わかったわ！」

「よっしゃ！　私に二ヶ月間の代理を頼む、そのあと辞職を願い出て、堂々と大手を振って出て行く、そうすれば面子も立ちます！」

明霞は立ち上がった。「辞職しなきゃならないの？」

「出て行かなければなりません！」

「そんなことって？」

「奥様、私の話を聞いてください！」丁務源も立ち上がった。「二ヶ月間、これまで通り給料は支払われるし、ここに住むこともできるので、ゆっくりと仕事を探すことができます。二ヶ月、六十日間あれば、仕事がみつからないなんてことはないでしょう？」

「また引っ越さなければならないの？」明霞はつぶやくと、涙がゆっくりと流れてきた。しばらく茫然としていたが、突如、息を鼻一杯に吸い込み、力を振り絞って言った。「わかったわ！　そのようにします！」彼女は二階に駆け上った。

ドアを開けて中を見るや、足の力が抜け、床に座り込んだ。尤大興はすでに荷物をまとめ、洗面器を持ちながら、ベッドの端に腰掛けていた。

長い沈黙が続いた後、彼は明霞を片手で支え起こした。「すまない、霞《シア》！　さあ、出かけよう！」

中庭には誰もいなかった。みんなは鶏やアヒルをつぶして、丁主任を盛大にもてなす準備に忙しく、他のことに注意を向ける余裕がなかった。尤大興は自分で荷物を担ぎ、俯いたまま外に出てきた。彼は草花や木に目をやる勇気がなかった——見れば涙がこぼれてくる。明霞は服を何枚も重ね着し、片方の手にあの卵の入ったかごを提げ、もう片方の手で涙をこすり、ソロソロと後についていった。

樹華農場は以前の姿をとりもどし、誰もが満足だった。丁主任は暇を見ては庭に出て、あの色とりどりの標語をビリビリと引き裂き、尤大興のことを完全に忘れようとした。しばらくして、丁主任は妙斎を保長(26)に引き渡して連行させ、空いた部屋を一万五千元で別の人に貸した。部屋代は一括前払いだった。

夏になると、ブドウなどの果樹が軒並み前年より三倍も多く実を結んだが、それはあたかも果樹たちだけが、尤大興の育みといたわりを忘れないでいるかのようだった。

(26) 保甲制度における「保」の長。十戸で一甲、十甲で一保を形成する。

果実が実れば実るほど、農場はなぜだか赤字が増えていった。

解説

満洲人作家・老舎

老舎（本名、舒慶春）は激動の清朝末期一八九九年二月三日に、北京の満洲人下級軍人の家に五人兄弟の末っ子として生まれ、文化大革命が発動されて間もない一九六六年八月二十四日に激しい迫害を受けて命を閉じた作家である。老舎は清朝から辛亥革命を経て中華民国の時代、そして日本との戦争や内乱の連続する混乱の時代、さらに中華人民共和国の建国後の政治運動、文化大革命と凄まじい変遷を繰り返した中国社会にあって、日々の暮らしを必死に生き抜いていく庶民の姿に深い共感を抱き、愛情溢れる筆致で多くの名作を世に出してきた。

中国の植民地化を決定的にした反乱、義和団事件は老舎の生まれた翌年のことで、父親はその戦闘で戦死、彼の生家は急速に没落した。しかし貧困の中で、老舎は母親の必死の働きに支えられて学問を修め、十九歳で師範学校を卒業するとすぐ校長も務めた。明晰な頭脳に恵まれ、克己忍耐の誠実さを培った青年だったのである。やがてロンドン大学の中国語教員となる機会を得て渡英、彼の地でディケンズなどの影響を受けて最初の創作を始めた。帰国後一九三六年には北京の車引を描いた代表作『駱駝祥子《シャンズ》』を発表し、大きな反響を呼んだ。この作品は一九四五年に英訳も出て、海外からも中国を代表する作家として注目を集めた。日本との戦争（抗日戦争）に勝利した後、米国に招かれて長期滞在をしていたが、新中国の文芸のために働いてほしいという共産党の呼びかけに応えて帰国、文壇の指導的な立場で活躍した。後年には文学者代表団を率いて来日もしており、日本の作家たちにも知人が多かった。しかし文化大革命が始まってすぐ紅衛兵による迫害を受け、一九六六年に自殺を遂げたのである。老舎の横死に衝撃を受けた井上靖、開高健らの哀切な追悼文は、文豪老舎の偉大さと国境を超えた文学者の友情を今に伝えている。

前述の『駱駝祥子』と米国より帰国後に書かれた戯曲『茶館』とは、二十世紀中国長編小説と話劇（新劇）の分野の金字塔と称される傑作で、今に至るもなお多くの読者や観客を惹きつけている。老舎作品は日本でも一九四〇年代以降、盛んに翻訳がなされており、『駱駝祥子』に至っては飯塚朗、立間祥介など著名な翻訳者による名訳が七種類も出版されている。老舎は『駱駝祥子』の他にも、力作『離婚』、大作『四世同堂』、怪作『猫の国（原題 猫城記）』など、その生涯で十二篇もの長編小説を世に送り出してきたので、老舎と言えば長編というイメージが定着しているのだが、高くそびえる長編の峰々に隠れたかのように見える中短編小説にも、実は珠玉の名作が数多くある。本書の刊行は、そういう老舎の中短編名作再発見を目指し、中国と日本の出版社が協力して実現した企画である。原本としたのは中国出版集団現代出版社二〇一九年刊の『我這一輩子』で、そこに収録された中編小説「私のこの生涯（原題 我這一輩子）」、「繊月（原題 月牙児）」、「問題としない問題（原題 不成問題的問題）」、短編小説「魂を断つ槍（原題 断魂槍）」の四作品全てを翻訳紹介することにした。

ここではまず老舎がどのような人生を歩んだのか、その足跡をたどり、次に本書所収の四作品について解説を加えることとする。

老舎の歩んだ道

老舎の生家は前述したように、北京の貧しい満洲人の家庭である。清朝は滅亡の危機に瀕していたとはいえ、その統治システムの中核・八旗制度は堅持されており、満洲人は全員八つの旗のいずれかに配属されていた。老舎の父親は正紅旗、母親は正黄旗に属する満洲旗人であった。下級旗兵だった父親は、一九〇〇年、義和団鎮圧のために八カ国連合軍が北京に侵攻したさいに戦死する。大黒柱を失い一家の暮らしは大きく傾くが、母親は洗濯や縫い物などの仕事を請け負い必死に働いた。

老舎の家は子どもを学校に通わせる余裕などなかったが、知り合いの慈善家・劉寿綿がたまたま老舎の家を訪れ、七歳の老舎がまだ学校に入っていないことを知ると就学支援を申し出てくれた。老舎は劉寿綿の援助を受けて私塾と小学校で学んだのち、学費、寮費、食費など学校生活に要する費用がすべて無料の小学校教員養成機関・北京師範学校に入学した。十九歳で卒業すると、北京の高等小学校校長、視学官、天津の中学校教員などの職に就いた。一九二二年、二十三歳でキリスト教に入信、教会活動を通して、ロンドン会派遣牧師エヴァンスと知り合う。エヴァンスの推薦により、一九二四年、イギリスへ渡り、ロンドン大学東方学院中国語教員となる。

ロンドン滞在中、視学官時代の見聞を下地とした長編小説『張さんの哲学（原題 老張的哲学）』を執筆、国内の著名な雑誌『小説月報』に掲載され、文壇デビューを飾る。続けて北京の大学生の堕落した生活を描いた長編小説『趙子曰』、ロンドンを舞台として中国人父子の異文化体験を描いた長編小説『馬さん父子（原題 二馬）』を同誌に発表、新進作家として注目を集める。一九二九年、五年間のイギリス生活に区切りをつける。ヨーロッパを三ヶ月間周遊したのち、旅費が尽きてしまったためシンガポールで五ヶ月間華僑中学校の教壇に立ち、一九三〇年、帰国する。同年、山東省済南の斉魯大学教授に就任、一九三四年、青島に移り山東大学教授に就任する。一九三六年、作家業に専念するために辞職するが、一九三七年、再び斉魯大学で教鞭を執る。一九三七年七月の盧溝橋事件をきっかけとして日中両国は全面的な戦争状態に入るが、日本軍が済南に迫りつつある中、老舎は家族を済南に残して単身武漢に赴き、抗戦に身を投じることを決意する。

一九三〇年から三七年までの七年間の山東時代は、老舎の作家人生においてもっとも豊かな実りをもたらした時期である。山東時代の長編代表作として、中国を猫の国に見立てて社会諷刺をおこなったディストピアSF『猫の国』、北京の役人たちの人間関係や家庭問題を描いた『離婚』、北京の人力車夫の苦難に満ちた半生を描いた『駱駝祥子』、中編代表作として、本書所収の「繊月」、「私のこの生涯」、短編代表作として、性格や価値観がまったく異なる兄弟の葛藤を描いた「黒白李」、本書所収の「魂を断つ槍」などがある。山東時代は私生活の面でも幸せに包まれ充実していた。一九三一年、友人の紹介で同じ北京出身の満洲人・胡絜青と結婚、長女、長男、次女が生まれた（のちに三女が重慶で生まれる）。本書に文を寄せてくださった舒済氏はご長女で、済南で生まれたため「済」と名付けられた。

日本が中国に全面侵攻を始めた一九三七年十一月、老舎は抗日戦争の中核となった武漢に赴いた。当時武漢には、各地から多くの文学者が集まっており、抗日救国の文学運動を大きく展開するために、国民党系、共産党系などの立場の違いを越え、一九三八年三月、中華全国文芸界抗敵協会（略称「文協」）が設立された。無党派で人望も厚く、作家としての実力も兼ね備えた老舎は文協の実質的責任者である総務部主任に推され、終戦まで七年余り、組織の運営維持に心血を注いだ。一九三八年八月、戦況が悪化する中、老舎は文協の組織とともに日中戦争期の臨時首都・重慶に移り住み、重慶で終戦を迎えた。

抗日戦争が進展する中、老舎は伝統的民間芸能を用いて民衆の抗日意識を鼓舞しようと考え、曲芸（語り物）や通俗京劇などの創作に着手し、農民や兵士などに広く受け入れられることを期待したのだが、成果はあまり得られなかった。そこで新たに話劇（新劇）によって抗戦に寄与しようと考え、一九三九年から四三年までに九本の話劇台本を執筆した。それらの作品の内七本は実際に上演され、一定の成果を収めることができた。老舎にとって話劇創作は初めて手がける分野で、作品としては荒削りで未熟とも受け止められたが、この時期の経験は、のちに不朽の名作となる『茶館』を生み出すための貴重な土台作りともなった。

一九四三年からは手慣れた小説の執筆に戻り、存分に腕を振るった。日中戦争期の代表作は日本軍占領下の北京に暮らす人々を描いた長編小説『四世同堂』である。老舎の家族は済南で老舎と別れたあと北京で暮らしていたが、一九四三年、重慶にやってきた。妻から北京の現状をつぶさに聞き取る機会を得た老舎は、百万字に及ぶ三部作に着手、第一部「惶惑」と第二部「偸生」は一九四四年から四五年にかけて、重慶で執筆された。

一九四六年、老舎は、劇作家曹禺とともにアメリカ国務院の招請を受けて渡米、アメリカ各地を視察し、講演をおこなった。曹禺は予定通り一年後に帰国したが、老舎は滞在を延ばし一九四九年に帰国した。アメリカで老舎は『四世同堂』第三部「飢荒」を完成させるとともに、『四世同堂』の英訳作業の手伝いなどをおこなった。

一九四九年十月一日、中華人民共和国が誕生すると、老舎は周恩来の呼びかけに応じて同年十二月には帰国を果たした。翌年、北京市内中心部に家を購入、そこが終の棲家となった。一九五一年、老舎は北京市人民政府から文学者の最高の栄誉である「人民芸術家」の称号を与えられ、北京市文学芸術工作者連合会（略称「北京市文連」）主席、全国文連副主席、中国作家協会副主席などの役職にも就いた。老舎は中国を代表する文学者として対外的活動に時間を取られることが多くなったが、創作の手を休めることなく精力的に打ち込んだ。

ところで、抗日戦争中の一九四二年、毛沢東は「延安文芸座談会における講話」（略称「文芸講話」）を発表し、文学・芸術は労働者・農民・兵士に奉仕せよ、作品評価は芸術基準より政治基準を優先せよ、知識人は労農兵の中に入りその思想を改造せよ、と主張して、共産党政権下のいわゆる解放区を中心に大きな文芸運動を展開していた。この運動は一種の政治的粛清の傾向を帯び、建国後は国家の文芸政策の基本となった。「文芸講話」は金科玉条とされ、文学者・芸術家の自律性を奪う足かせとなっていったのである。帰国していた老舎は、やはり「文芸講話」の方針に従い、「婚姻法」の公布施行（一九五〇年）、「三反」（汚職・浪費・官僚主義に対する反対）運動（一九五一年〜五二年）、「五反」（贈賄・脱税・国家資材の横領・手抜きと材料のごまかし・経済情報の窃取に対する反対）運動（一九五二年）、大躍進運動（一九五八年〜六〇年）などをテーマに据えた演劇作品を量産していった。これらは共産党統治のすばらしさを讃えるために書かれた宣伝作品で、現在の視点から見れば、芸術的価値は高くない。しかしそうした作品群とは一線を画す名作が一九五七年に発表された。冒頭でも触れた『茶館』である。『茶館』は北京の種々雑多な人々が集う古い茶館を舞台に、清朝末期から国共内戦期までの半世紀にわたる世相の移り変わりと人々の浮き沈みを描いた話劇で、老舎の作家人生の集大成とでも言うべき傑作である。また、政治情勢が厳しくなる中、書き継ぐことができず、未完に終わったが、清末北京に暮らす旗人たちの生活を活写した自伝体小説『正紅旗下』も現在高い評価を得ている。

建国後、少なからぬ文学者が政治運動の荒波にのみ込まれ、右派分子、反革命分子などのレッテルを貼られた。彼らを吊し上げる集会が開かれるとき、文学界の重鎮であった老舎はしばしば参加を求められ、他の参加者と同じように、彼らを痛烈に批判する発言をおこなった。また新聞に彼らを激しく非難する文章を発表することもあった。身の保全を図り、作家生命を繋げるためには、こうするしか生き残る道はなかったのである。しかし、一九六六年に毛沢東の扇動によって全国を席巻する「文化大革命」の動乱が開始されると、老舎もすぐさま巻き込まれていった。彼は「アメリカのスパイ」、「反革命分子」、「修正主義分子」など反国家的文人のレッテルを貼られるようになった。そしてついに、一九六六年八月二十三日、紅衛兵の糾弾集会に引っ張り出され、殴る蹴るの残酷な暴力を受けたのである。老舎はその翌日の二十四日、一人で自宅を出て、北京西北の母親が没した場所のすぐ近くにある太平湖に向かった。公園の管理人は、この日一人の老人が湖のほとりでずっと座っていた姿を目撃している。老舎の遺体が太平湖で発見されたのは、その翌日のことである。六十七歳であった。

「私のこの生涯」について

本作品の初出は、一九三七年七月一日発行の雑誌『文学』第九巻第一号である。現代中国には「京味小説」と呼ばれる小説の一群がある。「京味小説」は「味」という字が含まれていることからもわかるように、きっちり具体的に定義することは難しく、どれが「京味小説」でどれがそうでないかは味わう人によって判断が微妙にずれてくるが、その平均像は、北京それも主に下町を舞台として、北京の衣食住、風俗習慣、四季折々の風景や風物などの描写を織り交ぜ、さらには生粋の北京人の口から飛び出す北京方言をスパイスとして盛り込み、そこに暮らす人々の世態人情を描いたものである。そして「京味小説」の最高峰に位置するのは、老舎の手によって生み出された作品群であるが、本書所収の「私のこの生涯」と「織月」は、『駱駝祥子』(一九三六年執筆)、『四世同堂』(一九四四年~四八年執筆)などと並ぶ老舎「京味小説」の代表作である。

本作品は五十歳過ぎの「私」が自らの半生を振り返って語るという独白形式の一人称小説で、時代背景は清末から民国中頃までである。十五歳で社会に出た「私」は、真面目に努力を積み重ねさえすれば、道が少しずつ拓けると信じていた。しかし次から次へと不運や不幸に見舞われ、最後は餓死するのを待つばかりとなる。理不尽な社会構造と不安定な社会状況の下で、もがき苦しみ、押しつぶされていく「私」の姿が、憤りや怨み、嘆きや苦しみ、諦めや悟りなどの時々の心境とともに淡々と綴られていて、読者の胸を打つ。老舎は本作品の前年に執筆した『駱駝祥子』でも、純朴で真面目な人力車夫が様々な壁にぶつかり転落していく姿を描いていて、この二作品は内容や構成の面で類似したところが非常に多い。また『駱駝祥子』は、人力車夫の実態や内情が詳細に描かれているが、本作品も表具師と巡査の仕事内容や内輪話が微に入り細に入り語られていて興味深い。

作品では、「私」が表具師に弟子入りしたころは、葬儀や祭事にお金を惜しみなく使うのが当たり前で、商売も繁盛していたが、「私」が徒弟奉公を終え、独立してからは、迷信打破の風潮が広がり、ライフスタイルにも変化が生じ、仕事は先細りしていった、と書かれている。しかし表具師は、二十一世紀のいまもまだ消えていない。かつて表具師は、住宅の天井などの紙貼りをする「白モノ」と、死者や神様に捧げるための張り子(コウリャンの茎で人や馬などの骨組みを作り、紙を貼り付け装飾を施したもの)を作る「焼きモノ」という二種類の仕事を請け負っていた。現在、「白モノ」の仕事はなくなったが、「焼きモノ」の仕事は、ほとんどが工場での大量生産に置き換わってしまったものの、細々と続いていて、田舎の葬儀や祭事で、表具師の手作り作品が並ぶことがある。近年は死者があの世で快適な生活を送ることができるようにという遺族の要望に応えて、冷蔵庫や電子レンジなどの白物家電、携帯電話やパソコンなどの電子機器、猫や犬などのペットも製作している。

「私」は民国誕生の数年前に表具師から巡査へと転職するが、中国で近代的な意味での警察機構が姿を現すのは清末になってからである。一九〇〇年、八カ国連合軍が北京を占領したさい、臨時の治安組織として「安民公所」が組織されたのを嚆矢とし、その後「善後協巡総局」、「内外城工巡局」と改組を重ねる。一九〇五年に清朝政府は全国の警察事務を統括する巡警部を設立、「内外城工巡局」は「内外城巡警総庁」と改称され巡警部に属した。一九〇六年には巡警部が民政部に改編、「内外城巡警総庁」も民政部に組み込まれる。辛亥革命後の一九一三年、「内外城巡警総庁」は「京師警察庁」に改組され、北洋政府内務部に属する組織となる。このように組織が猫の目のようにコロコロ変わっていることからも、始発期の混乱ぶりがうかがえる。

一九〇一年、警察業務の質を高めるために中国初の近代的警察官養成機関「京師警務学堂」が創設され、一九〇六年には末端の臨時雇いの巡査まで対象にした養成機関「巡警教練所」も創設される。臨時雇いの巡査となった「私」も入所するが、年配の教官はほとんどがアヘン中毒、若手の教官は警察業務についてまったく知識がないといった有様で、体を成していなかった。作品ではこの他にも、警察組織全体が腐敗し、手抜きやごまかし、責任逃れや責任転嫁が蔓延している様子がたっぷりと語られている。

本作品で老舎は、多くの紙幅を割き、兵乱により廃墟と化した街の惨状や略奪や殺人が横行する恐怖を描いている。この兵乱は一九一二年二月二十九日に発生したもので、このとき老舎は十三歳だった。老舎は自分の目で見た情景を下地として描いたのだろうが、観察の鋭さと筆致の鮮やかさは、原爆投下時の地獄絵巻を描いた原民喜「夏の花」（一九四七年）を彷彿させる。一つ不思議に思うのは、この兵乱の後に「清王朝が中華民国に変わった」と書かれていることである。これは歴史的事実に反していて、中華民国が建国されたのは兵乱よりも前の一九一二年一月一日である。ではなぜ老舎は兵乱を経て中華民国が建国されたと書いたのだろうか。この時期の動きをもう少し細かく見てみよう。

一九一二年一月一日、孫文は南京で中華民国建国を宣言、臨時大総統に就任する。同年二月十二日、清朝最後の皇帝・宣統帝（溥儀）が退位、清朝は滅亡する。同年二月十五日、南京の臨時参議院は袁世凱を第二代臨時大総統に選出、袁世凱に南京で就任するように促すが、北方を地盤とする袁世凱は自分の影響力が及ぶ北京から離れようとしなかった。同年二月二十九日、北京で兵乱が発生、四千軒以上の商店が略奪にあい、翌日鎮圧される。この兵乱は袁世凱の腹心・曹錕の部隊が中心となって起こしたことから、袁世凱の自作自演と見なす人が多いが、異を唱える人もいて、真相はいまだ不明である。この兵乱を契機に、袁世凱が北京で就任することを望む声が大きくなり、同年三月十日、袁世凱は北京で臨時大総統に就任する。

南京で中華民国が誕生した時点では、宣統帝がまだ退位しておらず、清朝は存続していた。北京に暮らす人々、わけても満洲人にとって中華民国が現実のものとなったのは、清朝が滅び、首都北京の支配者が宣統帝から袁世凱に入れ替わったときだったのではないだろうか。老舎は、当時のこのような歴史感覚を作品に反映させたのであろう。

ところで、主人公「私」の民族出自は何なのだろうか。作品から民族出自を特定することは可能なのだろうか。辛亥革命のときのスローガンは「駆除韃虜、恢復中華」であった。「韃虜」は満洲人の蔑称で、当時満洲人は害虫のごとく駆除の対象とされた。民国になってからも、満洲人に対する差別や蔑視が続いたため、多くの満洲人は自分が満洲人であることを隠したり、漢族であると偽ったりした。老舎も人民共和国建国後は民族出自を明らかにし、満洲人作家としてさまざまな活動に参加したが、建国前は民族出自を積極的に語ろうとはしなかった。作品においても、建国後の作品『茶館』や『正紅旗下』では一目瞭然、満洲人だと識別できる人物を登場させているが、建国前の作品にはこのような人物は登場せず、満洲人であることをさりげなくほのめかすに留めている。したがって建国前の作品から満洲人の姿を探し出すのは容易ではないが、自身も満洲人で満洲族の文学と文化に精通している老舎研究者・関紀新は、老舎作品には満洲人の可能性が高い人物がかなり多く潜んでいることを指摘している。そして本作品の「私」についても、冒頭部分の「私はかなりいい「筆帖式」になれると本気で信じていた」という一文に注目し、この「筆帖式」というのは、清朝の書記官で、満洲旗人または蒙古旗人が担当する職務とされていたことから、この一文をもって老舎は「私」が満洲旗人であることを暗示したのだろう、と述べている(『旗人老舍的文化解析』中国国際広播出版社、二〇一九年)。また、老舎の長男・舒乙は、「私」にはモデルがいて、老舎の母方の親戚に、表具師や巡査になり、妻は他の男と駆け落ちした満洲旗人がいたことを明かしている(「有人味児的爪牙——老舍筆下的巡警形象」、『中国現代文学叢刊』一九九三年第二期)。清朝の屋台骨が崩れ、路頭に迷った満洲旗人の中には人力車夫や巡査になる人が多かった。関紀新は、『駱駝祥子』の車夫・祥子も複数の根拠を示しながら満洲旗人だとしている。老舎が『駱駝祥子』と「私のこの生涯」で描いたのは、社会の底辺でもがき苦しむ民族同胞の姿だったのである。

本作品は同名タイトルで、映画化(監督・主演 石揮、文華影片公司、一九五〇年)、テレビドラマ化(全二十二回、演出・主演 張国立、二〇〇一年)された。また舞台化されたものとしては、話劇(演出 李六乙、二〇〇六年)、独り芝居(演出 佘南南、二〇一二年)、北京曲劇(演出 白愛蓮、二〇二二年)などがある。

「織月」について

老舎は、一九三一年夏、済南事件(一九二八年五月に済南で起きた北伐軍と日本軍の武力衝突事件)を背景とする『大明湖』という長編小説を完成させる。雑誌『小説月報』に連載されるはずだったが、翌年一月、第一次上海事変が勃発、日本軍の爆撃により商務印書館が焼け落ち、『大明湖』の原稿も灰燼に帰してしまった。この幻となった『大明湖』の中から最も忘れがたい部分を抽出し、書き直したのが本作品である。一九三五年四月一日～十五日、『国聞周報』（第十二巻第十二期～十四期）に三回に分けて連載された。二十代半ばの女性「わたし」が七歳で父親を失ってからの人生を振り返って語るという独白形式の一人称小説で、時代背景は一九一〇年代後半から三〇年代前半にかけてである。父親の没後、母親と「わたし」はそれぞれ生活の糧を得るためにあれこれ苦労や努力を重ねるが、男性中心社会では自立の道を探すことは難しく、頼りにした男性からも裏切られ、身も心もボロボロになる。「わたし」は最後、監獄につながれるが、外の世界も監獄と変わらないのだからここで死んでもいいとさえ思うようになる。

「わたし」が人生の節目節目で空を見上げると、そこには織月がぽつりと静かに浮かんでいた。少し寒気を帯びた鉤形の淡い金色の織月、かすかな光を放ち、まるで涼風のなか震えているかのような織月、爽やかで優しく、柔らかな光をそっと柳の枝に送る織月、このように「わたし」の心境の変化に応じて様々な表情を見せる織月の姿が、豊かな詩的イメージを膨らませる言葉で綴られている。「わたし」と苦楽を共にした織月は、監獄での親友となった。なお、本作品のタイトル「織月」の原題は「月牙児」である。三種類ある既訳では「三日月」、「新月」と訳されているが、今回新たに月齢二日目の月で、三日月よりも細くて、もの寂しい印象を与える「繊月」という訳語を用いた。

本作品の舞台は北京である。北京は民国期まで内城と外城という二つの部分で成り立っていた。紫禁城（現在の故宮）をその中心に据える内城と一五五三年に内城の南側に造られた外城は城壁で囲まれ、城壁にはそれぞれ九つの城門と七つの城門が設けられていた。「わたし」は母に連れられ父の墓参りに行くときに城門を通るが、この城門とは内城または外城にある城門のことを指す。城壁と城門が北京の骨格だとすれば、胡同《フートン》（横丁）は血管である。北京は「大きい胡同は三百六十、小さい胡同は牛毛の如し」といわれるほど多くの胡同が迷路のように張り巡らされていた。「わたし」は学校の遠足に参加したとき、小さな胡同で、偶然、離ればなれになっていた母親の姿を発見する。母親は饅頭《マントウ》屋の店先で働いていたが、生徒たちの目が気になり近寄ることができなかった。

胡同の両側には、北京の伝統的な住宅である四合院が建ち並んでいる。四合院は方形の中庭を囲んで東西南北の四周に平屋建ての建物が配置された住宅で、もともとは一家族（三世代、四世代の同居が多かった）で暮らしていた。しかし民国になり、地方から大勢の人が北京に流入するようになる。一九一二年（民国初年）の北京の人口は約七十万人だったが、一九三五年には約一百五十万人にまで膨らんだ。人口の急増により住宅難となり、四合院は次第に数家族が雑居する大雑院（寄り合い住宅）へと姿を変えていく。「わたし」

も、父親が存命中は家族三人で大雑院の一部屋に暮らしていた。父親の没後も、住居を転々としながら、大雑院の一部屋または二部屋を借りて暮らし、私娼となってからは、この自宅の部屋に客を招き入れ商売をおこなった。

城壁と四合院は老舎作品の「京味」を醸し出すのに必須の基本調味料であるが、北京の城壁は一九五〇年代から六〇年代にかけてほとんど取り壊された。また四合院も、一九九〇年代に入り、市場経済への移行が明確になると、再開発のために次々と撤去されるようになる。一九八〇年代、北京には六千軒あまりの四合院住宅があったが、半世紀たち、その八十%は姿を消した。なお、四合院の中には、ホテル、レストラン、カフェなどに改装されたものもあり、伝統とモダンが融合した雰囲気が人気を集めている。また、老舎が晩年に十六年間暮らした家は、典型的な四合院ではなく三合院であるが、一九九九年から老舎記念館として一般公開されている。

「わたし」の民族出自に関して、関紀新は、明確な根拠はないものの、満洲人の質感を有していると述べている。その理由として、民国時期に零落した満洲人が就く職業として男性は人力車夫と巡査が多かったが、女性の場合は売春婦になることが多かったこと、「わたし」の母親に老舎の母親の姿が投影されていることを挙げている。「わたし」の母親は寡婦となってから、洗濯仕事を始めるが、牛皮のように硬い靴下を洗うので、手が荒れてうろこ状になった。老舎は随筆「私の母」（一九四三年）で、「わたし」の母親と似通った境遇におかれた自分の母親のことを書いている。老舎の母親も夫が戦死して寡婦となった後、洗濯仕事をして年中手を赤く腫らしていた。

『駱駝祥子』の中にも、私娼となり、最後は淫売窟に売られて自殺する小福子という女性が登場する。関紀新は小福子についても、父親の名前の特徴などから満洲人だとしている。老舎は、女性蔑視と民族蔑視の二重苦を背負いながら、洗濯仕事や売春というつらい肉体労働に従事している満洲人女性の悲惨な姿を念頭に置きながら、「繊月」の母と娘や『駱駝祥子』の小福子を造形したのだろう。

本作品は同名タイトルで、映画化（監督 霍庄、徐暁星、邢丹、一九八六年）と舞台化（演出 斯琴高娃、二〇〇六年）された。

「魂を断つ槍」について

本作品の初出は、一九三五年九月二十二日付『大公報』（天津版）の「文芸」副刊第十三期である。老舎は当時、長編武侠小説『二拳師』を計画していたが、その山ほど準備した素材の中から三人の人物と一つの出来事に絞り、五千字余りの作品に仕上げた。老舎は、「私はいかにして短編小説を書いたのか」（一九三六年）の中で、長編を断念したことにより、

「素材は損失を被ったが、芸術では得をした。五千字が十万字よりすばらしい場合もある。文学は豚ではないのだから、図体が大きければ大きいほどよいというわけではないのだ」と述べている。本作品は老舎にとって会心の作であった。

　作品の時代背景は、中国人とは異なった容貌の人間が戸口に現れ、国土、自由、主権が奪われた清末である。列車、連発銃、通商、恐怖が全土を席捲し、義侠、武芸、鏢局は表舞台から去った。作品には、かつて鏢局《ビャオジュー》を営み、西北地方一帯に槍術「五虎断魂槍」で名声を轟かしたが、いまは安宿の主人におさまっている沙子龍《シャージーロン》、かつて沙子龍の鏢局の大番頭だったが、いまは街頭で演武をして日銭を稼ぐ王三勝《ワンサンション》、武芸を極めるために沙子龍との手合わせを望む孫《スン》老人の三名が登場する。王三勝が土地廟で大刀の演武をする場面、王三勝と孫老人がそれぞれ槍と三截棍《サンジエグン》で勝負する場面、孫老人が沙子龍の前で査拳《チャーチュエン》を披露する場面では、練熟の技やきびきびとした身のこなしが活写され鮮明な像を結んでいるが、これは老舎自身が武芸を嗜み、十分な経験と知識を持ち合わせていたからこそ描くことができたのである。舒済氏は本書に寄せてくださった文の中で、一九三〇年代、済南で暮らしていた時期、五虎断魂槍の達人について武術を学んだことを証言している。また長男の舒乙氏は、『わが父老舎』（遼寧人民出版社、二〇〇四年）の中で、老舎は二十二歳で大病を患ったのが契機となり、武術の鍛錬を始めたこと、済南では少林寺拳法、太極拳、五行棍、太極棍、粘手などを習い、刀、剣、槍などの武器も買い揃えていたことを証言している。本作品は五千字余りに刀術、槍術、棍術、拳術の場面が盛り込まれた武俠小説であるが、真髄はそれらの場面ではなく、結末部分に用意されている。沙子龍は、孫老人から「五虎断魂槍」の伝授を請われるが、「私のあの槍とあの槍術は私と一緒に棺桶に入れてしまうつもりです」と言って断る。そして、深夜、戸口を閉ざして、「五虎断魂槍」の技を磨き、荒野を股にかけた鏢局の威風に思いを馳せながら、「伝授しない、伝授しないんだ！」という言葉を吐く。この沙子龍の身の処し方は、老舎の姿と重なり、結末の言葉「伝授しない」が重く読者の心にのしかかる。一九六六年八月、紅衛兵たちの狂気の的となり、理不尽な批判を浴び、激しい暴力にさらされた老舎は、自らの信念を曲げて、屈辱に甘んじることを潔しとせず、尊厳を守ることを選ぶ。そしてその翌日、沙子龍と同様、作家として円熟の域に達した技とその技から生み出される老舎ならではの作品世界を封印し、自らの肉体とともに湖に沈める決意をしたのだった。

「問題としない問題」について

本作品は一九四二年冬に重慶で執筆され、一九四三年一月八日〜二十四日、『大公報』（重慶版）に五回に分けて連載された。一九三七年十一月、国民政府は、日本軍が首都南京に迫ったため、首都を長江上流の重慶に移すことを決定、以後一九四六年五月まで、重慶は臨時首都として中国の政治、経済、文化の中心となった。日本軍は一九三八年から重慶および周辺地域への空爆を開始するが、三九年から四一年にかけては空爆が無差別爆撃へとエスカレートして、民間人にも甚大な被害を及ぼすこととなった。重慶爆撃は一九四三年まで続き、二百回以上の空爆で約一万二千人が犠牲になったとされる。一九三八年八月に重慶入りした老舎は、このような日本軍の蛮行を目の当たりにして、徹底抗戦の意志をより強固にするとともに、戦時色の濃い作品を次々と世に送り出す。しかし本作品は戦時色が極めて薄く、日中戦争期の作品の中では異色である。

作品の時代背景は一九四〇年ごろ、舞台は重慶市内からほど近いところにある樹華農場である。作品の冒頭は、「ここ——樹華農場《シューホワ》——を訪れる人は誰しも、この世には戦争などないし、戦争がもたらす爆撃や殺戮や死亡もない、という思いに駆られるであろう」という一文で始まる。この「乱世の桃源郷」で、人情味はあるが責任感も専門知識もない農場主任・丁務源《ディンウーユエン》、責任感も専門知識もあるが人情味に乏しい後任の農場主任・尤大興《ヨウダーシン》という新旧主任の交替と対決を軸に、自己顕示欲の強いエセ芸術家・秦妙斎《チンミアオジャイ》と世渡り上手な尤大興に不満を抱く妻・明霞《ミンシア》が絡んで、物語が展開する。結末では、丁務源は秦妙斎の力を借りて尤大興を追い出し、主任に返り咲くことに成功する。そして利用価値のなくなった邪魔者・秦妙斎を追い出すことにも成功する。丁務源の成功の背景には、保身や出世のための人脈作りに勤しむ、規則や規律は、都合に合わせて変更または無視する、トラブルが生じても慌てず、適当にお茶を濁してやり過ごす、といった処世術があった。老舎はこのような中国社会に根強く巣くう問題をユーモアと諷刺を混ぜながらえぐり出したのだが、丁務源流処世術は現在もはびこり、中国社会にゆがみをもたらしている。老舎の問題提起はいまだ古びず、意義を失っていないのだ。

老舎文学の中核を形成しているのは、北京市内の下町に暮らす貧しい人々を描く作品群である。重慶郊外の農場に暮らす中流階級の人々を描く本作品は、この中核から大きく外れており、これまでほとんど注目されてこなかった。しかし二〇一六年、映画化され、にわかに脚光を浴びる。監督兼脚本を担当した梅峰は、老舎全集を購入し、これまで映像化されていない作品に絞って読み進め、本作品に出会った。梅峰は、一九四〇年代の物語なのに、まるで現在自分の周りで起きていることのように感じさせる本作品の時代を超えた現代性に驚きを覚え、映画化を決意する。「乱世の桃源郷」を水墨画のようなタッチで再現した白黒映画『ミスター・ノー・プロブレム（原題　不成問題的問題、英題 Mr. No Problem）』は、第二十九回東京国際映画祭で最優秀芸術貢献賞を受賞した。また台湾の第五十三回金馬奨授賞式で梅峰と黄石が最優秀脚色賞、范偉が最優秀主演男優賞に輝いた。

＊＊＊

本書収録四作品の日本語既訳は次の通りである。翻訳に当たっては、これらの既訳を参照させていただいた。

「私のこの生涯」

①日下恒夫訳「私の一生」『老舎小説全集第七巻　火葬・私の一生』学習研究社、一九八二年。

「繊月」

①岡本隆三訳「新月」『老舎作品集』青木書店、一九五五年。

②竹中伸訳「三日月」『老舎小説全集第六巻　老舎自選短篇小説選』学習研究社、一九八一年。

③石田達系雄訳「三日月」『老舎のロマン　近代中国文豪編』文芸タイムス社、一九九五年。

「魂を断つ槍」

①伊藤敬一訳「断魂の槍」『老舎作品集』青木書店、一九五五年。

＊奥付には訳者として岡本隆三の名前だけが記されているが、岡本は「解説」の中で、「断魂の槍」は伊藤敬一訳であると書いている。

②后藤有一訳『やりの秘伝』、奥野信太郎編『少年少女世界の名作文学第四十三巻（東洋編二）』小学館、一九六七年。
③竹中伸訳「断魂槍」『老舎小説全集第六巻　老舎自選短篇小説選』学習研究社、一九八一年。
④黎波訳「断魂槍」『NHKラジオ中国語講座』第二十一巻九号〜十二号、一九八三年十二月〜一九八四年三月。
⑤杉村博文訳「断魂の槍」『大阪外国語大学論集』第十号、一九九四年三月。
⑥横山悠太訳「断魂槍」「横山悠太の自由帳」
https://note.com/yokoyamayuta/m/m79819d7b8855/hashtag/5327

「問題としない問題」
①千田九一訳「問題にならぬ問題」『東海巴山集』岩波書店、一九五三年。
②竹中伸訳「問題にならぬ問題」『老舎小説全集第六巻　老舎自選短篇小説選』学習研究社、一九八一年。

＊＊＊

「私のこの生涯」は関根謙と松倉梨恵、「繊月」は松倉梨恵、「魂を断つ槍」は関根謙、「問題としない問題」は杉野元子が中心となって訳した。翻訳作業を進める過程で何度も顔を合わせ（コロナ禍の副産物とも言えるZｏｏｍを大いに活用した）、互いの訳稿について検討を重ねた。訳文が原文のもつ文学性や表現力を損ねることのないように尽力したつもりだが、力不足により、作品本来の姿をきちんと伝え切れていない箇所もあるであろう。諸方よりご批正をいただければ幸いである。

舒済氏は九十歳というご高齢にもかかわらず、私たち訳者の願いを聞き入れ、心のこもった文章を寄せてくださった。また編集を担当して下さった平凡社の進藤倫太郎氏は、難航する翻訳作業を辛抱強くサポートしてくださった。お二人には厚くお礼申し上げたい。

冒頭でも触れたが、老舎作品にはすでに多くの日本語訳がある。本書が老舎への関心を呼び起こし、老舎作品が日本の人々に広く読まれるようになることを願っている。

二〇二四年二月

杉野元子

老舎関連年譜

西暦	年齢	年譜	参考事項
1899	0	北京の貧しい満洲人の家庭に五人兄弟の末子として生まれる。本名は舒慶春。父は清朝の護衛兵、母は農家の出身。	
1900	1	八カ国連合軍との戦闘で父が戦死。	義和団事件が起こる。
1905	6	慈善家の援助を受けて私塾に入る。	
1909	10	北京西直門市立小学校三年に編入。	
1911	12		辛亥革命が起こる。
1912	13	北京西直門市立小学校を卒業。	中華民国が成立。
1913	14	北京第三中学に入学するも学費が払えず半年で退学。給費制度のある北京師範学校に入学。	
1917	18		張勲の復辟運動が失敗に終わる。
1918	19	北京師範学校を卒業。北京公立第十七高等小学校の校長として派遣される。	
1919	20		五四運動が起こる。中国国民党が成立。
1920	21	北京郊外北区の視学官に昇格。	

西暦	年齢	年譜	参考事項
1921	22		中国共産党が成立。
1922	23	洗礼を受けてキリスト教に入信。天津市南開中学の国文教員となる。	
1923	24	南開中学を辞めて北京に戻る。北京教育会の書記および北京市第一中学の国文教員を兼務。余暇に燕京大学で英語の授業を聴講する。	
1924	25	燕京大学教授の紹介でロンドン大学東方学院の中国語教員となる。このころより長編小説の創作を開始。イギリスに滞在した五年間に小説「老張的哲学」「趙子曰」「二馬」等を発表。	第一次国共合作が成立。
1927	28		第一次国共内戦が開始。
1929	30	イギリスでの教員生活を終えて帰国の途につく。フランス、ドイツ、イタリア等を三ヶ月間周遊。旅費が不足したためシンガポールで華僑中学の国文教員となる。	
1930	31	シンガポールを発って北京へ戻る。済南の斉魯大学文学院の教授となる。斉魯大学での四年間に小説「猫城記」「離婚」等を発表。	
1931	32	胡絜青と結婚。	満洲事変が起こる。

1932	33		第一次上海事変が起こる。満洲国が成立。
1933	34	長女・舒済誕生。	
1934	35	斉魯大学を辞めて青島の山東大学の中国文学教授となる。	
1935	36	長男・舒乙誕生。小説「月牙児（繊月）」「断魂槍（魂を断つ槍）」を発表。	
1936	37	創作活動に専念するため山東大学を辞める。小説「駱駝祥子」を発表。	西安事件が起こる。
1937	38	斉魯大学文学院の国文科主任となる。次女・舒雨誕生。盧溝橋事件が起こり、老舎は抗日運動のために単身で武漢へ赴く。妻子は翌年に北京へ移る。小説「我這一輩子（私のこの一生）」を発表。	盧溝橋事件が勃発、日中戦争が開始。日本軍が北京、天津、南京を占領。国民党政府が南京から重慶へ遷都。
1938	39	「中華全国文芸界抗敵協会」（略称「文協」）が漢口にて成立、老舎は理事を務める。日本軍による武漢爆撃を受け、文協の決定に従い重慶へ赴き、終戦まで重慶で抗日文芸工作に従事した。	日本軍が広州、武漢を占領。
1939	40	全国慰労総会北路慰問団に同行して各地へ慰問に行く。延安で毛沢東と会見。	

西暦	年齢	年譜	参考事項
1941	42		太平洋戦争が開始。日本軍が上海、香港を占領。
1942	43	母が北京にて逝去。	毛沢東が延安で「文芸講話」を行う。
1943	44	胡絜青が子どもたちとともに北京を逃れて重慶の老舎宅へ移る。「不成問題的問題（問題としない問題）」を発表。	
1944	45	小説「四世同堂」第一部を発表。翌年に第二部、一九五〇年に第三部を発表。	日本軍が洛陽、桂林、柳州、南寧を占領。
1945	46	三女・舒立誕生。	日本降伏。
1946	47	アメリカ国務院の招待を受けて渡米し、学術講演を行う。	第二次国共内戦が開始。
1949	50	アメリカから帰国して北京に戻る。	中華人民共和国が成立。
1950	51	話劇「龍鬚溝」を発表、翌年、北京人民芸術劇院にて初演。	
1951	52	北京市人民政府から「人民芸術家」の栄誉称号を授与される。	
1953	54	中国人民第三期訪朝慰問団の副団長として訪朝。	

1956	57		毛沢東が「百花斉放・百家争鳴」方針を打ち出す。
1957	58	話劇「茶館」を発表、翌年、北京人民芸術劇院にて初演。	文芸界で反右派闘争が起こる。
1958	59		大躍進運動が開始。
1965	66	中国作家代表団を率いて日本を訪問。	
1966	67	文化大革命のさなか紅衛兵に暴行を受けたのち、北京徳勝門外の太平湖にて遺体が発見される。	文化大革命が開始。
1977			文化大革命が終結。
1978		八宝山革命共同墓地にて遺骨の安置式が行われ、名誉回復がなされる。	

松倉梨恵 作成

松倉梨恵（まつくら りえ）

大阪府生まれ。慶應義塾大学大学院修士課程修了、博士課程単位取得退学。現在、慶應義塾大学文学部助教。専門は中国現代の女性文学。論文に「日記体小説に描かれる女性同士の愛——廬隠「麗石の日記」論」（2016)、「石評梅「捨てられた妻」論——「新式女性」が語る「旧式女性」」（2022）、編書に『新編台湾映画——社会の変貌を告げる（台湾ニューシネマからの）30年』（共編、2014）、教科書に『文学の窓 中国語精読テキスト』（共編著、2020）など。

著者

老舎（ろうしゃ／Laoshe）

現代中国文学を代表する小説家、劇作家。1899年、北京の貧しい満洲人の家に生まれる。本名は舒慶春（じょ・けいしゅん）。1926年、小説『張さんの哲学』で文壇にデビュー、以後、戦争や政治運動が相次ぐ激動の中国社会にあって、日々の暮らしを必死に生き抜いていく庶民の姿に深い共感を抱き、愛情溢れる筆致で長編小説『四世同堂』、戯曲『龍鬚溝』など数多くの作品を発表。代表作『駱駝祥子』と『茶館』は、それぞれ20世紀中国の長編小説と戯曲の最高峰に位置する。1966年、文化大革命の嵐に巻き込まれ、北京の湖で入水自殺。

訳者

関根謙（せきね けん）

福島県生まれ。慶應義塾大学大学院修士課程修了、博士（文学）。慶應義塾大学名誉教授。北陸大学助教授、慶應義塾大学文学部教授、同文学部長を歴任。現在、文芸誌『三田文學』編集長。専門は中国現代文学、日中戦争時期の南京・重慶など都市における文学状況。当代文学の翻訳紹介も。著書に『抵抗の文学――国民革命軍将校阿壠の文学と生涯』（2016）、翻訳に『桃花源の幻』（格非2021）、『南京　抵抗と尊厳』（阿壠2019）、『飢餓の娘』（虹影2004）など。

杉野元子（すぎの もとこ）

北海道生まれ。慶應義塾大学大学院博士課程単位取得退学。現在、同大学大学院文学研究科教授。専門は中国現代文学、日中比較文学。著書に『滅びと異郷の比較文化』（共著、1994）、『交争する中国文学と日本文学――淪陥下北京1937-45』（共著、2000）、『老舎的精神世界与文化情懐』（共著、2013）、翻訳に『城南旧事』（林海音1997）など。他に、語学テキスト『大学生のための初級中国語46回』（共著、2022）など。

【お問い合わせ】
本書の内容に関するお問い合わせは
弊社お問い合わせフォームをご利用ください。
https://www.heibonsha.co.jp/contact/

私のこの生涯——老舎中短編小説集

発行日——2024年7月3日　初版第1刷

著　者——老舎
訳　者——関根謙・杉野元子・松倉梨恵
発行者——下中順平
発行所——株式会社平凡社
〒101-0051 東京都千代田区神田神保町3-29
電話　(03) 3230-6573［営業］
平凡社ホームページ　https://www.heibonsha.co.jp/
装幀デザイン——中村竜太郎
DTP——矢部竜二
印　刷——株式会社東京印書館
製　本——大口製本印刷株式会社

ISBN978-4-582-83964-7
落丁・乱丁本のお取り替えは小社読者サービス係まで直接お送りください。
(送料は小社で負担いたします)